ちくま文庫

片隅の人生

サマセット・モーム
天野隆司 訳

筑摩書房

片隅の人生

The Narrow Corner

by W. Somerset Maugham

されば（銘記せよ）人の命は短く、
その住まう処は地のせまき片隅なり。

マルクス・アウレリウス『自省録』

はじめに

小説の登場人物はとかくおかしな連中である。ある日ふと作者の心に入りこんでくると、いつのまにか顔や形をなし、おもしろい性格をおびてきて、彼らをとりまく環境まで生まれてくる。したがって作者もおりおり彼らに視線をむけはじめる。するとやがて彼らは魔物のように作家の心にとり憑いてきて、他のことなど一切考えられなくなる。そこで作者は彼らの物語を書かねばならない。憑き物を放逐しなければならないから。すると不思議なことが起こる。しばしば何カ月にもわたって作者の意識の中心に居座り、昼も夜も、はては夢のなかにまで現れていた連中が、執筆が終わるとともに、とたんに頭から消えてしまい、名前はおろか、その風貌すら思い出せなくなるのである。どんなやつがいたのかさえ完全に忘れてしまう。ところが、これまた不思議なことに、そうならないことも起こるのである。もう終わりにしたと思っていた人物が、大した役割も与えていなかったやつが、忘却の海に消えてしまわず居残っていることがある。そしていつのまにかふたたび作者の頭のなかで動きはじめる。これには腹がたってくる。連中の話はもう終わっている。もうお払い箱だ。いまさらなんの用があって、のこのこしゃしゃり出てくるのだ？　まるで招待もしていないパーティに押しかけてくる不埒者。他人のために用意しておいた料理を勝手にたいらげ、上等のワインを平気で飲んでいる。作者は憤然とする。もうおまえさんが出てくる幕はない。こっちはもっと重要な人物について書こうとしているところだ。ひっこんでいろ！　だがそれで連中はひっこむか？とんでもない。彼らのためにしつらえた立派な霊廟などなんのその、またもや胸を張って生きて出てくる。しかも作者の内心に巧妙に働きかけて、ある日予想もしないときに、作家の意識の表面に躍り出て、おのれの存在を押しつけてくる。もうそうなると、どうしようもない。あらたに彼らの物語を書かなければならなくなる。

この小説の読者はサンダース医師が『中国の屛風』にちらりと姿を見せていることに気がつくだろう。『見知らぬ男』という短い話に登場させるために考えだした人物である。彼についてはほんの数頁書き記したにすぎないし、この男がふたたび頭のなかに現れるとは思ってもみなかった。あの本にはいろいろな人物が登場しているが、どうしてサンダース医師がほかの連中をおしのけて顔を出してきたものか？　作者にしてみれば、なんら理由らしい理由はない。言ってみれば、彼自身が勝手に乗りだしてきたのである。

つぎにニコルズ船長であるが、彼は『月と六ペンス』に登場している人物で、南海で出会った白人浮浪者から想を得ている。しかし彼の場合は、あの小説を書き上げたあと、あの浮浪者の話はまだ終わっていないと感じていた。いろいろ考えることもあったから、タイプ原稿がもどってきて、あちこち修正しているうちに、船長が口にしていた会話の一部が心にひっかかっていた。新しい小説の題材になるとは思わなかったが、考えれば考えるほど、この人物がおもしろくなった。そして校正刷りがもどってきたとき、わたしは俄然、この男の話を書くことに決めて、問題の会話を削除しておき、つぎの執筆の機会を待つことにした。その会話の内容とはつぎのようなものである。

自分の生活体験の話となると、さいわい、ニコルズ船長ははるかにおしゃべりになった。南米に銃器を密輸入したり、中国へ阿片を持ち込んだりした経験を楽しげに語った。ソロモン諸島では黒人奴隷を運ぶ仕事もしたと言って、額の傷を見せながら、自分の人道的な好意を理解しない黒人とのひと悶着を話してくれた。彼が主に従事した仕事は、インド洋や南洋や南や東の支那海を長期にわたって航海することだった。この航海の話となると、彼の舌はいっそうなめらかになり、さまざまな思い出話に花が咲いた。シドニーではある男が不運にも人を殺してしまい、彼の友人たちがいっとき男を海外に逃がす算段をして、ニコルズ船長の協力を仰いだという。そこで船長は約束の十二時間の間に、帆船を一艘買いこんで、乗組員も手配して、翌日の夜明け前に逃亡者を乗船させ出港したという。

「この仕事であたしは金貨で千ポンドもらいましたよ」とニコルズ船長は言った。「まるで遊覧旅行のような楽しい船旅でした。セレベス諸島の間を航海し、ボルネオ列島の端までまわってきました。あのあたりの島はどれもすばらしい。ほれぼれする美しさだ。樹林が生い茂り、鳥は飛びまわり、好きなときに狩猟に行った。もちろん、一般の商業航路は避けて通らなければならなかった」

「乗客になった男はどんな人物です？」とわたしは訊いてみた。

「いいやつでしたよ。珍しいくらいいいやつだった。トランプがうまくて、あたしらは一年中、エカルテの勝負をやっていた。おかげで一年が終わるころには、あたしはすってんてん、報酬にもらった千ポンドはすっかりやつの懐にもどっちまった。あたし自身、カードでは人にひけを取らないはずなのに、どういうわけかまるでついていなかった。相手は若僧だが、ほんとに大した勝負師だったな。あたしは眼を皿にしてやっていましたが、まるで勝ち味がなかった」

「なるほど。それで青年はオーストラリアに無事帰還できたんですか」

「そうなる予定でした。シドニーにいる仲間が一、二年のうちにトラブルをもみ消してくれるはずだった」

「なるほど」

「あたしはただ働きをして、バカを見るところでしたよ」

ニコルズ船長はそう言うと、しばらく口をつぐんでいた。生き生きとしていた眼が急にぼんやり虚ろになり、膜でもかかったように生気を失った。

「可哀想なやつでした。ある晩ジャワの沖合で船から転落したんです。あとはフカのお世話になったでしょう。ほんとに腕のいいカード・プレイヤーだった。最高の勝負師でしたよ」船長はそう言って、往時を懐かしむようにうなずいた。「あたしはシンガポールで帆船を売りはらい、その代金にくわえて、千ポンドの報酬を手にしましたから、まあ、そんなに悪い仕事じゃあなかった」

つまりこのエピソードが本書を書くアイディアとなったのだが、それを書きはじめたのは十二年後のことである。

1

これはすべて遠い昔の出来事である。

2

サンダース医師はあくびをした。時刻は朝の九時。まだ一日がはじまったばかりだというのに、彼にはもうすることが何もなかった。二、三人しかいない患者の診察はすでに終えている。この島には一人の医師もいなかったから、彼が到着した当初は、大勢の島民が押しかけてきた。病気がなんであろうとおかまいなく、医師に診てもらえる機会を逃さなかった。しかし健康を害するような土地柄ではなく、患者が訴える病気はどれも慢性的なものだから、医師がすぐに治療できる疾患はほとんどなく、あとは腹痛などの軽い病気に手軽な薬を投与すればそれですんだ。

サンダース医師は福建省・福州で十五年も医者をやっている。眼病の治療が得意で、中国人の間でかなりの評判を得ていた。このタカナ島に来たのも、じつは大金持ちの中国人の白内障を治療するためだった。長大なマレー諸島の南の端にあって、福州からはるか遠く離れている、そんな島へ往診なんてとんでもない、そう言って最初は断ったが、大金持ちの中国人は諦めなかった。どうしても来てくれと執拗に言ってきた。キム・チンという名の男で、福州生まれ。息子が二人いまも福州に住んでいる。キム・チンはサンダース医師と親しい間柄だった。医師をよく知っていた。仕事で定期的に福州に来ると、かならず彼の許を訪れて、とみに衰えてきた眼の診察を受けていた。この医師がまるで奇跡か、神業であるかのように、完全に視力を失っている患者の眼を見事に治したことも耳にしていた。だから自分の視力が落ちて、いまや夜昼の区別しかできない有様になり、もはや手術するしかないかと観念して、サンダース医師に相談した。医師はこれこれの症状が現れたら、すぐに福州に来るよう言っておいた。しかしキム老人は外科医のメスを恐れて、福州行きを一日延ばしに延ばしていた。その結果ついに眼の前の物の判別さえ覚束なくなったが、はるばる中国本土まで出ていく気力がなかった。そこで福州にいる息子たちに、なんとか医師を説得して、タカナへ来させるよう命じてきた。

　キム・チンの人生は苦力《クーリー》としてはじまった。朝早くから夜遅くまで猛烈に働いた。度胸と狡智があったし、幸運にも恵まれて、しかも世の道徳などまるで尊重しなかったから、一代で莫大な富を築きあげた。いまは七十歳になり、いくつかの島に大きな農園をもっている。立派なスクーナー船を何隻も所有して、真珠貝を採ったり、列島一帯の生産物を売買したりして、大規模な貿易商としても知られている。福州にいる息子たちは父親の命をうけて、さっそくサンダース医師に会いに来た。いずれもすでに中年の男たちで、医師の友人でも患者でもあった。年に二、三度は医師を豪華な晩餐会に招いて、燕巣スープやフカヒレやなまこなど、海の珍味をご馳走してくれた。高い金をはらって女の歌い手を呼んで、一座を大いに楽しませてくれたりもした。

福州の中国人はみんなサンダース医師に好意をもっている。医師はこの地の方言を流暢にしゃべり、ほかの外国人のように租界に住んだりせず、街の中心に居を構えていて、いまではすっかり街の風景にとけこんでいる。医師が嗜む程度に阿片を吸うことも知っていたし、どんな人物であるかもよく承知していた。先生はじつに物分りがいい人だというのが、街の住民の一致した意見だった。租界にいる外国人はどいつもおれたちを馬鹿にしている、しかし先生は連中とはまったくちがう、とみんな心底思っていた。サンダースはイギリス人がたまり場にしている社交クラブを一度も訪れたことがなく、郵便船が来たときに新聞を読みに行くだけだった。外国人が集まる晩餐会になどとんと招かれたことがなかった。租界の外国人には専用の医師がいたし、その男が休暇旅行で福州を留守にするときだけ、やむなくサンダース医師が呼ばれていた。しかし、こと眼病に関するかぎりは、彼らも日頃の無礼をかなぐり捨てて、川沿いにあるおんぼろ小屋を訪れて、サンダースの診察をもとめた。

医師は街独特の悪臭が漂うなかで幸福に暮らしていた。外国人の患者たちは、居間と診察室を兼ねる部屋に入ると、例外なく嫌悪で胸がむかついた。中国風にしつらえた部屋には、西洋風のものといえば、ロールトップの事務机とカバーの磨り減った二脚のロッキングチェアがあるだけだった。色あせた壁には、患者が感謝をこめて贈ってくれた立派な掛け軸が何枚もかかっているが、その間に貼られている大小さまざまなアルファベット文字を印刷した視力検査表がいかにも場違いな印象をあたえていた。この診察室に入ってくる外国人は例外なく顔をしかめる。酸っぱい阿片の臭いがうっすら空気中に漂っていて、彼らの鼻腔を遠慮なく刺激するからである。

キム・チンの息子たちはそんな臭いなどまったく気づいていなかった。いや、気づいていたとしても、すこしも当惑などしなかったろう。通常の挨拶が終わって、医師が緑色の缶から巻煙草を出してすすめると、客はすぐに用件を切りだした。父親のキム・チンはすっかり歳をとり、眼もひどく悪化していて、とても福州まで来ることができない、そこでサンダース先生になんとかタカナにお出でいただいて、二年前におっしゃられた眼の手術をしてもらいたい、息子たちはそう言うと、手術の費用がいくらになるか訊いた。医者は首をふった。福州には患者が大勢いる。長期間ここを留守にするなんてとんでもない。どうしてキム・チンがみずから出向いてこないのか、自分のスクーナー船に乗ってくれれば簡単ではないか。もしそれがいやなら、マカッサルから外科医をひとり連れてきたらいい。じつに腕のいい医者だから、文句のない手術をしてくれるよ。だがキム・チンの息子たちはひき下がらなかった。ぺらぺらと言葉たくみに説得した。

「サンダース先生は奇跡を起こすお方である、と親父が申しております。先生の代わりが務まるような医者は、この世にただの一人もいない、だから、自分は先生以外の誰にも、絶対にこの眼をさわらせないと言いはるんです。親父は頑固な年寄りです。わたしどもの言うことなど聞きません。いかがでしょう、先生、けっして損はおかけしません。福州を留守にする間、先生がふだんお稼ぎになる額の二倍の料金をはらいましょう」

サンダース医師はまたもや首を横にふった。すると兄弟はたがいに顔を見合わせてから、兄貴が懐から黒皮の大きな財布をとりだした。くたびれた財布だったが、銀行券がぎっしり詰まっている。彼はお札を一枚いちまい抜きだすと、医師の前に並べはじめた。一千ドル、二千ドル。サンダースはにっこり笑った。その明るい鋭い眼がきらりと光った。中国人は札びらを並べつづけた。追従笑いをうかべているが、四つの眼がしっかり医師の顔を見つめている。相手の顔色の変化をすこしも見逃すまいと注視している。サンダースの考えは変わらなかったし、あいかわらず人の良さそうな眼をしていたが、医者が興味をもちはじめたことは感じられた。兄貴の方が手をとめて、探るように医師の顔をながめた。

「だめだね。まる三カ月も患者を放っておくことはできん」と医師は言った。「親父さんには、マカッサルかアンボイナから、オランダ人の医者を呼んでやったらいい。アンボイナに腕のいいのが一人いるよ」

中国人は何も言わなかった。黙ってさらにテーブルに札をならべた。みんな百ドル紙幣で、十枚重ねてひと束にしてある。黒皮の財布がすこし薄くなってきたが、並べられた札束の数は増えつづけ、やがてテーブルの上に長方形の山が十個ならんだ。

「やめなさい」と医師が言った。「それで十分だよ」

3

これはなかなか手間のかかる旅行になった。まず中国船に乗って福州からフィリピンのマニラへ行った。そこで数日待ったあと、貨物船でマカッサルまで行き、そこからニューギニア・メラウケ行きのオランダ船に乗りこんだ。この船は二カ月に一度しか運航しないうえに、航海の途中であっちこっちの港に立ち寄らなければならなかった。ようやくタカナ島に上陸したサンダース医師は、同行した召使いの中国人少年とともに目的地にむかった。少年は医師の身のまわりの世話をするほか、治療に必要なときに麻酔を施したり、医師が阿片を吸うときにパイプの用意をしたりしている。キム・チンの眼の手術は大成功に終わった。そして医師は、いまはもう何もすることがなくなって、ひねもす椅子にすわってのらくら暮らし、メラウケからもどってくるオランダ船の到来を待つだけだった。この島はかなり大きかったが、孤島だった。外から来る人間といえば、オランダ人行政官がたまに訪れるだけだった。島の役所には英語の通じない混血のジャワ人がいて、行政事務の采配をふるい、めったにない犯罪の取締りに、警官が二、三人駐在していた。街は通りが一本通っていて、その両側に商店がならんでいる。バグダードからやって来たアラブ人が経営する店が二、三軒あるが、残りはみんな中国人のものだった。街の中心から十分ほど歩いたところに、オランダ人行政官が来島したときに泊まる小さな宿泊所があり、サンダース医師もそこに滞在し、いまは何をすることもなく、ひたすら無為に堪えながら、帰りの船を待っていた。宿泊所に通じている道路は、そこから農園のなかを三マイルほど通り抜けたあと、人跡未踏のジャングルのなかに消えている。

オランダ船が寄港すると、街はひとしきり活気をおびる。船長をはじめ高級船員や一等機関士が上陸してくる。もし乗客がいれば、彼らも街にやってくる。みんなキム・チンの店に来て、腰をおろしてビールを飲む。しかしいつも三時間以上とどまることはない。連中が船に乗りこんで立ち去ると、街は静まり返り、ふたたび眠りに落ちていく。

サンダース医師はいまそのキム・チンの店先にすわっていた。店先に張り出している籐製の日除けが日射しを防いでいてくれるが、通りはぎらぎら輝く太陽が照りつけている。野良犬が一匹、残飯の山のまわりをうろついて、食い物をあさっている。そのまわりをハエの大群が群がっている。道路では鶏が数羽、土をひっかいている。埃のなかにうずくまって羽をばたばたさせている鶏もいる。店のむかい側では、異常に腹のふくれた中国人の子どもが裸体をさらし、道路の土をかき集めて、砂の城をつくっている。そこにもハエが集まっていて、黄色い肌のあちこちにとまっているが、少年はそんなことなどお構いなく、遊びに夢中になっていて、ハエを払いのけようともしていない。色のあせた腰巻《サロン》をつけた半裸の島民がひとり、眼の前を通っていく。サトウキビを山積みした籠を天秤の両端にぶらさげて肩にかつぎ、うまくバランスをとりながら、よろめく足を踏みしめて、埃をたてて歩いている。店のなかでは、店員がテーブルにかがみこんで、筆と墨で書類に漢字を書きこんでいる。床にぺたんとすわっている苦力《クーリー》が、紙煙草を巻いては吸い、巻いては吸っている。買い物客は一人もいなかった。サンダースは店内に声をかけて、ビールを一本くれと言った。すると店員が筆をおいて、店の裏へ行って水桶から壜《びん》を出してきて、グラスをそえて医師にわたした。ビールは気持ちよく冷えていた。

時間がどこか重々しく両手に感じられたが、医師は不機嫌ではなかった。その気になれば、ささいなことにも楽しみを見出すことができる。あの野良犬もやせた鶏たちも、腹のふくれた子どもも、見ていて気晴らしになってくれる。サンダース医師はゆっくりとビールを飲んでいた。

4

ふと顔をあげた医師がおどろきの声を発した。白人の男が二人、埃っぽい通りの真ん中をぶらぶらこっちにやって来る。今日入港した船はなかったはずだ。あの二人、いったいどこから現れたのか？　右に左に眼をやりながら、所在なげに歩いている。どうやらはじめてここに上陸したらしい。ズボンとシャツのみすぼらしい姿。かぶっているヘルメット形の日除帽《トピ》もひどく汚れている。二人は近づいてくると、店先にすわっている医師を見て足をとめた。連れの一人が話しかけてきた。

「ここはキム・チンの店だね？」

「うむ、そうだよ」

「大将、いますか？」

「いや、いない。病気だよ」

「それはついてないな。ところで、あたしも一杯いただけるかな？」

「どうぞ」

男は連れに言った。

「なかへ入ろうぜ」

二人は店に入ってきた。

「なんにします？」と医師が訊いた。

「ビールを一本いただこう」

「おれも同じだ」ともう一人も言った。

サンダースが注文をつたえると、苦力が立っていって、男たちがすわる椅子とビール壜をもってきた。男のひとりは中年で、黄ばんだ皺の多い顔をしている。髪は白く、鼻の下の貧弱なひげも白かった。中背で、ほっそりしている。口を開くと、黄色い虫歯が見えて汚らしい。小さい眼は青白く、落ちつきがなく、抜け目がなく油断がない。眼と眼の間がせまくて、なんとなく狐の顔が連想される。しかし物腰はやわらかく、相手の機嫌をとるような口調で話している。

「どこから来たのかね？」とサンダース医師は訊いてみた。

「たったいま帆船で着いたところ。木曜島から来ました」

「それはまたずいぶんと遠方だね。天候はどうでした？」

「文句なし、最高だった。いい風が吹いて、海も荒れなかった。ところで、あたしはニコルズと言います。ニコルズ船長ですよ。たぶんお耳にしたことあるでしょう?」

「いや、聞いてないね」

「そうですか。もうかれこれ三十年、このあたりの海で商売をしています。マレー諸島で一度か二度、立ち寄ったことのない島なんてありません。ここいら辺りはあたしの庭みたいなところです。キム・チンのことはよく知ってます。もう二十年来の知り合いですから」

「わたしはこの島の者じゃありません。よそ者ですよ」と医師は言った。

ニコルズ船長は医師を見つめた。あけっぴろげな表情は和やかだが、眼にけげんな色がうかんでいる。

「いや、どこかでお眼にかかったことがある。見覚えのあるお顔ですよ」

サンダース医師はかすかに微笑んだが、自分から素性を語ろうとはしなかった。ニコルズ船長は眼をほそめると、眼の前の小男にどこで会ったか、懸命に思い出そうとしているらしく、あらためて医師の顔を眺めまわした。サンダース医師は背が低く、五フィート六インチしかない。すらりとしているが、お腹がすこし出ている。小さい手は柔らかくぽってりして、指がすんなり伸びている。現在はともかく、昔はこの形のいい細い指を自慢していたにちがいない。いまでも生まれの良さを感じさせる上品な趣があった。

しかし顔はというと、これがすこぶる醜い。鼻先がつんと上をむいて、小鼻のひろがったしし鼻。大きな口を開けてよく笑うが、不揃いな大きな黄色い歯がみっともない。もじゃもじゃの白髪まじりの眉毛の下で、きらきら光る緑色の眼が陽気そのもの、好奇心にあふれていて、機知のひらめきを感じさせる。無精ひげが残っているし、肌にシミが出ている。顔色は赤く、頬骨のあたりは紫がかっており、長い歳月で培われた心の優しさが感じられる。昔は豊かで硬く黒かったにちがいない頭髪は、いまはほとんど白髪になり、頭頂の肌がうすく透けて見える。しかしこの醜さは人に嫌悪をあたえるものではない。むしろ魅力的でさえある。笑い声を上げると、眼尻にしわがより、途方もない生気が顔一面に現れる。瞳にきらめく賢者の光を見逃せば、これは道化者だと思われるだろうが、老人の知性は誰の眼にも明らかだった。陽気で朗らかで、自分のジョークでも人のジョークでも楽しんでいるが、われを忘れて大笑いしているようなときでも、けっして本心を明かしていないという印象を受けるだろう。どんなときでも相手にすこしも気を許していない男だ。医師が楽しくおしゃべりし、すっかり打ち解けているようなときでも、表面的で率直な態度にだまされない観察力のある者なら、そうした陽気に笑っている眼ざしが、相手をじっとながめて、人物を推し量り、判断をくだし、考えをまとめていることに気づくだろう。サンダース医師は物事を表面どおりに受けとる男ではなかった。

医師が口を開かないので、ニコルズ船長が話をつづけた。

「こいつはフレッド・ブレイクです」船長が傍らの男に親指をむけて言った。

サンダース医師はうなずいた。

「長期のご滞在ですか？」と船長がつづけた。

「いや、定期便のオランダ船が来るのを待っているところです」

「北ですか、それとも南？」

「北です」

「お名前、なんておっしゃいましたか？」

「まだ申し上げておりませんが、サンダースです」

「インド洋ではずいぶん長い間航海してきましたから、人にものを訊いたことなんてありません」船長は追従笑いをしながら言った。「ものを訊かなければ、嘘をつかれることもありません。サンダースさんか？　その名前を名乗った男に何人も会いましたが、それが本名なのかどうなのか、本人以外にはわかりませんね。ところでキム・チン老人はどうしたんです？　元気な親父さんなのに病気とは……少々相談したいことがあって来たんですが」

「眼を悪くしたんですよ。白内障です」

相好を崩して立ち上がると、ニコルズ船長が手を差しだした。

「なるほど、サンダース先生か。やはりお眼にかかっていました。福州ですよ。七年前にあそこにいましたから」

医師は差し出された手をにぎった。ニコルズ船長は相棒をふり返って言った。

「サンダース先生を知らないやつなんて一人もいないぞ。この東洋随一のお医者さんだ。眼だよ、眼。先生のご専門さ。昔眼の悪い知り合いがいてね、もうだめだ、盲になるぞって、どいつも言ってたもんだ。ところが、先生のところへ診てもらいに行ったら、どうだい、ひと月したら、あたしやおまえと同じように、すっかり見えるようになっちまった。誰でもいい、中国人に訊いてみな、この先生は世界一さ。サンダース先生。ああ、こんなうれしいことはない。おどろきました。先生が年の暮れから福州をはなれて、こんなところにいるなんて思いもよらない大珍事だ」

「まあ、ごらんの始末です」

「いや、こりゃあ、幸運だぜ。先生こそ、まさにいま、このあたしがお眼にかかりたいお方です」

ニコルズ船長は身を乗りだして、その露骨で抜け目のない眼で、医師の顔をまじまじとながめた。まるで威嚇でもするかのような眼つきだった。「じつは先生、あたしはいま消化不良の最中なんです。それも最悪のやつにやられてるんです」

「なんだい、ばかな！」とフレッド・ブレイクがつぶやいた。

店に腰をおろしてから、フレッドがはじめて言葉を口にした。サンダース医師はそっちに顔をむけた。だらしなく椅子にすわり、指の爪をかんでいる。退屈していて、機嫌が悪そうだった。背が高く、まだ若い。やせているが、筋肉が発達している。焦げ茶色の巻き毛、大きな青い眼。二十以上には見えない。汚れた袖なしシャツに胸当てつきズボン姿は、世間知らずの粗野な若者といったところか、むっつりしていて、どうも人好きのする顔ではない。しかし鼻筋はすっきりとし、整った口許をしている。

「フレッド、やめろよ。なんでそんなに爪を嚙むんだ」と船長が言った。「まったくいやな癖だぜ」

「あんたの消化不良と同じだよ」青年がくくっと笑って言い返した。

すると青年の笑顔につれて、美しい歯並びが姿を見せた。真っ白で、小さくて、完璧な形をしている。陰気な顔からは予想もしない優雅な歯だった。眼がくらむような美しさに、医師は思わず息を呑んだ。顔をしかめた若者の微笑がいかにも新鮮で愛嬌があるのにびっくりした。

「この苦痛がわからんから、そんな風に笑えるんだ」と船長が言った。「あたしは消化不良の殉教者だぜ。言われなくたって、食う物には気をつけてるさ。なんだってためしてみたよ。だがいいことなんて一度もなかった。このビールだって同じだよ。腹がおかしくならねえなんて思っちゃいねえ。これから腹痛がはじまることは知れてるんだ」

「それならこの先生に、さっさとぶちまけたらどうだい」とブレイクが言った。

ニコルズ船長にとって、胃袋以上の関心事はないから、早速自分の病歴について話しはじめた。症状について科学的に正確に説明し、胸がむかつくときの細かな描写まで省略しなかった。診察をうけた医者の名前や、飲んだ処方薬の数々をならべたてた。サンダース医師はだまって聴いていた。同情する表情をうかべながら、ときおりなるほどと頷いてみせた。

「先生、この腹具合を直してくださる方は、あなたしかおりません」と船長は真剣そのものの顔をして言った。「あなたがどこの医者よりも優秀なことは、誰に言われるまでもなく、このあたしがよく知っております」

「わたしは神様なんかじゃないんだから、奇跡なんて起こせませんよ。そういう慢性病はすぐに治せるものじゃない」

「いや、そんなことはお願いしません。けど、腹薬をくださるとか、当座の処方はできるでしょう。あたしは先生のおっしゃることなら何でもやります。とにかく先生の手で徹底的に診察してもらいたい。いかがでしょう?」

「ここにいつまでいるつもりです?」

「好きなだけいられますよ」

「おいおい、必要なものが手に入ったら、すぐに港を出るんだぞ」とブレイクが言った。

二人の男がすばやく視線をかわした。理由はわからないが、どうやら不都合なことでもあるらしい。

「ところで、ここに来たのはどういう次第です？」と医師が訊いた。

フレッド・ブレイクの顔がふたたび陰気にくもり、ちらりと医師に視線をよこした。何か疑っているな、とサンダース医師は思った。何か恐怖を感じているようだ。医師に答えたのは船長だった。

「キム・チンとは長い付き合いです。食料や燃料の補給に来たんですよ。水樽をいっぱいにしたって、何も悪いことはないと思いましてね」

「ご商売は貨物の輸送ですか？」

「まあ、そんなところです。儲け仕事なら、なんだろうと見逃しませんよ」

「いまは何を運んでいるんです？」

「いろいろなんでも」

そう言って、ニコルズ船長は愛想よく笑い、黄色く変色した虫歯をあからさまに見せた。妙に機知に富んだ油断のならない顔つきだった。こいつら、たぶん阿片の密輸でもしているんだろう、サンダース医師はそんな気がした。

「マカッサルには行きませんか？」

「ええ、行くかもしれません」

「その新聞、どこのものです？」突然フレッド・ブレイクが、カウンターの上の新聞を指さして言った。

「ああ、あれは三週間前の新聞です。わたしが乗ってきた船が運んできたものです」

「ここにオーストラリアの新聞はありませんか？」

「ありませんね」

医師はそう言いながら、うまいアイディアを思いついて、ひとりくすくす笑ってしまった。

「あの新聞にオーストラリアのニュースは載ってませんか？」

「あれはオランダ語の新聞ですよ。わたしはオランダ語がわかりません。いずれにしろ、木曜島でお聞きになったニュースより新しいものはないでしょう」

ブレイクがすこし顔をしかめた。船長が得意げににやりと笑った。

「フレッド、ここは世界の真ん中じゃないんだよ」

「英字新聞は一つもないんですか？」とブレイクが訊いた。

「ときたま香港の新聞が迷い込んでくることがあります。あとは『ストレイツ・タイムズ』くらいかな。でも、それも一カ月遅れのものです」

「ニュースなんて何もないんですか？」

「オランダ船が運んでくるニュースだけです」

「海底電線とか無線とか、そんなものもないんですか?」

「ありませんね」

「警察に捕まりたくない男にとっちゃあ、ここは天国みたいに安全なところだぜ」とニコルズ船長が言った。

「と言っても、それも時間の問題でしょうが」と医師も言った。

「先生、もう一本ビールを飲みませんか?」とブレイクが訊いた。

「いや、やめておきましょう。これから宿泊所へもどります。いかがです、今晩わたしのところで夕飯を食べませんか? 美味しい食事をご馳走しますよ」医師はブレイクにそう言った。青年なら断るだろうと思ったからだ。しかし船長の方が答えた。

「そいつは有り難い。いい気分転換になりますよ」

「でも、おじゃまでしょう」とブレイクが言った。

「いいえ、そんなことありません。では、六時にここでお会いしましょう。すこし飲んでから、宿泊所の方へご案内します」

医師は椅子から立ちあがると、二人にかるく頭をさげて立ち去った。

5

しかし医師はそのまますぐに宿泊所へむかわなかった。見知らぬ他人をわざわざ夕食に招いたというのは、突然親切心が湧き起こったからではなかった。彼らと話している間に、うまい考えを思いついたからだった。いまは福州から遠くはなれて、仕事からも解放されて、急いで帰る必要もなかった。それで仕事を再開する前に、ひとつジャワにでも行って、ここ何年も味わっていない休暇をとろうという気になった。もしあの連中が帆船に乗せてくれるというなら、マカッサルへ行かないにしても、どこか交通の便のいい島に運んでもらい、あとは自分で汽船を見つけて、そこから行きたいところへ行けるだろう。さもなければあと三週間かそこらこのタカナで過ごさなければならない。しかしキム・チンはもう術後の手当をする必要が何もない。もし機会があたえられるなら、これを使って島を出ようという気持ちが大いに強まった。このまま何もしないで便々とタカナにいるかと思うと、突然いたたまれない気持ちになった。

医師は大通りを下っていった。五、六百メートルほど歩くと海岸に出る。小さな港には埠頭もなく、岸辺にヤシの木が生えている。木々の間に島民の小屋が立ち並んでいる。

子どもたちが遊びまわっている近くでは、痩せこけた豚がゴミの山を突っついている。銀色に光る波打ち際が一直線に延びていて、小舟が数隻そこに引き上げられている。サンゴ礁の砂浜が強烈な太陽の光をあびてきらきら光っている。砂地を歩くと、靴を履いていても、足裏が熱くなってくる。気味の悪い大きなカニが足元から逃げていく。小さな帆船が一隻、ひっくり返されていて、腰布《サロン》をまいた黒い肌のマレー人が三人、そこで何か仕事をしている。砂州が大きく湾曲して数百メートルほど延びて、礁湖《ラグーン》を形成している。ラグーンのなかの水は透き通っていて深い。一団の少年たちが浅瀬で遊びたわむれている。キム・チンのスクーナー船が錨をおろしており、近くに最前会った男たちのラガー船が停泊していた。キム・チンの小ぎれいな船の横にならんでいると、むさくるしくて、汚くて、どこもかしこも塗装が必要だった。道のない海洋を渡っていくには、あれではいささか小さすぎるのではなかろうか、サンダース医師は一瞬、ためらう気持ちが起きた。空を見上げると、雲ひとつない晴天だった。ヤシの葉をゆらす風もなかった。浜辺にずんぐりしたボートが引き上げられている。あの二人の男はあれで上陸してきたにちがいない。停泊中のラガー船に船員の姿は見えなかった。

帆船のようすをよく観察してから、医師はのんびり歩いていって、ちっぽけな宿泊所にもどると、中国風のズボンと絹の長衣に着替えた。長年の習慣でこの上衣を着ていると心が落ちついてくる。そして本を一冊とってベランダに出て、椅子に腰をおろした。

宿泊所のまわりには果実をつけた木々が生えている。通りの反対側にはヤシの木が美しく茂っている。木々はきちんとならび、まっすぐ高く伸びている。そして明るい陽光が、重なり合う葉の間をすり抜けて街路に落ち、幻想的な黄色い絵模様を描いている。背後では、召使いの少年がキッチンで昼食の用意をしていた。

サンダース医師はそれほど読書家ではなく、小説はあまり読まなかった。人間の複雑な性格に興味があったから、彼らの奇妙な性質や振る舞いを描いている本が好きだった。ピープスの長大な日誌やボズウェルの『ジョンソン伝』、フロリオ訳の『モンテーニュ随想録』やハズリットの随筆などはくり返し読んでいる。昔の旅行記も愛読した。まだ自分が行ったことのない国々について語っているハックルート協会の地誌や旅行記も楽しんでいた。福州の自宅には、初期の宣教師たちが中国について書いている本が多数おいてある。サンダース医師は何も知識を増やそうとか、思想を高めようとか思って、本を読むのではなかった。読書は夢想の機会をあたえてくれる、だから読書が楽しかった。彼は独特なユーモア感覚で本を読んでいる。宣教師たちの神を称える活動にみちた記述から、サンダースが得ている慎ましい楽しみを知ったら、偉大な宣教師たちはびっくりするにちがいない。医師はもの静かな男だった。愛想よく楽しく話をするが、相手に押しつけるような話しぶりはまるでない。ちょっとした冗談を言うのが好きだったが、それとて相手に無理強いするような意図はなかった。

医師はいまフランス人宣教師ペール・ユックの旅行記を手にしているが、どうも読書に集中できなかった。突然タカナに現れたあの見知らぬ男たちがときおり意識に上ってきて、読書の妨げになっていた。自分はこの東洋で暮らすようになって、何千もの人間に会っている。だからニコルズ船長がどんな類の男であるかすぐにわかった。ろくでなしに決まっている。話しぶりからイギリス人であることはまちがいない。何年も東と南の支那海をうろついているとしたら、本国で何か面倒を起こして流れ流れてきたのだろう。あのさもしい狡《ずる》そうな顔には不正直の極印が押されている。まあ、あのおんぼろ船の船長をしていたら、これから先とても商売繁盛とはいかないだろう。まともな暮らしなど望むすべもないだろう。

あたりは静まり返っていた。サンダース医師はため息をもらした。皮肉のこもったため息だった。あのいかさま師はたぶん、自分の苦労に見合う報酬を受けとることなどあまりないだろう。しかしニコルズ船長はきれいな仕事よりも、むしろ好んで汚い仕事を選ぶのではあるまいか。あの種の男はどんな仕事にも手を出すだろう。人目につかないところでは何をやっているかわかりゃしない。ああいう男を信用したらとんでもないことになる。キム・チンとは知り合いだと言っていた。おそらくいつも仕事にあぶれているのだろう。だから中国人の雇い主がいれば、喜んでなんでもやるにちがいない。うさん臭い仕事をやらせるには打ってつけの男だ。キム・チンのスクーナーで船長をやっていたのかもしれない。そう思いながらもサンダース医師は、自分がニコルズ船長にむしろ好意を感じているのに気がついた。あの愛想の良さが気にいっていた。詐欺師であると思っても、どこか憎めないところがあった。消化不良に苦しんでいるということも、喜劇的な感じがしておもしろい。今夜会えるのが楽しみだった。

サンダース医師は人間という同胞にあまり科学的でも人間的でもない興味・関心を抱いている。おれは彼らに楽しませてもらいたいと思っている。怒りや同情で心を動かされることもなく、冷静に人間を見つめている。数学者が問題の解決を発見したときに味わう喜びと楽しみ、医師はそれと同じ愉快な経験を人間の複雑な個性を見いだしたときに味わっている。だからといって、そうした知識を利用しようというのではない。彼が得ている満足感は美しい絵画や彫刻をながめて喜ぶ類のものだった。人間について知り、それがなんであるか判断することが、微かな優越感をあたえるものであると知ったとしても、医師はそんな感情を意識していなかった。彼には一般の人より偏見がすくなかったし、他人の意見を非難したり認めなかったりすることがなかった。

多くの人がさまざまな悪徳にふけりながらも、自分が好まない悪徳に人がふけることに我慢ができないでいたりする。確かにひろい心があって、どんな悪徳をもひっくるめて受けいれる寛容な人間もいることはいるが、しかしながらその寛容な心は実践的というより、たいてい頭のなかで夢想する理論的なものである。しかし少数ながら、自分とは異なる他人の生き方をなんら嫌悪感なしに受けいれる人もいる。他人の女房を誘惑したという話を聞いてショックを受ける男はあまりいないし、トランプでインチキをしたとか、小切手を偽造したとかいう話を聞いても心がかき乱されることもあるまい（もちろん、当の被害者が自分自身であったら、そんなに気楽な心境ではいられないだろうが）。しかしそんな男でも、誰かがうっかり田舎訛りをもらしたりしたら、それこそ大へん、平静を装うのはむずかしいし、肉汁をナイフですくいでもしたら、もう我慢などできやしない、金輪際、親友などにはならないだろう。サンダース医師にはそうした類の敏感さはなかった。不愉快なテーブルマナーは、化膿した腫れ物と同じで、すこしも気にならなかった。彼にとって善悪とは、もはや天候の良し悪しとなんら変わらなかった。起こるものは起こるものとして受けとった。ことの是非の判断はしたが、善悪で人を断罪はしなかった。不愉快なことがあれば、笑い飛ばすことにしていた。サンダース医師は人とうまくやっている。他人から好かれてもいる。しかし友人は一人もいない。彼自身は気持ちのいい交際相手だったが、人に親密な付き合いを求めたことも、与えたこともなかったし、心の底で気にかけているような人物は、この世にただの一人もいなかった。彼は自分だけで充足している。彼の幸福は他人ではなく、自分にのみかかっている。自分のことしか頭になかったが、同時に賢明で公平な性格だったから、医師が利己主義者であることを知る者はほんのわずかだったし、そういう彼の利己主義のために迷惑をこうむる者など一人もいなかった。

サンダース医師は何も望まなかったから、誰の障害にもならなかった。彼にとって、金はたいした意味をもたなかった。患者が金をはらっても、はらわなくても、気にしたことなど一度もなかった。人びとはサンダース医師を博愛主義者と思っている。しかし時間も金と同じく重要でなかったから、自分から積極的に患者の面倒を見ているわけでもなく、ただ自分の治療で病原体が屈服するのを見るのがおもしろかった。それに人間のさまざまな性質を見出すことにも興味があった。彼は病人と病人でない人を混同していた。人間はそれぞれが無限につらなる書物の一頁であって、そこには奇妙なくらい無数のくり返しがあって、それがいよいよおもしろかった。そうした人びとが、白いのも黒いのも、黄色いのも、人生の危機的状況を迎えて、これにどのように対処するか、それを眺めることに好奇心をそそられた。しかしその光景によって、心が悩まされることも動揺することもなかった。死があらゆる人間の人生において、最大の事件であること、それは言うまでもない。自分が死をどう迎えるか、それにどう向き合うか、そういう興味を失ったことなど一度もない。恐怖に戦いたり不屈の意気を見せたりする眼、陰鬱になったり諦め切ったりする眼、それらの数々の眼を通して、いま人生の終わりを意識している魂の奥を覗きこむとき、医師はかすかな戦慄を覚える。しかしその戦慄もやはり好奇心のひとつでしかなかった。

彼の感情が動揺することなどけっしてない。悲しみも哀れみも感じない。ただ不思議な気だけはしていた。死を目前にしている者にとって、これほど重要な事柄が、他人にとって大した意味をもたないのは、これはまたいったいどういうことだろうか。しかしながら、そのような場合、サンダース医師の態度には同情心があふれていた。死の床で恐怖や苦痛に襲われている患者の心を癒すために語るべき言葉を知っていた。患者の心をなぐさめ勇気づけ、支えとなる指針を与えてやった。それは一種のゲームだった。だから、うまくゲームが進行すれば、それで十分満足できた。彼は生まれながら親切心をもっているが、それは本能的な親切心であって、患者本人に関心があるわけではなかった。病気になった人がいたら、彼は助けに赴くだろうが、もはや救うことができなければ、それ以上の関心を示すことはなかった。彼は殺生を好まない。狩りにも魚釣りにも行かない。それどころか、あらゆる生物が生きる権利をもっていると思うから、蚊やハエも打ち殺すより追いはらうよう心がけた。たぶんきわめて論理的・理性的な人物と思われているだろうし、彼が善良な生活を送っていることを否定する人もいないだろう（といっても、それは医師の生活をながめる人物が多少の寛容心をもっていて、自分の趣向や欲求だけを善とは考えないような場合にかぎる）。親切な男だから、患者の苦痛を和らげるためにもてる力をかたむけたが、医療の動機に正義感をも含めるとしたら、その行為は称賛に値しないかもしれない。つまり、彼は物事を行うにあたって、愛とか、憐憫とか、慈善心とか、そういう美徳に動かされることがなかったからである。

6

サンダース医師は昼食が終わると、寝室に入ってベッドに横になったが、ひどく暑くて眠れなかった。そしてどうしても、ニコルズ船長とフレッド・ブレイクのことが頭にうかんでくるのだった。いったい、あの二人の男には、どんな関係があるのだろうか？　あのフレッドという青年はどういう類の男なのか？　垢と汚れにまみれたシャツとズボンをまとっているが、どう見ても船乗りとは思えない。理由ははっきりしないし、うまい説明も思いつかないが、たぶん、あの眼ざしに海の雰囲気がまるで感じられないからだろう。どういう素性の男だろうか？　オーストラリア訛りがあるが、ごろつきでないことはまちがいない。ある程度の教育はうけていると思われる。物腰に上品なところがある。たぶん家族の誰かがシドニーで商売をしていて、彼自身、快適な家庭があって、それなりの環境に恵まれているにちがいない。しかしどういうわけで、ニコルズのような悪党と手を組んで、真珠採りの船などに乗って、孤独な航海をつづけているのか、そこがまったく理由《わけ》がわからん。もちろん、あの二人が共同出資者ということかもしれないが、となるとどんな商売をしているのか、それがよく見えてこない。まともな商売に従事しているとはとても思えない。だが、それがどんな仕事であろうと、結局のところフレッド・ブレイクは、利用されるだけの片棒を担ぐはめになるだろう。そんなところにサンダース医師の考えは落ちついた。

丸裸のサンダースの体から、汗が滴り落ちている。医師は籐製の台に両足を載せていた。これはダッチワイフと呼ばれる足のせ台で、この地方で体を冷やすために使われている。いまでは温帯地域にまで普及していて、これなしでは眠れないという人もいるが、医師は使ったことがなかったから、どうにも体がむずむずしてくる。ダッチワイフをほうりだして、ごろりと寝返りをうってみた。ホテルのまわりは庭になっている。むかい側にヤシの林があり、そこで無数の虫が鳴いている。まるで騒音だ。ふだんは意識しないから耳に聞こえてこないのに、いまはたえまない音をたてて、体中の神経に響いてくる。死人だって眼を覚ましそうな喧騒だ。サンダースは昼寝をするのを諦めて、腰布《サロン》をまとうと、ふたたびベランダへ出ていった。だがそこも室内とすこしもかわらない。蒸し暑くて空気がよどんでいる。医師はうんざりした気分だった。どうにも心が落ちつかなかった。あれこれあらぬことばかり考えている。まるで故障した車のエンジンみたいに、脳内で思考がうまく点火してくれない。水を浴びて体を冷やしたが、気分は一向にすっきりしない。暑くて、だるくて、いらいらする。とてもベランダにいられなくなって、寝室にもどって、またベッドに横になった。蚊帳のなかの空気はすこしも動いていなかった。とても本など読んでいられない。物思いにふけることもできないし、体を休めることもできやしない。ただ時間だけが鉛のように重く過ぎていく。

ふと気がつくと、階段のところで声が聞こえた。起き上がってドアを開けると、キム・チンの使いが立っていて、主人が先生にお会いしたいそうですと告げた。今朝すでにキム・チンの診察は終わっているから、何かしてやれることはなかったが、サンダースは服を着て、日ざかりのなかへ出ていった。

キム・チンは帆船の到着をすでに耳にしていた。そして彼らが何をもとめているのか知りたがった。サンダース医師が今朝、乗組員の男たちと一時間も話し込んでいたことも聞いていた。この島は大半が自分の所有地だ、と中国人は言った。ここに知らない人間が来ても、べつに気にするわけではない。あのボロ船の船長が会いたいと伝言を寄こしたが、自分は大病を患っていて誰にも会えないと言っておいた。船長は自分と知り合いだと言っているが、そんな知人の記憶などまるでない。どういう男か、すでに克明な情報が届いているし、いま医師の報告を聞いても、あいつらに手を貸すつもりなど毛頭ない。どうやら連中は二、三日ここに停泊するつもりのようだ、そうキム・チンは不愉快そうにまくしたてた。

「明日の夜明けには港を出ると言っていたよ」と言ってから、サンダース医師はふと思いついた。「たぶんわたしから、ここには海底電線も無線もないと聞いて、計画を変更したのかもしれないな」

「あの船はバラストしか積んでないんだ」とキム・チンが言った。「つまり積荷は石だけだよ」

「ほかには何も積んでないのか？」

「何も積んでないよ」

「阿片とか、そんなものは？」

キム・チンは首をふった。医師は微笑んだ。

「つまり、遊覧旅行というわけか。あの船長は胃の具合が悪いと言っていた。わたしに診察してくれと言うんだよ」

キム・チンがあっと驚きの声をあげた。胃が悪いという話を聞いて、ふいに記憶がよみがえった。たしかに自分の持ち船で、ニコルズという船長を使ったことがあった。八年か十年も昔のことだ。事情があって首にして、少々悶着があって煩いことになったが、とキム・チンは言ったが、それ以上、こまかい話にふれようとはしなかった。

「先生、あいつは悪い男ですよ。あのろくでなし、刑務所にぶちこんでやりたかった」

サンダース医師は腹のなかで推測した。その取引がなんであれ、まともな商売でなかったことはまちがいない。ニコルズはキム・チンが裁判沙汰にしないことを承知の上で、自分の取り分以上の儲けをふんだくったのかもしれない。見ると、眼の前の中国人の顔に、険悪な表情がうかんでいる。なるほど、ニコルズ船長の正体もようやく見えてきたようだ。あの男は船長の資格を剝奪されているにちがいないし、保険会社とトラブルがあったのかもしれない。それ以来、資格の所持など気にしない船主にすすんで雇われることになった。そして酒を飲みすぎて、胃の調子も悪くなった。なんとか生活のやりくりをつけねばならないから、船の仕事がなくなって、陸上で働くことも多くなる。しかし船を任せたら、第一級の船乗りだから、仕事が舞い込んでくることもある。だがそれも長くはつづかない。染みついたやくざな根性のために、まともな仕事ができなくなっている、ということか。

「先生、あいつに言っておいてください、ここからさっさと出ていけ、ってね」キム・チンは不意に英語でそういうと、それっきり口を開かなかった。

7

夜になるとサンダース医師は、のんびりした足取りで、ふたたびキム・チンの店へ行った。ニコルズとブレイクが、すでに椅子に腰をおろして、ビールを飲んでいるところだった。サンダースは二人を自分の宿泊所へ連れていった。船長はいろいろと面白おかしい世間話をしたが、フレッドはむっつり黙りこくっていた。どうやら青年はここに来たくなかったようだ。宿泊所の居間に足を踏み入れたとたん、あたりをすばやく見まわした。まるで正体不明の何物かが自分を待ち受けているとでも思っているようすだ。トカゲが鋭い鳴き声を上げると、びっくりして腰をうかした。

「トカゲですよ」とサンダース医師が言った。

「いや、突然だったので、びっくりしました」

医師は召使いのアー・ケイを呼んで、ウイスキーとグラスを持ってくるように言った。

「あたしは飲みません」と船長が言った。「あたしにとっちゃあ、酒は毒薬みたいなもんです。とても想像できないでしょうが、一口でも飲んだり食ったりしたら最後、たちまち胃袋のやろう、すごい悲鳴をあげるんです」

「大丈夫ですよ。ちょっと手当をしておきましょう」

医師はそう言って、薬箱のところへ行くと、グラスのなかで何かを混ぜていた。それからグラスを船長に渡して、飲んでみなさいと言った。

「たぶん、それで夕食を楽しくいただけます」

それから自分とフレッド・ブレイクにウイスキーを注ぐと、医師は蓄音機にレコードをかけた。青年はレコードをじっと聴いていたが、表情にはさらなる警戒心が現れていた。音楽が終わると、自分からほかのレコードをかけた。そして音楽のリズムに合わせて、ゆっくり腰をゆらしながら、古ぼけた器械をじっと眺めていたが、一、二度こちらにちらりと視線を送ってよこした。しかし医師は素知らぬ顔をしていた。ニコルズ船長は落ちつきなく眼を光らせ、勝手に話をつづけている。福州や上海や香港で出会った誰それの消息をたずねたり、自分も加わった酒宴の様子などを事細かく説明したりしている。やがてアー・ケイが夕食を運んできた。三人は食卓についた。

「食事は楽しみたいものです」と船長が言った。「安物はいけません。これはどうも、失礼。質が良くて、単純な料理にかぎります。あたしは大食らいじゃありません。骨つき肉をひと切れ、野菜を少々、仕上げにチーズがちょっとあれば、それで上等、大満足です。先生、いかがです、それ以上に質素な食い物もないでしょう。ところが、どっこい、二十分も経ってみなさい、まるで時計のように正確に、どんと苦痛がやってくるんだ。こんな苦痛に襲われたら、人生、生きるのがいやになります。ジョージ・ボーンってやつをご存じですか？　最高の船乗りですよ。立派なジャーディン船に乗って、廈門《アモイ》にまで行っていた男です。ところが、そいつ、慢性の消化不良を患ったあげく、首をくくって死んじまいました。あたしだって近いうちに、そうならないともかぎりませんよ」

アー・ケイはなかなかの料理人だった。フレッド・ブレイクは出された料理にしごく満足していた。

「あの船で食っていた物にくらべたら、文句のいいようのないご馳走です」

「材料はほとんど缶詰の品物ですが、あの子は味つけがうまいんです。中国人という人種は、天性の料理人ですね」

「この五週間のあいだ口にした最上の食事です」

サンダース医師は、彼らが木曜島から来たと言っていたことを思い出した。しかし昼の話では、好天に恵まれたから、ここまで来るのに一週間もかからなかった、と言っていたが……。

「木曜島って、どんなところですか?」と医師は訊いてみた。

その質問に答えたのは船長だった。

「ひどいところですよ。眼にするものは山羊ばかり。半年もの間、一方向にばかり風が吹きつづけ、それから一転、また半年間は、逆方向から吹きつづけるところです。あれじゃあ神経をやられますよ」

ニコルズ船長はそう話しながら、その眼をきらりと光らせた。医師の単純な質問の裏にあるものを感じ取ったらしい。そしてなんの屈託もなく、たくみに話をはぐらかして、面白がっているようすだった。

「きみは木曜島にお住まいですか?」サンダースは無邪気な笑みをうかべて青年に訊い

てみた。

「いや、ブリズベンです」青年はぶっきらぼうに答えた。

「このフレッドさんには、少々お金があるんですよ」と船長が横合いから言った。「それでこのあたりに何かうまい投資口はないものか、当たりをつけに来たというわけです。まあ、これはあたしのアイディアですがね。このあたりはあたしの庭みたいなところですから、どこもかしこもよく知っています。いくらか資本のある青年にとっちゃあ、めったにないチャンスが転がっているところですよ。あたしに少しでも資本があったら、このあたりの島の農園でも買いますね」

「それに真珠も採るんですよ」とブレイクが口をはさんだ。

「ああ、そうとも。働く人間はいくらでもいる。現地の島民を使えばいいのさ。おまえさんは腰をおろして、やつらを働かせておけばいい。いい暮らしだってできる。若い者にとって、こんなうまい話はどこにもないぜ」

落ちつきのない船長の眼が一瞬静止して、サンダース医師の穏やかな顔をじっとながめた。自分の話がどんな効果をあたえているか見定めているらしい。ブレイクとの間ですでに話の辻褄がついているようだ。サンダース医師の顔に納得した様子がないのを見て、船長は歯をあらわにして陽気に笑った。嘘をつくのが楽しくて堪らないといった顔をしている。こっちが話をまっとうに受けとったら、かえって気分を害するだろう。

「まあ、そんなわけでここにやって来ました」と船長は話をつづけた。「このあたりの島にはキム老人の知らないことなど何もありません。そこでご老体と仕事ができやしまいかと思いましてね。あたしが島にきたことを知らせるように、店の小僧に言っときましたよ」

「ええ、老人から聞いています」

「じゃあ、もうお会いになったんですか？　それであたしのこと、何か言ってましたか？」

「ええ、ここからさっさと出ていけ、と言ってましたね」

「なんでまた、そんなにあたしを嫌うんですか？」

「さあ、それは聞いてなかったね」

「じつは昔のことですが、ちょっとばかり意見の相違があったんです。もう大昔のことですよ。いまだに根にもつなんて、あの老人、どうかしていませんか？　もう勘弁してくれてもいいでしょう」

ニコルズ船長にはめずらしい特徴があった。人に悪さをしておきながら、あとあと悪感情をもたせない。だから相手がいつまでも恨みをもつことが、どうにも理解できないらしい。サンダース医師は船長の自分勝手な言い分をおもしろがって聞いていた。

「キム老人はなかなかの記憶力の持ち主ですよ」と医師は言った。

二人はあれやこれや話がはずんだ。

「ありゃあ、これはいったいどうしたことだ？」と突然、船長が声をあげた。「今夜は胃袋がなんの悲鳴もあげないぞ。先生、あたしに何を飲ませたんです？」

「あなたの慢性病の話を聞いて、効き目のありそうな薬をちょっと飲んでもらいました」

「へーえ、おどろいたな。先生、その薬、もっともらえませんか？」

「いや、つぎに飲んでも効かないでしょう。あなたに必要なのは治療ですよ」

「この慢性の消化不良が治るとでも言うんですか？」

そら、チャンスが来たぞ、と医師は思った。

「それはわかりません。二、三日ようすを見ながら、治療方法を一つ二つ試してみたら、何かして差し上げられるかもしれません」

「先生、ここに二、三日滞在しましょう。お願いします、あたしの胃袋を徹底的に診てやってください。何も急ぐ航海じゃないんですから」

「キム・チンはどうするね？」

「やつに何ができるというんだ？」

「やめろよ」とフレッド・ブレイクが言った。「ここで面倒なんて起こしたくない。明日は絶対に出帆するんだ」

「なるほど、おまえはそんな大口も叩けるが、あたしの身にもなってみろ。どんな苦痛に堪えているか、おまえなんぞにわかるもんか。黙ってあたしのやることを見てるがいい。いいか、明日あの老いぼれに会いに行って、なんの文句があるのか、よく訊いてきてやる」

「だめだ。明日は絶対に出帆するんだ」

「何を言いやがる。あたしが出帆すると言ったとき出帆するんだ」

二人の男が一瞬、相手の顔をじっと見つめた。船長は例のあやしげな穏やかな笑みをうかべているが、フレッド・ブレイクは怒りで頰をひきつらせた。つかみ合いになりそうな雲行きを見て、サンダース医師は間に入った。

「船長、あなたはわたしほど中国人をご存じないようだ。連中をあまく見てはいけません。あなたに好き勝手をさせないためなら、いとも簡単に、ナイフでぐさりとやってきます」

船長がばんと拳でテーブルをたたいた。

「ちくしょう、たかが二百ポンドの金だというのに、どうしていつまで根にもつんだ。キム・チンは大金持ちだ。少々余計に取られたからといって、やつの懐具合になんの支障も起きないだろう。とにかく、あの老いぼれ、とんでもねえ悪党ですよ」

「船長、気づいたことありませんか？　悪党という人種は、悪党にペテンにかけられることくらい、頭にくることもないんです」

ニコルズ船長はいかにも憤懣やる方ない、といった顔をしていた。小さな緑がかった眼と眼がぐっとせばまり、虚空の一点に焦点を合わせて睨んでいる。こんな醜い男もめずらしい。ところが、つぎの瞬間船長は、医師の言葉を聞いて、椅子の背にそっくり返って大声で笑った。

「うまいことおっしゃいますね。あたしは先生が好きになってきた。何でもずばりずばりと言ってくださる。まあ、世間にはいろんな人間がいますから、眼玉をしっかり開けておかにゃあ、とんでもないことになります。なんと言っても早い者が勝ち、まずは自分のことが大事です。据え膳が眼の前にあるというのに、指をくわえて見ているなんて、とんだ阿呆のやることですよ。もちろんときには、誰でもヘマをすることもあるでしょう。これから先がどうなるか、先の先まで見通せるわけじゃありませんから」

「先生にもう一度薬をもらって、養生方法でもよく聞いておけば、何も心配することはないだろう」とブレイクが言った。

どうやら青年は落ちつきを取りもどしたようだ。

「いや、そんな簡単な話にはなりませんよ」とサンダース医師は言った。「しかし考えてごらんなさい。もっとずっといい方法があります。実をいうと、わたしはこの絶海の孤島に、もううんざりしてるんです。一刻も早くここから出たいと思ってるんです。だから、ティモールかマカッサルか、スラバヤでもいい、とにかくあなた方が、そこまでわたしを運んでくれるなら、その航海の間じゅうに、船長のお腹の具合をいくらでも調べてみようじゃありませんか」

「先生、そいつはいい考えだ」とニコルズ船長が言った。

「とんでもない！」と相棒が叫んだ。

「どうして？」

「あれは客を乗せる船じゃないだろ」

「それなら乗組員にしたらいい」

「寝るとこなんてどこにもないぞ」

「この先生は細かいことなど気にしないよ」

「その通りです。自分の食べ物と飲み物はちゃんと用意していきますよ。キム・チンの店で缶詰を大量に買っておきましょう。ビールだっていくらでもあるし」

「絶対にだめです」ブレイクが断固とした口調で言った。

「おいおい、お若い船乗りさんよ、あの船の舵を取ってるのは、いったい誰だい？　あたしか、それともあんたか？」

「行き先を決めるのはおれだろう」

「何が行き先だ。坊やの遊覧船じゃないんだぞ。いいか、船長はあたしだ。あたしの命令一下、この船は大海原を渡っていくんだ」

「じゃあ、あの船の持ち主は誰だ？」

「そんなこと知るもんか。おまえ自身に訊いたらどうだ？」

サンダース医師は二人のようすを興味津々、注意深く見まもった。その明るい鋭敏な眼は、何を見逃すこともなかった。いまや船長は持ち前の愛想の良さをすっかりなくし、赤い斑点で黄ばんだ顔をそめている。一方、若者は獰猛な眼をして、拳を固くにぎりしめて、首を前につきだしている。

「この人は船に乗せない。話はそれだけだ」青年は大声で言った。

「まあ、お待ちなさい」と医師が口を開いた。「わたしはきみの邪魔にはならないつもりだ。船にいるのはせいぜい五日か六日だろう。どうだね、気持ちよく乗せてくれないか？　もし乗せてくれないとなると、これから何カ月も、ここにいなきゃあならない。そう思うと堪らんのだよ」

「そんなことおれの知ったことじゃない」

「わたしに何か気に入らない点でもあるのかね？」

「あなたにはなんの関係もありません」

サンダース医師は訝しい表情で青年をちらりと見た。フレッド・ブレイクは怒っているだけじゃない。不安で緊張している。美しい顔が暗く青ざめている。どうしてわたしをそんなに船に乗せたくないのか、医師は不思議でならなかった。このあたりの海では、旅行者をひとり乗船させることに、そんなにこだわる者はいないはずだ。キム・チンは、積荷は何もないと言っていた。とすると何か怪しげな貨物でもあるのかもしれない。キム老人の手先の眼にもふれないでいる、どこにでも隠せる物でも載せているのか？　モルヒネか？　コカインか？　そういう品物なら、たいして場所も取らないし、それ相応のところへもっていけば、莫大な儲けになるだろう。

「なんとかお願いできませんか、ひとつ助けてくれませんか？」医師は猫なで声で言ってみた。

「申し訳ありません。不親切な男と思われるでしょうが、おれもニコルズも、仕事でここに来てるんです。お客を一人乗せるために、余計なまわり道をするわけにいきませんで」

「おい、ブレイク」と船長が言った。「あたしと先生は二十年もの付き合いなんだ。何も心配することはないんだ」

「何を言いやがる。今朝会ったばかりじゃないか」

「まあ、怒るなよ、坊や」と船長がにやりと笑った。「あたしはこの先生のことなら、何から何まで知っているのさ。ほんとだぜ」見ると、汚らしい小さな歯がところどころ欠けている。そいつはみんな抜いてしまった方がいい、代わりに義歯でも入れておけば、消化不良も解消するかもしれん、とサンダース医師は思っていた。「それに先生の話を聞けば、あたしたちのことなんか、何も知っちゃあいないじゃないか」

船長はそう言って、抜け目のなさそうな眼で医師を見つめた。そのにこやかな笑みの裏に、真剣で強固な意志が見てとれた。おもしろい男だ。サンダース医師は瞬きもせずに、その眼をじっと見返してやった。こっちの思いが当たっているか、それとも、おれがやつの狙いを見誤っているか、さてどうなることやら？

「わたしは商売柄、人様のことには口を挟まない性分です」医師はにっこり微笑んだ。

「我も生きよ、人も生きよ、持ちつ持たれつ、これが何よりいちばんだぜ」と船長は悪党らしくあっけらかん、何のこだわりもなく笑ってみせた。

「だめだと言ったら、だめだ」青年は強情だった。

「フレッド、おまえさんには疲れるよ」とニコルズが言った。「何も怖がることなどないだろう」

「おれが怖がるなんて、誰が言ってるんだ？」

「あたしだよ」

「おれは何も怖がっちゃいないぞ」

二人は短い言葉を矢継ぎ早に言いはなった。たがいの怒りがしだいに激しさをましている。いったい、この二人の間にどんな秘密があるのだろうか、と医師は思った。あるとしたら、それはニコルズの側でなく、フレッドに関係しているにちがいない。この件で何か船長の良心にさわるようなところは感じられない。しかもこの悪党は秘密をにぎっている相手に遠慮するような男ではないだろう。してみると、二人の間にある秘密がなんであろうとも、船長自身もその実態が何であるか、しかとはわかっていないようだ。たぶんうすうす感じているだけだろう。しかしとにかく、医師は船に乗せてもらいたかった。ここで計画を諦めるつもりはなかった。目的を達するために、ここはいちばんこっちも頭を働かせてやろう。

「まあ、待ってください。わたしのことが原因で、お二人に喧嘩をされてはこまる。ブレイク、きみがそんなにいやだと言うなら、もう乗せてもらうのは諦めよう」

「いや、先生、あたしは是非とも乗ってもらいたいのです」とニコルズが医師の言葉をさえぎった。「あたしにとって、こんなチャンスは二度とない。あたしの消化不良をなおせる人間がいるとしたら、それは、先生、あんたしかいない。こんな機会に恵まれて、指をくわえて見過ごすことなどできません。絶対に、断じて！」

「あんまり胃袋のことを考えすぎだぜ」とブレイクが言った。「はっきり言うが、好きなものを食って、何も気にしなければ、消化不良なんて起こしやしないよ」

「おや、そうかい。あたしのことなら、なんでも知っているというわけかい。あたしよりも消化不良がどんなものか、よくよくご存じというわけかい。いいか、このやろう、トーストをひと切れ食っただけで、そいつが一トンの鉛みたいにのしかかってくるんだ。それもこれも、みんな気のせいだとでも言うのか?」

「そうとも、それはみんな気のせいだ、妄想だ。自分でも気づかないくらい妄想にとりつかれているだけだ」

「くそったれ」

「誰がくそったれだ?」

「おまえだよ。おまえをくそったれって言ってるんだ」

「まあ、まあ、やめなさい」

ニコルズ船長が大きなゲップをした。

「ちくしょう、こいつのおかげで、また腹の具合がおかしくなってきた。夕飯を食って気分よく、腰を落ちつけていられたのは、この三カ月間、今夜がはじめてだというのに。ところが、こいつめ、やけに強情をはりやがるから、またぶり返してきやがった。いいか、くそったれ、この吐き気の苦しさがおまえにわかるか? 死ぬほど苦しいものなんだぞ。胃袋のなかを駆け上がってきやがるんだ。体じゅうが神経になって、ひいひい悲鳴を上げてくるんだ。ちくしょう、いつだってこうなってくる。ただの一度でいいから、気持ちのいいひと晩を過ごしてみたい、それがあたしの切なる願いだ。ところがこいつめ、何もかもぶちこわしやがった」

「いやあ、船長、ほんとに同情します」と医師は言った。

「みんながそう言ってくれる。どいつもこいつも、そう言いやがる。『船長、あなたは神経のかたまりです、繊細すぎるんですよ。胃袋が子どもよりデリケートにできてるんです』ってな。ちくしょう、何がデリケートだ」

サンダース医師は神妙な顔をして、同情の言葉を述べた。

「どうもわたしの見るところ、あなたはしばらく診療が必要なようです。つまり胃袋に教育を施してやるのです。しかし残念ですな。もし船に乗せてもらえたら、あなたの胃液が適正に活動できるように、うまい手当ができるかもしれません。六日や七日で完全な治療とはいきませんが、いい方向にむかうような手当ぐらいはできるでしょう」

「いや、先生、是非とも船にお乗りください。誰も文句は言いません」

「いや、ブレイクくんは反対でしょう。どうやらわたしの見るところ、彼がボスのようですから」

「いや、ちがいます。それは先生のまちがいです。船長はあたしですよ。船はあたしの命令で動くんです。さあ、荷物をまとめて、すぐに乗船してください。先生を乗組員ということにします。出帆は明日です」

「おい、ニコルズ、勝手なことを言うな」ブレイクが椅子から跳び上がって言った。

「あんた一人で決められてたまるか。おれにもおれの都合がある。はっきり言うぞ、この人は乗船させない。この人だけじゃない。誰であろうと絶対に乗船させない。いいか、わかったか」

「おや、ばかに大きく出たな。よし、坊や、もしあたしがまっすぐB・N・Bに船を着けたらどうする？　わからないか、英領北ボルネオだよ」

「その場合には、事故にでも遭わないように気をつけろ」

「ふん、恐れ入ったね。おまえさんを怖いとでも思ってるのか？　ふざけるなよ、おたんこなす、こっちはおまえの生まれる前から、誰の後ろ盾もなく、世界の海をのしてきたんだ。後ろからナイフでずぶりとやるとでも言うのか？　そしたら誰が船の舵を取るんだ？　おまえと四人の黒人どもで、あの船を動かせるとでもいうのか？　笑わせるなよ、唐変木。船首と船尾の区別も知らねえくせに、偉そうなことを言うな」

ブレイクがまたもや拳をにぎりしめた。二人の男がにらみ合ったが、船長の眼はあざ笑うように光っていた。最後の勝負になったら、切り札が自分の手にあることを知っている。青年がふっとため息をもらした。

「先生は、どちらへ行きたいのですか？」

「帰りの船に乗れるオランダ領の島なら、どこでも結構です」

「わかりました。じゃあ、乗ってください。この男と二人きりで船にいるよりましでしょう」

青年は憎しみを燻らせながらちらりと船長を見た。ニコルズ船長は好人物よろしく高らかに笑った。

「そのとおりだ。おまえさんのいい話し相手になってもらえる。明日の十時に出帆する。それでいいですね、先生？」

「もちろん、結構です」と医師は答えた。

8

二人の客は早いうちに帰っていった。サンダース医師はいつもの本を手にして、長い籐椅子に横になった。時計にちらりと眼をやると、九時をすこしまわったところだった。夜になると阿片を六服ばかり吸うことにしている。これがこの老人の習慣だった。いつも十時に喫《の》みはじめる。医師はその時刻を待っている。苛立つ気持ちはなかったが、期待ですこし心がふるえる。心地よい精神状態にある。快楽を味わう刻を早めるために、この心待ちの時間を短くしようとは思わなかった。

サンダース医師はアー・ケイを呼んで、知らない人たちの帆船に乗って、明日この地を離れることを告げた。少年はうなずいた。彼も島から出られることを喜んでいた。アー・ケイが医師に雇われたのは十三歳のときだった。いまはもう十九歳になっている。すらりとした肢体、可愛らしい面立ち。大きな眼が黒くて、肌が少女のようにすべすべしている。漆黒の髪は短く切られていて、まるで帽子をぴたりと被っているようだ。古びた象牙のような色白の顔は、ほっそりと面長だが、頬が愛らしくふくらんでいる。少年はよく笑みをもらす。すると美しい二列の歯が唇の間に現れる。中国服の白い木綿のズボンはみじかく、襟のない服は体にぴったり合って品があり、奇妙な魅力を感じさせる。少年はものしずかにたち動く。まるで猫のように、何か思考でも凝らしているかのように、ひそやかに優雅に歩いていく。アー・ケイはおれを情人のように愛しているのではないか、医師はそんな思いをひそかに弄ぶこともあった。

十時になった。医師は本を閉じて、少年を呼んだ。

「アー・ケイ!」

少年が部屋に入ってきた。テーブルから小さな盆をとり上げて、医師のそばにもってくる。盆にはオイルランプと細長い鉄針と、パイプと阿片の入った丸い缶がのっている。サンダース医師は少年の動きを穏やかに見まもった。アー・ケイは医師のわきに来ると、床にあぐらをかいてすわり、ランプに火をつけて、針の先を炎にかざす。針先が熱くなると、それを缶に差しいれて、阿片をすくいとる。指先でたくみに阿片を丸めて、それをまた小さな黄色い炎であぶる。阿片がぶつぶつ泡を立てふくれ上がる。医師はそれをじっと見つめている。少年は阿片を火から離して、ふたたび指先でこねて、またランプの火で加熱してから、丸めた玉をパイプにつめて、主人にわたした。医師はパイプを手にすると、ベテランの阿片喫煙者らしく、すばやく深く、甘い煙を吸いこんだ。そしてしばらく息をとめている。煙が肺の奥深くひろがっていく。それからゆっくり息をはき出して、少年の手にパイプをもどした。アー・ケイはパイプを掃除して盆の上においた。そしてまた針を熱して阿片の小さい玉をつくった。サンダースは二服、三服と吸っていく。少年は床から立ちあがり、台所へ出ていった。小さな壺をもってもどってきて、茶碗にジャスミン茶をそそいだ。たちまち芳香が立ちのぼり、阿片の酸っぱいにおいを消し去った。医師は長椅子に横たわって、頭をクッションにもたせかけて、天井を見つめる。二人とも何も言わない。あたりは静まり返っている。鋭いトカゲの鳴き声が沈黙をやぶる。眼をむけると、天井にトカゲがじっとはりついている。黄色い小動物は先史時代の怪獣のミニチュアのようで不気味だった。ときおり蠅か蛾を見つけたのか、さっと矢のように天井を走っていく。

アー・ケイは自分も煙草をくわえている。バンジョーのような奇妙な楽器を手にして、ボロロンと弦を奏でて楽しんでいる。ひくい音が空中をさまよい、取り留めのない音を立てているが、いつのまにか最初のメロディにもどり、もう終わるかと思うと、またボロロンとはじまっていく。調べはゆるやかで、物悲しげで、無数の花々の芳香が入り混じっているようでまとまりがなく、明確な旋律もなく、ただ漠然茫洋として、リズムがけだるく流れて、聴覚では聞き取れない微妙な音楽が、魂のなかにひろがっていく。ときおり石板をひっかくような鋭い不協和音がして、神経に衝撃をあたえるが、その感覚は炎暑のさなか、冷たいプールに飛びこんだときのような、甘美な戦慄を感じさせる。床にすわっている少年は侵しがたい美につつまれていて、瞑想にふけるように楽器をかき鳴らしている。どのような茫漠とした感情が少年の心をとらえているのだろうか？哀愁におおわれた顔は冷静で平然としており、記憶の水底にわけいって、遠い昔に聴いたメロディを偲んでいるかのようだった。

少年が顔をあげた。魅力的な微笑みがきらりと光る。よろしいですか、と訊かれて、医師はうなずく。少年は楽器をおいて、ランプに火をともして、阿片のパイプの用意をする。医師はふたたびパイプを吸う。それからさらにもう二服。それが限度だった。定期的に吸っているが、慎みは心得ている。サンダース医師は仰向けになって物思いにふけっている。アー・ケイは自分用にパイプを二本用意し、それを吸い終わると、ランプの火を消した。それからマットに横になり、首の下に木枕をあてがい、すぐに眠りに落ちていった。

しかし医師は眠らなかった。静謐な平安にみたされて、実在のなぞについて考えている。あまりにも心地よく長椅子に横たわっているので、自分の体がそこにあることも、ほとんど感じられなかった。ただ肉体のなかに漠然とした充実感と幸福感があって、それが魂を天上へと向わせてくれる。この解放された状態のなかでは、もう飽き飽きしているが長年の愛情に甘えている友人でも見るように、魂が肉体を優しくあたたかく眺めている。精神は異常なくらい研ぎ澄まされている。それなのに不安も動揺もまったくなく、静謐な世界で生き生きと活動している。偉大な物理学者が記号や計算式の間を動きまわるように、体中に力がみなぎっている。頭脳が冴えわたり、純粋な美を感じて歓喜している。この明晰な精神そのものが存在の目的である。自分はいま時間と空間を支配している。その気になるなら、自分に解決できない問題など何もない。すべてが明快であり、限りなく単純である。しかし、いまは実在のなぞを解いてみるのは愚かしい。それは好きなときにいつでも解決できる。その事実を知っているというだけで、これほど繊細な快楽を感じていられるのだから。

9

サンダース医師は早起きだった。夜があけると、すぐにベランダに出て、アー・ケイを呼んだ。少年が朝食をはこんでくる。〈貴婦人の指〉と呼ばれる小さい上品なバナナ、お決まりの炒り卵、トーストに紅茶。食欲は旺盛だった。もりもり食べられる。まとめる荷物はあまりない。アー・ケイのわずかな衣服はまるめて茶色い包装紙につつんだし、医師の荷物は青い豚皮の中国製の旅行鞄におさまった。医薬品と手術器具はあまり大きくないブリキの箱にしまった。三、四人の島民がベランダに通じる階段の下で待っている。みんなサンダース医師に診てもらいにきた患者だった。医師は朝食を食べながら、ベランダに一人ひとり呼んで診察し、自分がこれから島を離れることを告げた。食事が終わると、キム・チンの家へ歩いていった。ココヤシ農園のなかに建っている堂々たるバンガロー風の平屋建てで、島でいちばん大きな家である。細かいところにいろいろ建築学的趣味を凝らし、それが建物を立派に見せているが、これ見よがしな外観がまわりのみすぼらしい環境のなかで異様に浮き上がって見える。庭園はなかった。敷地には缶詰の空き缶や荷造り箱の残骸が一面にちらばっている。掃除をしたような形跡がまるでなく、鶏やアヒルや、犬や豚がうろつきまわり、ごみのなかから食い物をあさっている。家のなかはヨーロッパ風につくられている。黒燻しのオーク材の食器棚、アメリカ中西部のホテルなどでよく見かける揺り椅子、フラシ天張りの豪華なテーブル。壁には巨大な金色の額縁がかかっていて、そこにキム・チンと一族の引き伸ばし写真がおさめられている。

キム・チンは背が高く、頑丈な体をしていて、押し出しがよく、白いズックのズボンをはいて、懐の時計につながっている太い金鎖をぶら下げている。この大金持ちは手術の結果に大いに満足していた。これほど視力が回復するとは思ってもいなかった。だから医師にはもうすこし島にいてもらいたいと思っている。

「先生、あんな船に乗っていくなんて、とんでもないバカをみますよ」医師の話を聞いて、キムは言った。「ここにいれば、なんの心配もなく、気楽に暮らしていられます。どうして待っておられんのです。何も急ぐことはありませんよ。オランダ船の来るのを待つ方がずっといい。あのニコルズはひどいやつ、油断のならない悪党ですよ」

「キム・チン、あんただって、それほど善人じゃないでしょう」

貿易商はへへっとのんびり笑って、医師の鋭い突きをかわした。開いた口にずらりと金歯がならんでいる。そう言われても、なんの不満もないらしい。キムはサンダース医師が好きだったし、大いに感謝もしていた。したがって、医師の決意がかたいことを知ると、もはや説得しようとは思わなかった。医師は今後の養生の指示をあたえて、金持ちの友人に別れを告げた。キム・チンは玄関まで送ってきた。二人はそこで別れた。

サンダースは街にもどると、航海に必要な品物を買いこんだ。米をひと袋にバナナを数房、大量の缶詰にウイスキーにビール。これを海岸へ運んでいって、おれが行くのを待っていろ、と苦力《クーリー》に命じてから、宿泊所にもどった。アー・ケイはすでに準備を終えていた。朝来た患者が待っていて、小銭ほしさに荷物を運んでいくと言った。海岸へ行くと、キム・チンの息子がひとり見送りに来ていた。そして、親父の贈り物ですと言って、絹織物ひと巻きと、漢字が書かれている白い四角い紙包みを渡してくれた。中身はすぐに推測できた。

「阿片かい？」

「親父様の話では、非常に上質な物だそうです。先生も、旅行中のことですから、あまり手持ちがないでしょう」

彼方の帆船には人影がまるでなかった。浜辺にボートも見えなかった。大声で叫んでみたが、声が細くてしわがれていて、船までとても届かなかった。アー・ケイもキムの息子も、声をあげて呼んでみたが、なんの応答もなかった。しかたがない。サンダース医師は手荷物や食料品を丸木舟に積ませ、島民の一人にオールを漕がせて、海上の帆船にむかった。ようやく船に近づいて、また大声で叫んでみた。

「船長、ニコルズ船長、どこにいるんだ！」

フレッド・ブレイクが姿を見せた。

「先生ですか。ニコルズの爺さんは、陸《おか》へ行ってます。飲料水を取りに行ったんです」

「見かけなかったな」

ブレイクはそれ以上何も言わなかった。医師は甲板によじ登った。アー・ケイもあとにつづいた。島民が丸木舟に積んできた荷物を渡してくれた。

「この荷物はどこにおいたらいい？」

「あそこが船室です」とブレイクが指さした。

医師は昇降口を降りていった。船室は船尾にあった。天井がひくくて、小柄な医師でさえ、まっすぐ立つことができなかった。せまくるしい部屋で、メイン・マストが床と天井を突き抜けている。ランプがぶら下がっている天井はくろく煤け、小さな舷窓は木製のひき戸で閉められており、二人の男が寝ているマットが長々とおかれていた。おれが寝られそうな場所はここだけか、と医師は降りてきた階段の下に眼をやった。それから甲板へあがっていって、船室に就寝用マットと旅行鞄をおろすようアー・ケイに命じた。

「食糧は船倉にいれておく方がいいでしょうか？」と医師は寡黙な青年に訊いてみた。

「そんな場所はないだろう。おれたちは船室においている。ボーイに命じて、床下に場所を見つけさせたらいい。床板は簡単にはずせますよ」

サンダース医師はあたりを見まわした。彼は海についてなんの知識もなかった。一度マイン川を帆船で航行したときを除いて、蒸気船以外の船に乗ったことがなかった。こんな小さな帆船で長い航海ができるものだろうか、医師は不安を感じていた。せいぜい五十フィートあるかどうか。ブレイクにいろいろ訊いてみたかったが、青年はむこうへ行ってしまった。なるほど、おれが乗船することに同意はしたものの、いやがっているのは明らかだった。ぶすっと腹をたてている。古ぼけたズックの椅子がふたつ甲板に出ていた。医師はそのひとつに腰をおろした。

しばらくして汚れた腰巻《サロン》一枚の黒人がやって来て、船長が来ると言った。黒い体はがっちりとして、縮れた髪がほとんど白かった。

男の指さす方向を見ると、ボートがこっちにむかって進んでくる。ニコルズ船長が舵をとり、二人の黒人がオールをこいでいる。ボートを船に横付けすると、船長が大声で叫んだ。

「ユーターン、トム、手を貸せ。樽を上げるんだ」

船倉からもう一人、黒人が姿を現した。乗組員はこれで四人になる勘定か、と医師は思った。いずれもトレス海峡あたりの島民だろう。背が高くて、いかにも力がありそうで、しなやかで美しい指をしている。ニコルズが甲板にあがってきて、サンダース医師と握手をかわした。

「先生、いかがです、落ちつきましたか？　このフェントン号は外洋快速船とはいきませんが、このあたりじゃあ最高の帆船です。どんな天候になっても、ご心配はいりません」

ニコルズはそう言うと、手入れなどしていない汚らしい船を見わたした。まるで自分の道具の使い方を熟知している職人のように、いかにも満足気な顔つきだった。

「よーし、そろそろ出港といこうか」

船長の口からするどい命令が発せられた。たちまち主帆と前帆がひるがえった。錨があげられ、船はするすると環礁から出ていった。空には雲一つなかった。太陽が強烈に照りつけ、海面がきらきら光っている。モンスーンが吹いているが、それほど強くなく、波がゆるやかにうねっている。カモメが数羽飛んできて、帆船の上を大きく旋回している。ときおりトビウオが海から飛びだして、投げ矢のように水面すれすれに飛んでいき、やがてぽちゃんと音をたてて落下する。サンダース医師は本を読み、煙草をふかし、それにあきると海に眼を転じて、通り過ぎる緑の島々をながめたりした。やがて船長は舵輪を部下にまかせて、医師の傍らにやって来て腰をおろした。

「今夜はバドゥに碇泊します。あと四十五マイルくらいある。『航海案内』を見ると、何も心配なさそうだ。錨を下ろせる場所もある」

「どんなところです、バドゥって？」

「ああ、ただの無人島ですよ。いつも夜だけ碇泊するんです」

「ブレイクくんは相変わらずですね。わたしの乗船を快く思っていないようだ」

「昨日の晩、またちょいとやり合いましたよ」

「どうしてまた？」

「いやあ、あいつはまだガキなんです」

サンダース医師は乗船の料金を稼がなければならないと思った。そこでさっそく船長の診察をはじめた。患者というものは自分の病気についてあれこれ話すと、こちらに信頼を寄せはじめ、やがて病気以外のことも話してくれる。医師は船長の健康状態について質問をはじめた。話だけではくわしい事情は何もわからない。そこで船室へ連れていって、床にあおむけにして、注意深く体の状態を調べてみた。ひと通りの診察をすませると、二人は甲板にもどった。トム・オブーという名の白髪頭の黒人が三人の夕食を運んできた。乗組員の料理もつくるし、給仕もする男だった。

「おーい、フレッド、飯だ。来いよ」と船長が声をかけた。三人が腰をおろすと、トムが鍋のふたをとった。

「こりゃあ、いい匂いだ」とニコルズが言った。「トム、こいつは新しい料理かい?」

「たぶん、うちのボーイがお手伝いしたんでしょう」と医師が言った。

「これなら、あたしの胃袋も、なんの文句を言うはずがない」と船長は言いながら、米と肉をまぜた料理を皿にとり、思いきりよく頬張った。「フレッド、どうだい? この船に先生が乗ってくれたおかげで、おれたち二人とも、こんないい思いができるじゃないか」

「たしかにトムの料理よりはずっと美味い」

三人はうまそうに食べていた。船長が煙草をふかした。

「ああ、これで胃袋のやろうが、痛いのなんのと言わなけりゃ、先生はとびきり上等、世界第一のお医者さんだよ」

「まあ、今夜は大丈夫、痛くなることはないでしょう」

「先生のような立派な医者が、どうして福州なんかにいるんですか？　シドニーへ行けば、しこたま金が稼げるでしょうに」

「福州で満足しているのさ。わたしは中国が好きなんだよ」

「へえー、そうですか。先生はイギリスで勉強したんでしょ？」

「ああ、そうだよ」

「先生が大した専門医だとか、ロンドンで修業なさったとか、いろいろお噂を聞いてますが」

「噂なんて信じちゃいけません」

「あたしには、どうにも不思議に思えるんです。何もかもほうり捨てて、薄よごれた中国の貧民街に住みつくなんて、まったく、わけがわかりません。ロンドンにいたら、大した金持ちになれたでしょうに」

船長のよく動く青白い眼が医師の顔をじっと眺めている。にやにやこっちを見つめる顔にちらりと意地の悪そうな光が見えた。しかし医師はその視線を平然と受けとめ、にっこり笑った。すっかり変色した歯を見せながら、瞳に賢者の光を宿して落ちつきはらい、ニコルズが期待したような困惑した色はみじんも見せなかった。

「イギリスに帰るつもりはないんですか？」

「ありませんね。わたしの故郷は福州ですよ」

「おっしゃる意味はわかります。イギリスはもうお終いですよ。あたしに言わせりゃあ、やたらに規則や規制がありすぎる。どうして放っておいてくれないんだ、わけを教えてもらいたい。ところで、先生、あんたは、医者の登録をしていませんね？」

船長が突然、サンダースにそう言った。医師の不意をついたつもりのようだが、相手が何枚も上手であることを知らなかった。

「船長、わたしを信頼すると言いませんでしたか？　自分の主治医を疑っちゃいけません。それではいい治療などできませんよ」

「とんでもない。疑ってなんかいませんよ。先生を信じているからこそ、ここにこうして来ていただいてるんです」ニコルズは真顔になってそう言った。まるで一大事であるかのような口ぶりになった。「正直な話、ボンベイからシドニーにかけて、先生の上を行くような医者が一人でもおられますか？　いや、ロンドンじゅうを捜したって、先生以上に腕のたつ医者なんて、ただの一人もいませんよ。そんなことはよく承知していります。必要な資格でも免許でもみんなお取りになっている。もしロンドンにいたら、いまごろはサーとかなんとか呼ばれる、立派な身分になってたでしょうが」

「役に立たない資格までいろいろ取っているかもしれないね」そう言って、医師は大声で笑った。

「ですが、先生、その先生のお名前が載っていないというのもへんな話じゃありませんか。あれですよ、医師名簿とかいうんでしょう」

「どうして名簿に載ってないことがわかるんです?」と医師はつぶやいた。微笑んでいるが、警戒の色もうかべている。

「じつは、シドニーにいるある知り合いが先生を調べたことがあるんです。やはり医者を商売にしている男で、同じ医者仲間と先生の噂をしていて、すごく腕がいいという話を聞いて、興味半分、その医師名簿とやらを調べたそうです」

「たぶんあなたの知り合いは版のちがう登録簿でも見たのでしょう」

ニコルズ船長はいわくありげにくすくす笑った。

「なるほど、おっしゃる通りです。そこまでは考えませんでした」

「それはともかく、ニコルズ船長、わたしは刑務所の内部まで覗いたことなど一度もありませんよ」

船長はちょっとびっくりした顔をした。すぐに平然とした態度にもどったが、どうも顔色が変わっている。闇夜に放った鉄砲玉が、ズドンと的に当たったか、医師はそう思って、いくらか得意げに眼を光らせた。船長がおかしそうに笑い声をあげた。

「これは一本まいりました。先生、もうその話はやめにしましょう。でも、お忘れになっちゃあ、いけませんよ。なんの悪事も働いていないのに刑務所へ送られるやつもいるし、ちょいと気分を変えるためにあそこへ出かけるお方もおりますから」

二人は顔を見合わせてくすくす笑った。

「おい、何がおかしいんだ？」とフレッドが言った。

10

夕暮れ近くなって、小さな島が見えてきた。ニコルズ船長が夜を過ごすと言っていた島だった。円錐形で、麓から頂上まで樹林でびっしりおおわれている。まるでピエロ・デッラ・フランチェスカの風景画の丘が眼の前に現出したかのようだった。島をまわっていくと、『航海案内』に記されている投錨地が現れた。外海の波浪からよく守られている入江で、水は澄み切り、舷側の外に眼をやると、海底を埋めつくすように、サンゴの花が妖しく咲いているのが見える。その花畑の間をぬって、無数の魚がすいすい泳ぎまわっている。まるで密林のなかを自由自在に走りまわる原住民の姿を見るようだった。入江に船をすべらせていくと、思いがけなく、そこにスクーナー船が一隻すでに碇泊しているのでおどろいた。

「なんだ、あれは？」フレッド・ブレイクが声をあげた。

　その眼が不安げに光っている。涼やかな夕闇のなか、緑の丘でまもられて静まり返った入江に、ぽつんと浮かんでいる帆船の姿は、たしかに不安な気持ちをかきたてる。帆は下ろされて畳まれている。あたりは森閑として、生命の気配すら感じられなかったから、幽霊船でも見るような不気味な思いがしてくる。ニコルズ船長が望遠鏡をとりあげ、彼方の船を眺めている。

「あれは真珠採りの船だ。ポート・ダーウィンから来ているな。だがあんなところでいったい何をやってるんだ？　アルー諸島のあたりなら、たくさん見かける船なんだが」

　乗組員の姿が見えた。そのなかに白人がひとりいた。先方もこっちを眺めていて、まもなくボートが舷側からおろされた。

「こっちへ来るぞ」と船長が言った。

　フェントン号の錨がおろされたころ、ボートが船に横づけにされ、ニコルズが大声をあげて、ふた言み言挨拶をかわした。先方の船長が甲板にあがってきた。オーストラリア人だった。乗り組んでいる日本人潜水夫が病気になったため、医者が住んでいるオランダ領の島へむかう途中だと言っている。

「医者ならここに一人いるぞ」とニコルズ船長が言った。「乗客として乗ってもらってるんだ」

オーストラリア人はサンダース医師に、自分たちの船に来て、患者を診てくれないかと言った。相手の船長はすすめられた酒を断って、茶を一杯飲みおえると、医師とともにすぐにボートに乗りこんだ。

「船長、あなたの船にオーストラリアの新聞はありませんか？」とフレッドが訊いた。

「『ブルティン』があるが、一カ月も前のものだよ」

「かまいません。まだ読んでいませんから」

「それでよければ、この先生にわたしておくよ」

サンダース医師が患者を診ると、すぐに悪性の赤痢にかかっていることが判明した。潜水夫の病状は非常にわるかった。皮下注射を一本射ってから、ただ安静にしておくしか手がないと船長に告げた。

「ちくしょう、こいつら日本人ときたら、まったく体力に欠けてやがる。仕事はどうでしょう、当分だめですか？」

「まあ、だめだね」と医師は言った。

二人は握手をかわし、医師はボートに乗りこんだ。黒人の乗組員がボートをつきはなした。

「ちょっと待った。新聞をわたすのを忘れてた」

オーストラリア人は船室へ飛びこむと、すぐに『シドニー・ブルティン』紙をもって現れ、それをボートになげこんだ。

フェントン号にもどると、ニコルズとフレッドがクリベッジをやっていた。太陽が沈みつつあった。蒼白い海はなめらかで、青や緑やうす紫やピンク色など、さまざまな色彩で染められている。繊細で優しくて、まるで沈黙そのものを眺めているような気分だった。

「うまくいったかい？」とニコルズが気のない声で訊いた。

「いや、かなり重態だ」

「それが新聞ですか？」横合いからフレッドが言った。

そして新聞を医師の手からひったくると、さっさとむこうへ行ってしまった。

「クリベッジをやりませんか？」とニコルズが言った。

「いや、やりません」

「あたしとフレッドは毎晩やりますが、やっこさん、とんでもないツキようです。いくら負けているか、とてもお話できません。けど、そういつまでもやられっぱなしでいられるもんか。じきにこっちにツキがまわってくる」そして大声で言った。「おい、フレッド、聞こえるか？　もうひと勝負だ。早くもどってこい」

「ちょっと待ってくれ。すぐ行くよ」

船長は肩をすくめた。

「まったく礼儀を知らねえやつだ。そんなに新聞が読みたいのかい？」

「それも一カ月前の新聞ですよ」と医師が言った。「木曜島を出てから、どれくらいになるんです？」

「木曜島なんて、近寄ったこともありませんよ」

「おや、そうですか」

「一杯どうです？　あたしが飲んでも、腹の具合は大丈夫でしょうね？」

「大丈夫、請け合いますよ」

船長は大声でトム・オブーを呼んだ。黒人の乗組員がグラス二つと、水の入った器をもってくると、ニコルズがウイスキー瓶をとってきた。太陽が沈んだ。夜がひっそり静かな海上にひろがった。ときおり魚のはねる音が静寂をやぶった。ほかに聞こえる物音は何ひとつなかった。トムが火屋《ほや》のついたハリケンランプをもってきて、操舵室におくと、船室に降りていって、煤けたオイルランプにも火をともした。

「やっこさん、いつまで新聞なんか読んでるんだ」

「読むって、暗闇のなかで？」

「たぶん、読んだ記事の内容でも、考えてるんだろう」

ようやくフレッドがもどってきて、中断していたゲームのけりをつけようと腰をおろした。薄暗い明かりに照らされた青年の顔を見て、ひどく青ざめているのに医師は気づいた。『ブルティン』が手許にないのを見て、素知らぬ顔で青年のいたあたりに行ってみたが、新聞はどこにも見当たらなかった。アー・ケイを呼んで、探すように言ってから、サンダース医師は暗闇のなかに立って、クリベッジをしている二人を見まもった。「15で2点、15で4点、15で6点、15で8点。8と6で14点。おまけにヒズ・ノブで17点」

「すごくついてるな」

船長はひどい負けようだった。眼がすわり、けわしい顔をしている。冷笑をうかべながらカードをめくるたびに、落ちつきのない視線を手許に走らせている。しかし相手は唇に微笑さえうかべていた。ランプの明かりが闇のなかに青年の横顔をくっきりうかび上がらせた。その端正な顔立ちを見て、医師はひどくおどろいた。長いまつ毛が小さな影を頬に落としている。そこには美しい若者の表情以上のものが垣間見られた。悲劇的な美しさがあって、それが何か哀れみさえ感じさせた。アー・ケイがそばに来て、新聞が見つからなかったと耳打ちした。

「フレッド、『シドニー・ブルティン』はどこにあるんだ?」と医師はたずねた。「この子の話では、見つからないというんだが」

「あそこになかったかい?」

「ないんだよ。わたしも探してみたけどね」

「おれが知ってるわけないでしょう。そら、船長、ヒズ・ヒールズで2点だ」

「読みおわって、海に捨てたんじゃないのか?」と船長が言った。

「おれがですか? なんで捨てたりするんです?」

「捨ててないなら、どこかそのへんにあるでしょう」と医師は言った。

「またやられたか」と船長がうなった。「こんないい札を出すやつなんて、はじめてお目にかかるわい」

11

時刻は午前一時をまわっていた。サンダース医師はデッキ・チェアにすわっていた。船長は船室で眠っている。フレッドも甲板に敷いたマットの上で寝ている。あたりは静まり返り、空は満天の星で輝いている。眼の前に島が黒々とくっきり輪郭を見せている。距離はもう空間ではなく、時間として感じられる。今朝からわずか四、五十マイル海を渡ってきただけなのに、キム・チンのタカナ島がとてつもなく遠方にあるように感じられる。ロンドンは世界の最果て、無限の彼方にあるとでも言えよう。ピカデリー・サーカスの雑踏がふと頭にうかんだ。氾濫する明るい光の輝き、無数のバスや自動車やタクシー、そして劇場から吐き出される群衆の大波。自分がいたころフロントと呼ばれる一帯があった。シャフツベリー・アヴェニュからチャリング・クロス・ロードへいたる北側の通りで、十二、三人の人間がひと塊になって、街路を行ったり来たりしていた。あれは大戦が勃発する前のことだった。時代は冒険心であふれていた。眼と眼があい、それから……サンダースは微笑んだ。過去を振り返ってもはじまらない。彼には何も後悔することはなかった。それから福州の街なかの大きな橋へ思いが飛んだ。ミン江で船から鵜をあやつって魚をとっている漁師たち、それを橋の上から眺めている自分の姿が思いうかんだ。人力車が何台も橋を渡っていく。苦力が重い荷物を背負って歩いている。無数の中国人が往来している。下流の右側に眼をやると、そこには貧しい中国人街がひろがっており、家屋と寺院がひしめき合っている……。

彼方の帆船には明かりが一つも灯っていなかった。船がそこにあると知っていたから、闇のなかにようやく見分けることができる。その船上では物音一つしていないが、船倉では、山積みにされた真珠貝のあいだで、木の寝床に横たわって潜水夫が死にかけている。サンダース医師は人間の命にさしたる価値をおいていなかった。生命を紙くず程度にしか思わずにいくらでも子どもを産んでいる中国人のなかで何年も暮らしてきた者にとっては、いったい、誰が生命の大事とか重みとか考えるだろうか？　あの男は日本人で潜水夫だ。たぶん仏教徒だろう。それなら輪廻を信じているのだろうか？　この海を見るがいい。波が来て、また波が来る。しかしどれも同じ波ではない。一つの波は次の波を起こし、形と運動をつたえていく。したがって、この世を旅する者は今日と明日では同じではない。いま生きている自分はあす生きている自分と同じではない。そして、現世を生きている者の性格や生き方を決定しているのは、前世を生きた者の欲望や在り方であるという。なるほど、筋は通っているが、とてもまともな考えとは思えない。しかし何億年、何十億年の間、無数の偶然がはげしくぶつかり合い、奇跡的な出来事が重なり合って、太古の泥のなかから生命が誕生した。そして長い道のりの末、ようやくあの潜水夫の形となって現れたのに、たかが微小なフレクスナー細菌によって、なんの意味も目的もなく、この世からふっと消し去られてしまう。その現実にくらべたら、輪廻の信仰も、それほど馬鹿げていないかもしれない。奇妙だが、まことに自然で、まちがいなく意味がない。しかしサンダース医師自身、長年の経験から物事にはなんの意味もないと思うようになっていた。もちろん、精神がなんであるか、答えは出てこない。おのれを担う道具たる肉体が分解し消滅したなら、精神も存在しなくなるのか？　この芳しい闇のなかで、医師はあてもなく物思いにふけっていた。風のみちびくままに、上昇したり下降したりして、海上を飛んでいるカモメのように、内なる心の海を飛翔しながら、物事にとらわれず、偏見をもたずに、ただ世界を眺めていくしかないと思っていた。

昇降口の階段でがたがた足音がして、パジャマ姿が甲板に現れた。布地の縞が太くて、闇のなかでもよく見えた。

「船長かい？」

「ええ、あたしです。ちょっと外の空気が吸いたくなってね」

船長はサンダースの隣の椅子に腰をおろした。

「あれは吸ったんですか？」

「まあ、ね」

「あたしは吸ったことありませんよ。吸ってるやつは大勢見てきたけど、そんなに害はないように思うがね。胃袋にはとてもいいって話です。けど、知り合いの一人があれですっかりだめになったな。一時はバターフィルド社で船長をやり、揚子江を航行していた男です。高い地位について、なんでも手に入れて、好きなように振舞って、世間でも評判のいい男だった。それで会社はいったん帰国させ治療させたんですが、もどってくるや元の木阿弥、また吸いはじめてしまいやがった。そのうち会社はクビになり、賭博場の客引きをやり、上海の波止場をうろついて、やがて乞食をしていましたよ」

二人はしばらく沈黙していた。ニコルズ船長はブライアのパイプを出してふかしていた。

「フレッドはどこにいるんです？」

「甲板で寝てますよ」

「あの新聞の件、おかしな話ですよ。先生とあたしに読ませたくない記事があったにちがいない」

「あれをどう始末したと思います？」

「海に放り込んだんでしょう」

「どうして？」

船長はくすくす笑った。

「先生がどう判断されるかわかりませんが、あたしも先生同様、あいつに関しては、まったく何も知らんのです。東洋にはながく暮らしてきましたから、よくわかっています。他人の世話はやかない、自分の頭のハエだけを追う、それがいちばん大事です」

しかし船長は打明け話が好きなようだったし、胃袋の調子も悪くなさそうだった。それに何時間も寝たあとなので、すっかり眠気から解放されていた。

「どうも怪しげな話なんですが……あたしも先生のように、てめえの頭のハエだけ追うっていう生き方にも賛成です。こっちが質問しなければ、嘘をつかれる心配もありませんよ。そして金儲けのチャンスが来たら、さっと前髪をひっつかんで、こっちのものにする」ひと言おいて、船長はパイプを吸った。「ところで、先生、これから話すこと、内緒にしていてくれますか？」

「もちろん、秘密は守りますよ」

「じつは、シドニーにいたとき、こんなことがあったんです。あたしは二年ばかり、まったく仕事がなく、陸にあがった魚でした。もちろん、いろいろ探してみましたが、どうにもこうにも不運の連続でした。こう見えても、あたしは第一級の船乗りです。経験が山ほどあるんです。蒸気船でも帆船でも、なんでもござれ、ってなもんです。これで雇い主が見つからないなんて、不思議に思うでしょう。ところが仕事が何もない。じつは、あたしには女房がいるんです。暮らしが立たなくなって、女房が仕事に出ました。あたしはいやでしたよ、女房を働かせるなんて。けど、どうしようもありません。屋根のある家に住んで、三度のおまんまをいただいて……女房のやつ、それだけは保証してくれました。ところが、遊びに使う金となると、びた一文出しません。あたしだって、たまには映画を見るとか、ちょいと酒を飲んだりしたくなります。当然でしょうが。ところが、そういう話になると、あのババア、小言の連発、たまったもんじゃありませんよ。ところで、先生、あんたは結婚したことありますか?」

「いや、ないね」

「それはよかった。女っていうものはケチな生きものです。てめえの金を絶対に手放そうとしない。あたしは結婚して二十年になりますが、年中小言を言われっぱなし、尻の下に敷かれっぱなしです。非常にプライドの高い女でして、それがもめごとの原因なんです。言うことはいつも同じ、『わたくしは身を誤った。とんだ下層階級の男と結婚してしまった、父親はリヴァプールの反物屋の大商人、その娘がこんな男と……』それで、あたしが仕事につかないからと言っては怒鳴り、あたしが海岸をぶらつくのが好きだからと言っては罵る。この怠け者、遊び人、穀潰し、おまえさんを食わせてやるために、こんなに苦労して働いて、もう心底いやになった、もしほんとに仕事がないというなら、とっととここから出ていって、自分の食う物ぐらいなんとかしなさい、という調子です。先生、正直なところ、いかにやつがレディとかの生まれでも、これがまんできますか、あのでかい顎にがつんと一発食らわせてやる、誰でもそう思うでしょう。しかしあたしは、がつんとやりたい気持ちにじっと堪えて、それこそ必死に我慢しましたよ。ところで、先生はシドニーをご存じですか？」

「いや、行ったこともありません」

「さようですか、じつはある晩のこと、シドニー港近くの馴染みのバーにいたときのことです。朝から一杯の酒も飲んでいないし、喉はひりひり、胃袋も最悪の状態、もうやりきれない気分でした。両手の指でも数え切れない数の船を動かしてきた船長が、このあたしがですよ、懐には一文もなく、まるで乞食か浮浪人、どこへ行くあてもありません。家へ帰れば女房が、さあ、こいつめと待ち構えている。あのババア、あたしの胃袋の状態を承知の上で、つめたい羊肉をひと切れ食わせ、それから小言、小言のはじまりです。わたくしは立派な身分の娘です、レディでございます、と顎をつきだし言いやがる、高慢ちきで意地が悪くて、それも金切り声で叫ぶのではなく、ひくい声でぐちぐちぐちぐち言ってくる。一時の安らぎもありません。あたしがかっとなって、このくそやろう、出ていけ！ なんて言おうものなら、あの女、すっくと立ち上がって、こう言ってくる。『失礼ながら、船長、なんという汚れた言葉をお使いですか！ たとえ結婚相手がただの船乗りであったとしても、どうぞお願いします、わたくしをレディとして扱ってください』まったくどうしようもありませんよ」

ニコルズ船長はふいに声をひそめると、重大な秘密でも洩らすかのように、こっちに体を寄せてきた。

「先生、亭主にも、面子ってものがあります。ここだけの話ですが、女と暮らしたことのない男には、とても理解できないでしょう。女どもは人間のような行動をしません。信じられないと思いますが、あたしは四度も女房の許から逃げだしました。亭主に逃げられたら、どんな女でもすこしは反省するでしょう、そう思いませんか？」

「ええ、そう思います」

「ところがどっこい、反省などどこへやら、あたしが逃げだすたびに、追いかけてくる。一度はどこへ逃げたかすぐに知られて、簡単に捕まりましたが、つぎは完全に雲隠れして、あのババアにも、まったく見当がつかなかった。ざまあみろ、有り金すべてを賭けてもいい、絶対に見つかりっこない、干し草の山から針を一本見つけてみろと、まあ、そう思っていました。ところがある日、ひょっこりババアめ、姿を現わし、まるで昨日別れたみたいな平気な顔して、ごきげんいかが、とか、お会いできてうれしいわ、とか、そんな挨拶は一切ぬきで、『ニコルズ船長、おひげをお剃りになった方がいいわ』とか、『なんて汚らしいズボンをはいているの、船長』とか……どこのどいつだろうと、そんな話し方をされたら、とたんに神経がまいっちまう」

ニコルズ船長は口をつぐんだ。そして茫洋とひろがる海をながめた。澄明な夜は、彼方の水平線の細い筋までするどく、くっきりと見せている。

「ですが、今度ばかりは大成功、まんまとババアを出し抜いてやりました。あたしの居場所はわからないし、見つけだすなんて不可能です。でも、先生、あの女がボートに乗ってやってきても、あたしはおどろきませんね。いつもレディでございます、貴婦人でございますとつんとすまして、上から下まで身なりを整えやがって――これは褒め言葉ですよ――のこのこ甲板にあがってきて、『船長、その汚らしい不潔な煙草はなんですか？　わたくしは、ネイヴィ・カットの刻みしか許しませんよ』とくるに決まってる。まったく神経がまいっちまうよ。先生、あたしの消化不良の原因は、じつはそこにあるんです。一度シンガポールの医者に診てもらったことがあります。立派な医者だから、ぜひ診てもらって来いと勧められたんです。その先生、あたしを診察して、いろいろ書類に書き込みました。おわかりでしょう、どこの医者でもやるように。それから最後に十字の印をつけるんです。どうもそれが気になって、先生、その十字印はなんですかって訊いてみました。すると先生おっしゃるには、患者に何か家庭的不快を生じる原因があると疑われるときには、この十字印をつけるんだと言いました。先生、図星でしょうが。まったくその通りです。あたしは十字架を背負って生きている男っていうわけです。まったく頭のいい医者でしたよ。けど、胃袋の方はすこしもよくならなかった」

「ソクラテスも、同じ家庭的原因を抱えていたようですが、そのために消化不良になったとは聞いてませんね」

「どんな男ですか、そのやろう?」

「誠実な男ですよ」

「誠実な男なら、そりゃあいいことばかりでしょうよ」

「ところがいいことはなかったようです」

医師は腹のなかで笑っていた。この卑しい破廉恥な悪党が、自分の女房がそれほど怖いとは恐れ入った。これぞ物質に対する精神の勝利である。どんな顔をした奥さんだろう、ひと目お会いしたいものだ。

「先生、フレッド・ブレイクの話でしたね」ニコルズはパイプにあらためて火をつけてから言った。「お話ししましたように、あたしはあの晩バーにいたんです。居合わせた客に愛想よく挨拶したところ、連中も、挨拶は返したものの、そっぽをむいていやがる。そら、ろくでなしがやってきた。酒をたかりにきたぞ、一杯飲ませてくれって言ってくるぞ、そんなことを話しているのがつたわってくる。まったく気が滅入っていました。恥ずかしくってたまらなかった。あたしもそれなりの社会的地位にいた人間です。金のあるやつは、素寒貧のやつにそばに来られるとぞっとするんだ。バーの亭主はいやな眼つきでこっちを見ている。いまにも金はあるのかと訊きそうな顔をしている。人を待ってるんだと言いでもしたら、店の外で待っていろと言われるに決まっている。知り合いでもねえが、一人、二人に話しかけてみるが、どいつもこいつも、無愛想この上ない。冗談を言っても、くすりとも笑いやしねえ。よけいな口を出すなって顔つきだ。そのとき知り合いの男が一人、店に入ってきた。でっかい体をしたごろつきですよ。ライアンという名前だった。顔見知りになっておくといい男だ。政界にも関係があるらしい。しこたま金ももっている。前に小銭を貸してくれたこともあった。そんな男がわざわざあたしに会いにくるわけがねえ。それでこっちは知らん顔して、隣のやつに話しかけていた。けど、眼の端っこでライアンのようすは窺っていた。やっこさん、店のなかをぐるりと見まわしてから、まっすぐこっちに来るじゃないか。『船長、今晩は。景気はどうだい?』まるで親友あつかいの口調で言ったよ。

『どうしょうもない、素寒貧、最低ですよ』

『まだ仕事を探しているのかい？』

『まあ、そういうところで』

『何か飲むかい？』

そこであたしはビールを飲んだ。やっこさんもビールを飲んだ。ようやく人心地がついた気がしましたよ。ですが先生、あたしは奇跡なんて信じない方ですが、あのビールだけはうまかった。飲みたくって堪らなかったビールでしたよ。だがこの男がただでビールを飲ましてくれないことも、よく知ってました。奇跡なんてあるわけがねえ。やつは政治家どもの手先の一人だ、何か魂胆があるにちがいない。冗談を言ってやれば、こっちの背中をばんばん叩いて大笑いしてみせる。そして、船長、お見かけしなかったが、いったいどこに隠れていたんだとか、うちの女房は大した女だ、子どもだってお眼にかけたいくらいなもんさ、とかなんて言いながら、相手の顔をじっと見つめて眼をそらさない。これが間抜けなやつには効き目がある。いい男だよ、ライアンは。最高だよ、なんて言っていやがる。だけど先生、あたしはそんな連中とはわけがちがう。ちゃんと人を見る眼があるんです。簡単にはひっかかりませんよ。ビールを飲みながら、腹のなかで考えてましたね。いいか、船長、気をつけろ。よく眼玉を開いておくんだ。こいつの腹にどんな狙いがあるか見逃しちゃあならねえぞ。もちろん、顔には出しませんよ。バカ話を二つ三つ話してやると、やっこさん、顔じゅうを口にして笑いやがった。

『船長、あんたはおもしろい人だね』とライアンのやつが言った。『いくら話を聞いていてもあきやしない。さあ、グラスをあけてしまえよ。もう一杯いこうじゃないか。一晩じゅうでも話を聞いていたいくらいだ』

あたしがグラスを空にすると、ライアンはすぐにお代わりを注文してくれた。『いいかい、ビル』とやつは言いやがる。あたしの名前はトムだけど、何も言わずにだまっていた。ライアンのやつ、いやになれなれしくなってきたんだ。

『いいかい、ビル、話があるんだ』とあたりを見まわした。『ここは少々人の面が多すぎる。耳のそばで話さないと何も聞こえない。それに誰が聞き耳を立てているかわかりやしない。どうだい、ビル、こうしようじゃないか』そう言って、ライアンは店主を呼んだ。『おい、ジョージ、ちょっと来てくれ』店主は走ってやってくる。

『いいかい、ジョージ。おれとこのダチ公は、ちょっくら昔話がしたいんだよ。あんたの部屋を貸してくれないか?』

『おれの事務室ですか? いいですよ。いくらでもお使いください』

『そいつは有り難い。感謝するぜ。それからビールを二つもってきてくれ』

裏へまわって事務室へ入ると、ジョージがみずからビールを運んできやがった。店主直々でさあ。おまけにおれを見て頭をさげやがる。そしてすぐに部屋を出ていった。ライアンはその背中にドアを閉めて、窓が閉まっているのを確認して、すきま風にはがまんできないとか宣った。どんな魂胆があるのかわからねえ。とにかく正直に言っておこうと思った。

『ライアン。前に借りた金のことだが、かんべんしてくれ、しじゅう気に掛かってるんだが、いまは食うのにせいいっぱいで……』

『そんなこと気にするな。なんだい、あんな端金。あんたの暮らしはよくわかっている。ビル、あんたは気持ちのいい男だ。そういう友人がこまってるときに、多少の融通をつけてやれないなら、金をもってたって意味がないだろう』

『まったく、おっしゃるとおりです』とあたしはやつの話に調子を合わせた。そばで見ているやつがいたら、実の兄弟が話し合っていると思ったにちがいない」

ニコルズはその場面を思い出したのか、ひとりでくすくす笑っている。まるでおのれの悪さに芸術的な喜びを感じているかのようだった。

「『それじゃあ、乾杯、乾杯』あたしはそう言って、ビールを飲み干しました。ライアンもぐいっとやって、手の甲で口の泡を拭うと、いよいよ話を切り出しました。

『ビル、あんたのことはよく調べてあるんだ。最高の船乗りだってことはよく承知している』

『まあ、誰にも負けない自信はあります』

『そうとも、このところ仕事がないとしたら、それは腕のせいじゃなくて、よっぽどついてないだけさ』

『おっしゃる通りです』

『ところで、ビル、あんたにすごいプレゼントがあるんだ。じつは仕事をしてもらいたいのさ』

『やりますよ、なんでも』

『ビル、その意気だよ。ほんとに頼りがいのある男だ』

『どんな仕事ですか?』

ライアンは黙って、あたしの顔をながめました。そして長年行方知れずの弟に再会したかのように、うれしそうに笑いました。この世でいちばん愛しているよ、と言わんばかりに、じっとあたしを見つめてました。あたしも、これはいい加減な冗談話じゃないと思いましたよ。

『あんたの口は堅いだろうな』とやつが言った。

『ハマグリみたいに閉まってますよ』

『それなら安心だ。ところで真珠採りの小型の船はどうだろうか? 二本マストの帆船で、木曜島やポート・ダーウィンなんかでよく見かけるやつさ。そいつで二、三カ月あのあたりを航海してもらいたいんだ』

『それはおもしろそうですね』

『仕事というのはそれなんだ』

『輸送ですか？』

『いや、観光みたいなものさ』」

ニコルズ船長がくすくす笑った。

「先生、そう言われて、あたしは吹き出しそうになりましたよ。けど、油断はなりません。世間には、ユーモアのセンスのないやつがごまんといますから。そこであたしは、裁判所の判事みたいに、じっと顰《しか》め面をしてました。やっこさん、あたしをまたじっと見つめやがる。その眼つきをみて、こいつを怒らせたら、とんだことになると思いましたね。

『じゃあ、仕事の内容を話そうか』とやつがはじめた。『じつは知人の若い男が働きすぎて、体をこわしてね、そいつの親父がおれの古い友だちなんでね、その親友を安心させてやりたいと思って、この仕事を請け負ったのさ。すごく高い地位にいる男で、あっちこっちで評判どおりの力を発揮している人物なんだ』

ライアンはもう一杯ビールを飲んだ。あたしはやつの顔を見つめていましたが、ひと言も口をききませんでした。

『その親父は非常に心配性な男なんだ。そいつの息子は一人っ子で、おれも子持ちだから、そこのところはよくわかる。もし子どもが足の親指でも怪我したら、一日じゅう心配でたまらねえ』

『気持ちはよくわかります。あたしにも娘が一人おりますから』

『一人っ子かい？』

あたしはうなずいた。

『子どもって、いいなあ。この世に子どもにまさる幸福があるかい』

『おっしゃる通りです』

『ところで、その御大の息子なんだが、非常に体がよわいんだ』とライアンが頭を揺すりながらおっしゃった。『肺をちょっとやられていてね、医者の話によると、帆船ですこしばかり航海してみるのが、いちばん体にいいそうだ。親父はそれを聞いて、おんぼろ船で息子を航海させたくない、あそこに立派な帆船があるというんで、さっそく買ってしまった。そこであんたに頼みたいのさ。なんのしがらみもなく、好き勝手にどこへでも行ける。のんびり気楽に暮らせる。肺病病みの若者に必要なのは、そういう気楽な生活なんだ。つまり、急ぐ航海じゃない。自分で天候をみはからい、都合のいい風をえらんで、呑気に滞在できる島をさがして渡っていけばいい。これはと思う島があったら、そこに泊まっていたらいい。オーストラリアと中国の間には、そんな島が何十もあるという話だ』

『何千もありますよ』とあたしは言ってやった。

『あの若者には安静が必要なんだ。そこが肝心なことなんだ。親父も言ってるんだが、人が大勢いるようなところから離しておきたいというわけさ』

『わかりました。大丈夫です。安心してください』あたしは生まれたての赤ん坊みたいに純真無垢な顔をして言ってやりました。『それで期間はどのくらいです？』

『正確なところはわからんが、まあ、坊やの健康の回復しだいだ。たぶん二カ月か三カ月、あるいは一年になるかもしれない』

『わかりました。それであたしの報酬は？』

『お客が船に乗ったときに二百ポンド、仕事が終わって帰港したときに二百ポンドはらう』

『即金で五百ポンドにしてくれませんか？　それならひきうけます』そう言うと、ライアンは何も言わずに、すごい顔で睨みやがった。そしてぐいと顎をつきだしやがった。いやあ、ものすごい顔でしたよ。あたしに取り柄があるとしたら、状況に機敏に対応できることです。どうやらやつの気分を害したらしい。そこで肩をすくめて、声をあげて笑って後退ですよ。

『冗談ですよ。金のことなど気にしません。金なんてどうでもいいんです。金のことを考えていたら、いまごろはオーストラリア一の金持ちになってたでしょう。それならその仕事、ひきうけましょう。親友のためなら、水火を問わずって言うでしょうが』

『そうとも、ビル、それが男だ』

『ところで、その帆船はいまどこにあるんです？　ちょいと見せてくれませんか』

『ああ、船のことなら大丈夫だ。安心しな。仲間が木曜島から売りにもってきたところだ。立派な状態だ。いまシドニー港にはいないが、数マイル北の海岸の沖に浮いているよ』

『乗組員は？』

『トレス海峡の黒人たちだ。連中が船をここまで運んできた。あんたのやることは乗船して、出帆するだけだ』

『いつ出帆したらいいんです？』

『いますぐさ』

『いますぐ？』あたしはおどろきましたね。『まさか今夜じゃないでしょう？』

『いや、今夜だ。店の外に車を待たしている。あんたを乗せて、船まで送っていってやるよ』

『なんでそんなに急ぐんですか？』あたしはそう言ってにやにや笑いながら、ずいぶんおかしな話があるもんだという顔をして見せました。

『じつは病人の親父というのは実業家なんだ。いつでもなんでも、手早くやるのが癖なんだ』

『その人、政治家ですか？』とあたしは訊きました。話の筋がいくらか見えてきたように思いました。

『まあ、そんなところさ』

『ですが、あたしは女房持ちです。誰にも何も言わずに、船で行っちまったら、女房のやつおどろいて、そこらじゅう探しますよ。どこへ行っても、誰に訊いても、何もわからないとなりゃあ、きっと警察へかけ込むでしょう』

そう言ってやりますと、ライアンのやつ、すごく怖い顔をして、あたしを睨みつけました。まちがいありません。警察に行かれたら、やっこさん、こまった立場になるんです。

『いっぱしの船長が突然姿を消したら、世間じゃおかしく思うでしょう。あたしはそこらの黒人でも、孤島の住民でもありません、一人前の船長です。それが突然姿を消したら、世間でうわさになるでしょうし、誰でもへんだと思いますよ。もちろん、それほど興味があって、調べようなんてやつはいないかもしれません。ですが、公園でがやがや噂話をするやつは大勢います。ましていまは、選挙が近づいてますからね』

あたしの言葉が急所をついたことがわかりましたよ。選挙なんです。しかしライアンはそんなこと、おくびにも出しません。大きな醜い面を灰色の壁みたいにおっ立てて言いました。

『安心しな。おれが奥さんに知らせてやるよ』

あたしも商売をしなけりゃなりません。せっかくのチャンスです、これをふいにするわけにはいきません。

『じゃあ、女房に言ってください。蒸気汽船の一等航海士が首の骨を折って、船が出港できなくなった。そこで急遽あたしが雇われて船に乗る。家に帰る暇がない。ケープタウンに着いたらすぐに連絡するから、心配するな、そうつたえてくれませんか』

『そりゃあいい』

『もし女房がが一が一言うようでしたら、ケープタウン行きの乗船券と五ポンドばかりやってくださない。それぐらい頼んでもいいでしょう』

やっこさん、大笑いしやがって、オーケー、そうするよ、そう言ってビールをぐいと飲みおえた。あたしもビールをぐいとやった。

『じゃあ、準備がよければ、そろそろ出かけようか』ライアンはそう言うと、腕の時計に眼をやった。『いいか、ビル、三十分後にマーケット通りの角で待っていろ。おれが自分の車で行くから、飛び乗ってくれたらいい。この店からはあんたが先に出てくれ。バーを通っていくことはない。廊下の端に出口があるから、そこを抜ければ通りに出るよ』

『わかった』そう言って、あたしは帽子をとった。

『もう一つ言っておくことがある』出ていこうとするあたしに、やつが言ってきた。『二度しか言わないから、よーく覚えておけ。いいか、もし下手な芝居でもうって、おれをペテンにかけたら、容赦しないぞ。ナイフか鉄砲玉か、とにかくその命はなくなるぞ。いいか、わかったな？』

ライアンのやろう、いかにも楽しそうに言いやがった。もちろんあたしも馬鹿じゃない、やつが本気だってことはわかってましたよ。

『心配ご無用』とあたしは返した。『紳士として扱ってくださるなら、あたしも紳士として振る舞いますよ』それからさりげなく訊いてみました。『その若い旦那とやらは、もう船にいるんですか？』

『いや、あとから乗ってくる』

あたしは裏口から通りに出て、指示された場所まで歩いていきました。ほんの二百ヤードばかり離れたところです。なるほど、と思いましたよ。そこで三十分も待てというのは、誰かのところへ事情を話しに行ったんでしょう。もちろんあたしも迷いましたよ。このまま警察へ話しに行って、おかしなことが起きてます、あたしの乗った車のあとをつけて、怪しい帆船を調べてみたらいかがですかってね。けど、そんなことをしたところで、こっちの得にはちっともならない。市民の義務を果たすのもいい、お巡りと仲良くするのもいいでしょう。ですが、ナイフでぶすりとやられて、あの世へ行くのはいいことじゃない。おまけに四百ポンドがふいになる。たぶん、ライアンを裏切らないでよかったと思います。通りのむかいの暗がりに人影があって、こっちを見張っているようでした。そばへ行って顔を見てやろうとしたら、ぷいとその場を離れていった。あたしが元の場所にもどると、また暗がりに立っている。まあ、ライアンだってばかじゃない。やつがあたしを信用していないのを知って、ちょいといやな気分になりましたよ。人を信用しようと思ったら、まずは自分から相手を信用しなければならない、それがあたしの信条です。先生、わかってもらえますか、あたしは自分が馬鹿げてることをちっとも気にしてないんです。これまでに馬鹿げたことをさんざん見てきました。あたしは、馬鹿げたことがあっても、それをそのまま受け取ることにしてるんですよ」

サンダース医師は微笑んだ。ニコルズ船長という人物がすこしわかってきたように思った。この男はつつましい正直者の生活をいささか退屈に思っている。消化不良のために起きている憂鬱な気分を解消するために、悪党になる必要があった。犯罪に手を染めていれば、体内の血液が勢いよく循環して、爽快な気分になって、活力がましてくる。そして外部の敵意に対抗しようとして、心に緊張が高まってきて、おかげで胃袋の悲鳴だって忘れることができる。サンダース医師にどこか同情心に欠けるところがあるとしても、その欠点は並外れた寛容心で十分に補われている。人を賞賛したり断罪したりすることは、自分の仕事ではないと思っている。誰が聖人であって、誰が悪党であるか、そんなことは判別できると思っているが、しかし聖人だろうと悪党だろうと、相手を見る眼はどんなときでも、同じ冷静で公平な感情をこめて見ているつもりだった。

ニコルズ船長が話をつづけている。

「通りにたっている自分を見て、あたしは大笑いしましたよ。何しろなんの着替えもなく、ひげ剃り道具も歯ブラシもなく、これから航海に出ていくというんですから。それをまったく気にもしてないんだ。どうです、先生、こういう男もそうざらにはいないでしょう」

「いないでしょうね」と医師も言った。

「するとふと女房の顔がうかんできました。ライアンから、あたしの突然の出港話を聞かされたら、婆さん、まちがいなく、つぎの船便に飛び乗って、ケープタウンへ追いかけていくでしょう。ところが、ざまをみろ！　もうあたしは見つからない。今度ばかりはまんまと逃亡してのけた。もうたまらん、明日にも逃げようと思っていた矢先です。こんなうまい具合にいくなんて、いったい、誰が思いますか？　もし神の摂理というものがあるなら、これこそ神の摂理です、神様のお導きです」

「神の摂理は人には窺いしれないもの、いつでもそう言われてますよ」

「それくらいあたしも知ってます。これでも育ちはバプテストです。雀が一羽落ちるのも、神様のご意志が働いている、そうおっしゃる。あたしはね、そういうことなら何遍も、この眼で見てきて知っています。それからしばらく道端で待ったあと、約束の三十分が経ったころ、むこうから車がやってきて、あたしの横に急停車すると、さあ、飛び乗れ、って言うんです。ライアンの声でした。あたしが転がりこむと、車は夜の街を突っ走った。シドニーの市外はどこもひどい道路です。でこぼこ道で車はばんばんはずみ、こっちの体もばんばんばんばん、まるで水中のコルク玉です。ライアンのやつ、それでもかまわない、フルスピードで走っていった。

『食料や水はどうするんです?』とあたしは訊きました。

『心配するな。みんな船に積んであるよ。三カ月分はたっぷりある』

車の外は真っ暗闇です。見えるものは何もない。どこへむかっているのやら、さっぱり見当もつきません。時刻は深夜になってたでしょう。

『さあ、着いたぞ』という声とともに車がとまった。車の外に出ると、ライアンもあとにつづいて現れ、車内の明かりを消し去った。すぐそばに海があるのはわかったが、眼の前の数フィート先も見えやしない。するとライアンの手許で、ぱっと懐中電灯が光を放った。

『さあ、ついてこい。足元に気をつけろよ』ライアンのやろうが言った。

すこし歩くと、小道のようなところに出ました。あたしはけっこう足腰はしっかりしていますが、二、三度すべって尻餅をつきました。とにかく急坂、下へ降りていくまでに、首の骨でも折りやしないか心配でした。ようやく平地に着いたものの、薄気味悪くて、あまりいい気がしなかった。足下は砂地でした。水面は見えませんでした。いや、海どころか、何も見えやしない。するとライアンが口笛を吹いた。海上に誰かがいるらしく、何か叫ぶ声が聞こえてきた。ひくい声です。わかるでしょう、やつら警戒してるんです。ライアンが懐中電灯をまわして、自分の居場所を知らせると、オールをぎしぎし漕ぎながら、水面をボートがくるのがわかりました。一、二分もすると、ボートに乗っている黒人の姿が二人見えた。ライアンとあたしが乗りこむと、ボートはすぐに岸を離れた。これでオーストラリアは見納めかなんてセンチな気持ちになりましたよ。せめて二十ポンドの金でも懐にありさえすれば、こんな破目になることもあるまい、とね。十分ぐらいボートを漕いでいくと、二本マストの小型帆船の横に着きました。『どうだい、この船？』甲板にあがると、さっそくライアンが訊きやがった。『よくかりません。朝になれば、いろいろお話しできるでしょう』

『そんな暇なんてありやしない。朝になれば、はるか沖合に出ていってもらうんだ』

『例の病気の若者はいつ乗船するんです？』とあたしは訊いてみました。

『もうすぐ来る。船室へ行って、ランプをつけて、なかのようすを調べてくれ。それでおれたちもビールが飲める。ほら、これがマッチだ』

あたしは言われたように、下へ降りていきました。暗闇のなかでほとんど何も見えなかったが、そこは長年鍛えた感です、降りる場所はわかります。わざとゆっくり降りながら、さっと後ろをふりむきましたが、ライアンのやつ、何かに気をとられているらしい。よく見ると、懐中電灯を三回、四回と点滅している。なるほど、お客さんに合図をしているというわけか。けれど陸にむかって知らせているのか、海にむかって教えているのか、そこはとんとわからねえ。まもなくライアンが降りてきて、あたりを調べているあたしに、ビール瓶を二本出してきて、あたしにその一本をくれました。

『もうすぐ月が昇る。それにいい風も吹いている』とライアンが言った。

『いますぐ出港するんですか？』

『早いに越したことはない。坊主が乗ったら、すぐに船を出してくれ』

『ちょっと待ってくれ、ライアン。こっちは着替えどころか、安全カミソリさえもってないんだ』

『ビル、ヒゲは生やしておけばいい。いいか、よく命令を聞いてくれ。ニューギニアへ着くまでは、どこの港にも入ってくれるな。メラウケに上陸したければ、そうしてもいい』

『オランダ領じゃないか？』

ライアンめ、頷きやがった。

『いいかい、ライアン。あたしは昨日生まれた赤ん坊じゃない。だから、いろいろ頭が働いたって当然だろう？　はっきり言ってくれないか、これはいったい、どういうわけだい？』

『ビル、あんたはいいやつだ』とやけに親しげな声で言いやがる。『そのビールを飲んで、もう質問はやめにしな。そりゃあ、考えずにはいられないだろう。ただしおれが言ったことは忘れるなよ。さもないと、あんたの眼玉をこの手でえぐり出してやるからな、わかったか？』

『なるほど、よくわかりましたよ』そう言って、あたしは声をあげて笑いました。

『幸運を祈ってるぜ』

やつはビールをぐいと飲み、あたしもぐいぐい飲んでやった。

『こいつはたっぷりあるのかい？』

『たっぷりあるさ。あんたは大酒飲みじゃない。それがわかっているから、この仕事をやってもらうんだ』

『なるほど、おっしゃる通りだ。自分のことだ、ちびちび飲んで、どこでやめるか承知している。ところで、約束の金はどうなんだい？』

『ここにあるよ。船をおりる前にわたしてやる』

あたしたちは腰をおろして、あれこれ話をしました。あたしが乗組員のことかいろいろ訊くと、ライアンめ、闇夜のなかでこっそり港を出ていけるかいって訊くから、そんなことはいとも簡単、眼をつぶってたってできるものさと言ってやった。すると突然、何か物音が聞こえた。あたしの耳はとびきり上等なんですよ。かすかな音でも逃しやしません。

『おい、ボートがくるぞ』

『そろそろやってくるころだ。さてと、おれも女房と子どものところへ帰らせてもらうか』

『甲板へ行こうか？』

『いや、その必要はない』

『そうかい』

しばらくそこにすわって聞き耳を立てていると、はっきりボートの近づいてくる音が聞こえた。やがてどんと船腹にあたる音がした。すると誰かが乗船してくるのがわかった。そいつが昇降口をおりてきた。見ると、青いサージのスーツを着て、白い襟にネクタイ、茶色の靴という立派な身なりの男が姿を見せた。いま先生が眼にしているやつとは大違いです。ライアンがあたしを見て、『これが乗客のフレッドさんだ』と言った。『フレッド・ブレイクです』とその若者が言いました。

『フレッド、こちらがニコルズ船長だ。飛び切り上等、最高の船乗りだ。何も心配することはないぞ』

小僧はあたしを見、あたしもやつを見てやりました。とても体がか弱いなんて玉じゃあないと思いましたね。どこを見たって、健康そのものの青年だったが、神経質で、不安なようすだった。はっきり言うなら、びくびく怖がっているようだった。『そんな風に病弱になっちまうなんてお気の毒だ』とせいぜい愛想よく言ってやった。『海の空気にあたりゃすぐに元気になるさ。若者の逞しい体をつくるには、なんといっても、航海するのがいちばんよ』

とたんにやっこさん、顔を真っ赤にしやがった。あんなに顔を赤くしたやつはじめて見たよ。ライアンがあたしを見て、それから若者を見て、ぷっと吹きだしやがったね。それから、金をわたして帰るぞと言って、腰にまいた腹巻から金を出して、あたしに寄こした。金貨で二百ポンド。金貨なんて、長らくお目にかかってない。金貨があるのは銀行だけさ。この小僧を厄介払いしようとするのが、どこのどいつか知らないが、かなりの大物にちがいない。

『ライアン、その腹巻もくれないか？　こんな大金だ、そこらにおっぽり出していくわけにもいかねえ』

『いいとも。そら、受けとりな。じゃあ、みなさん、幸運を祈ってますよ』そう言い捨てると、あたしが声をかける前に、やつは船室から出ていって、舷側を乗りこえて、ひょいとボートに乗り移り、たちまち闇のなかに消えてしまった。そこに誰が乗っていた最初に帰ってきたのは八〇一号のイケミヤさんだった。タクシーを降りるとき、スーツケースの他にパイナップルケーキの箱をもっているのが見えた。律義《りちぎ》な人だからきっと管理室にお土産でも買ってきたにちがいない。

俺の指示で、タケダはイケミヤさんが乗ったタクシーを素通りさせた。どこからかジェーンがようすをうかがっても、ガス工事現場で張りこんでいるとは気づかないだろう。

次にハブレさん一党がマイクロバスで「リバーサイドシャトウ」に乗りつけた。亡命したアフリカの王族で、ボディガード兼愛人の女四人と、十五階すべてを借りきっている。

他の国は入国を断わられるらしいが、タイだけは王族と仲がいいので大丈夫なのだと、白旗のおっさんがいっていた。

このグループは下手に足止めするとえらいことになる。ボディガード兼愛人の女たちはいつも武装しているからだ。

やがてタチバナがフェラーリの爆音を轟《とどろ》かせながら帰ってきた。沖縄帰りで、車は羽田空港においていたようだ。あとひと月たって、「リバーサイドシャトウ」を無事でられたら、二人で歌舞伎町のキャバクラをハシゴする約束だ。

あたりが薄暗くなってきた。

「竜胴寺さくらが帰ってこないな」

タケダがいった。川面を渡る風がワンボックスを揺らす。

のか、見てとるひまもなかったな」

「それから、どうなりました？」とサンダース医師が訊いた。

「金貨を腹巻にいれて、それを腰にまきました」

「さぞ重かったでしょう」

「メラウケに着いたときに箱をふたつ買って、金貨はそこにいれて、誰にも見つからない場所に隠しておきました。だがね、先生、こういうことになっちゃあ、腰にまいていたって、大した重さは感じませんよ」

「それはまたどうして？」

「つまり、海岸沿いに航海してきましたから、なんの苦労もねえ。天気はいいし、凪もいい。そこであたしは小僧に、クリベッジをやらないか、と誘ったんです。暇つぶしにいいし、やつが金をもってることも知ってました。それをいくらか頂戴してもわるくない。クリベッジはお手の物だし、これはあっさりいただけると思いました。だがあのカードには悪魔がついていたにちがいない。シドニーを出てから、おかしなことに、ただの一日も勝ったためしがないときている。ちくしょう、もう七十ポンドも取られてしまった。それもやつがクリベッジの名人というわけじゃない。悪魔のようなツキが、がっちりはりついていやがるんだ」

「あなたが思っているよりも、あの青年はうまいんでしょう」

「そんなことはない。クリベッジのことならあたしに訊いてください。なんでもお答えいたします。ですが、あれは腕じゃないツキです。そしてツキは永遠につづくもんじゃない。ツキの変わり目があるんです。そのうち失くしたものを全部とり返して、やつの持ち金もふんだくってやる。やつは怒るでしょうが、そんなこと構いやしません」

「フレッドは自分のことを何か話しましたか？」

「いや、何も話しませんね。だがあれこれ考え合わせてみると、この問題の底にあるものが、何やら浮かび上がってくる」

「なるほど？」

「これには政治が絡んでいる。これは絶対まちがいない。そうでなけりゃあ、ライアンが顔を出すはずがないんだ。ニュー・サウスウェールズでは、政府がかなりガタガタしている。もしスキャンダルでももち上がれば、たちまち政権はふっ飛びます。とにかく選挙も近づいている。つぎも政権を確保するつもりでしょうが、あたしの見るところ、勝負は五分五分、どっちに転ぶかわかりゃあしない。連中は危険を冒したくないんですよ。フレッドがかなり大物の息子だとしても、あたしは少しもおどろきませんね」

「首相か、そのあたりの息子とでも言うんですか？　大臣にブレイクという苗字の男がいますか？」

「先生、やつの本名がブレイクかどうかわかりません。どこかの大臣がからんでいて、フレッドがそいつの息子か甥なんでしょう。どっちにしろ、ことが明るみに出たら、そいつの落選はまちがいない。となると連中は、二、三カ月フレッドに、国の外にいてもらいたいと思うでしょう。まあ、これがあたしの推測です」

「それで、フレッドは何をやらかしたと思います?」

「殺しですよ」

「でも、まだ子どもじゃないですか」

「いや、首を吊られる歳には、すこしも不足はしてませんね」

12

「おや、あれは、なんだ?」船長が不意に声をあげた。「こっちにボートが来るぞ」

たしかに船長の耳はするどかった。サンダース医師にはなんの物音も聞こえなかった。

船長は闇のなかにじっと眼をこらしていたが、ふと片手を医師の腕におくと、音もなく立ちあがり、船室へ降りていった。すぐに昇降口から現れたニコルズの手に、拳銃が握られているのが見えた。

「備えあれば憂えなし、ですよ」

ようやく医師の耳にも、かすかにオールのぎしぎしする音が聞こえてきた。

「あの帆船のボートだな」

「それはわかってます。ただ何しに来るのか……挨拶に来るには、ちょっと時刻が遅すぎるが」

二人は口をつぐんで、しだいに近寄るオールの軋む音を聞いていた。まもなく水のはねる音ばかりか、暗い海の水面に小さな黒いかたまりも見えてきた。

「おーい、こっちだ」突然ニコルズが声をあげた。「こっちへ来い、そのボート」

「船長か?」声が海をわたってきた。

「そうとも。なんの用だ?」

ニコルズは拳銃を握った手をだらりとさげて、舷側に立っていた。ボートがぐんぐん漕ぎよって来る。

「そっちへ行くまで待ってくれ」オーストラリア人の声が言った。

「ばかにおそい時刻じゃないか」とニコルズが大声でどなった。

オーストラリア人が漕ぐのをやめろと言った。

「船長、お医者さんを起こしてくれないか? 日本人の具合がひどく悪い。どうも死にかけているようだ」

「先生はここにいるぜ。すぐにボートを船腹につけな」

ボートが帆船の横腹につくと、ニコルズ船長が体を乗りだして下を見た。ボートにはオーストラリア人船長と黒人がひとり乗っていた。

「わたしに来てほしいのかい?」とサンダース医師がたずねた。

「先生、ご迷惑をかけてすみません。どうも患者の状態がひどく悪いもんで」

「よし、行きましょう。すぐに鞄をとってくる」

サンダースは転がるようにして昇降階段を降りていった。そして救急鞄をひっつかんで、また階段をあがっていって、甲板に出ると、すぐに舷側をこえてボートに乗った。

黒人の水夫が大急ぎでオールを漕ぎはじめた。

「先生、おわかりでしょうが」とオーストラリア人が言った。「必要だからといって、簡単に潜水夫は雇えません。とくに日本人は潜水にかけちゃ最高の男たちです。いまアルー群島のあたりで失業中の日本人なんてただの一人もおりません。もしいまのやつに死なれると、うちの作業はお手上げです。つまり新しい潜水夫を雇うのに、はるばる横浜まで迎えに行かねばなりません。それまで一カ月やそこら、何もしないでぶらぶらしてなきゃなりません」

潜水夫は船員室の下段ベッドに横たわっていた。ひどい悪臭と熱気がたちこめている。近くに黒人がふたり寝ていて、そのうちの一人があおむけになって、大きないびきをかいていた。患者の横には黒人がもう一人、ぺたんと尻をつけてすわり、うつろな眼で病人をじっと見つめていた。天井の梁にぶら下がっているハリケーンランプがぼんやりあたりを照らしている。潜水夫はすっかり衰弱していた。意識はあるようだったが、サンダースがそばに寄っても、東洋人特有の黒玉の眼にはなんの表情も見えなかった。その眼はすでに永遠の世界をながめていて、この世のはかない出来事とはもはや無縁であるかのようだった。医師は脈をとり、額に手をあてた。肌がねばねばして冷たかった。皮下注射をうって立ち上がると、ベッドの上でぴくりとも動かない肉体を、感慨深げにながめていた。

「上にあがって、すこし空気を吸ってきましょう」しばらくして医師が言った。「容態に変化があったら、知らせにくるよう言っておいてください」

「もうだめですか？」

「そのようです」

「ちくしょう、ついてないな」

医師はくすくす笑った。二人は甲板に出て、椅子にすわった。夜が死のように沈黙している。夜空いっぱいに輝く星ぼしが、はるか彼方から、穏やかな水面に映るおのれの姿を眺めている。なんであれ、もし信じる心が強ければ、それはかならず実現する、と言う者もいる。あそこに横たわり、苦痛もなく死につつある、あの日本人潜水夫にとって、死は終わりでなく、新たな頁をめくる行為であるのかもしれない。あの男にはわかっている。数時間後に太陽が東の空に昇る、その自明の事実を知っていると同様に、自分は一つの生から別の生へ移っていくということを知っている。個人の所業は途絶えることがない。この死という事実も、これまでの前世で生きてきた様々な事実、行為とおなじように、永遠の連鎖としてつづいていく。おそらく、疲労困憊しながらも、あの日本人の肉体のなかでは、最後の情熱が残り火を掻き立てて燃えているのかもしれない。来世ではどんな姿に生まれ変わるか、どんな人生が待っているか、不安になりながら、あるいは楽しみを感じながら、弱まりゆく胸のなかで、ひたすら、そんな好奇心を燃やしているのかもしれない。サンダース医師は眠りに落ちていった。ふと肩に手がおかれ、眼がさめた。黒人がそばに立っている。

「早く来て」

夜が明けはじめている。まだ太陽は見えないが、星の光がよわまっている。空がぼんやりうす明るくなっている。サンダース医師は船員室へ降りていった。潜水夫は急速に死につつあった。静かに眼を見開いているが、脈はほとんど感じられなかった。肌が死人のように冷たかった。それから突然、喉の奥からぜいぜいという音が聞こえてきた。低くはないが、高くもない。日本人の風習なのか、何か不満を訴えるような、あるいは和解を求めるような声だった。そして次の瞬間、喘鳴《ぜんめい》がやんで、男は死んでいた。そばで寝ていた男たちも眼を覚ましていた。ひとりは上段ベッドの端からぶらりと黒い足をぶら下げている。もうひとりは眼の前で起きている現実をはらい除けようとでもするように、死者に背をむけて床にすわり、両手で頭をかかえていた。

甲板にもどって船長に告げると、彼は肩をすくめて、日本人はどいつも体がよわいと言った。

夜明けが知らぬまに水面にただよっている。優美で冷ややかな朝の光が静寂を染めはじめている。

「それじゃ、フェントン号にもどりますよ」と医師は言った。「うちの船長は夜が明け次第、すぐに帆をあげるつもりです」

「もどる前に朝飯を食べませんか？　ずいぶん腹がへったでしょう」

「では、お茶を一杯いただきましょうか」

「じつは卵がすこしあるんです。あの日本人のために残しておいたんですが、やつはもう食えなくなった。おれたちでベイコン・エッグにして食いましょう」

船長が大声でコックを呼んだ。

「おれはベイコン・エッグが好きなんですよ」船長は両手をこすり合わせながら言った。

「卵はまだまだ新鮮なはずです」

やがてコックがじゅうじゅう音を立てているベイコン・エッグと紅茶とビスケットをもってきた。

「ちくしょう、なんていい匂いだ」とオーストラリア人が言った。「おかしいと思うかもしれませんが、おれはベイコン・エッグならいくら食っても飽きることがないんです。陸《おか》にもどれば、毎日食ってますよ。ときたま女房が目先を変えて、ほかの料理をつくりますが、いやあ、ベイコン・エッグにまさる食い物はありませんね」

サンダース医師は、フェントン号にもどるボートのなかで、ふと不思議な思いにおそわれた。あの船長は朝食にベイコン・エッグを食うのが何よりも好きだと言っていた。あれも滑稽で奇妙な話だが、死はもっと滑稽で奇妙ではあるまいか？ 波ひとつない海は磨かれた鋼鉄のように輝いている。青白くて、優美で、繊細で、まるで十八世紀の侯爵夫人の寝室にでも見られるような色合いだ。サンダース医師にとって、人間が死ぬなんてまったく奇妙なことだと思われた。こんな理屈に合わないことがあるだろうか？ あの真珠採りの潜水夫は数えきれないほどの世代のあとをひきついできた。この地球が創成されて以来、綿々とつづいてきた複雑怪奇な進化の過程で生みだされ、想像をはるかに超える偶然が連続した結果、今日ここに潜水夫として生きていた。ところがその人間が、人も棲まない絶海の孤島で、あっというまに死んでいった。

ボートが船の横腹につくと、ひげを剃っていた船長が手を差しのべて、医師を甲板にひき上げてくれた。

「どうだった？」

「死んだよ」

「そんなことだろうと思ってた。ところで葬式はどうするんだい？」

「知りもしないし、訊きもしなかった。海にでも放りこむんでしょう」

「犬ころみたいにか？」

「いけませんか？」

するとと船長がいかにも憤慨した顔をするので、サンダース医師はいささかおどろいた。

「それはだめだ。少なくとも、イギリス王国の船の上では、そんなことは許されない。きちんと礼式に則ったまじめな葬式をしてやるんです」

「しかし、船長、あの男は仏教徒かもしれないし、神道とかそんなものの信者かもしれませんよ」

「だからなんだい。あたしはガキのころから今日まで、三十年以上も、海の上で生きてきた。イギリスの船の上で人が死んだら、イギリス式の葬式をしてやる、それが道理というもんです。先生、いいですか、死はあらゆる人間を平等にするんです。そこを理解しなきゃあいけません。死んでしまったら、日本人だろうと、黒人だろうと、イタリア人だろうと、どこの国のどいつだろうと同じことです。おい、おまえたち、ぼやぼやしないで、さっさとボートを下ろしやがれ。おれがあの船へ行って、掛け合ってくる。先生があちらへ行っている間、あたしはそんなことじゃなかろうかと思ってました。だから、この通りひげまで剃って待ってたんです」

「どうするつもりです?」

「あの船の船長に話しに行くんです。あたしたちは正しいことをやらなきゃあいけません。あの日本人を立派にあの世へ送り出してやるんです。あたしが乗っていた船では、いつでもかならず、そのようにしてきました。乗組員にちゃんと見本を見せてやるんです。それを見てりゃあ自分の番が来たときに、どうしてもらえるか、なんの心配も持たないでしょう」

ボートがおろされ、船長を乗せて離れていった。フレッド・ブレイクが船尾にやってきた。もじゃもじゃの髪、つややかな肌、そして青い眼に、青春の輝き、まるでヴェネチア絵画に描かれている若いバッカスを見るようだった。医師の方は一晩じゅう、ほとんど寝ないで疲れていたから、一瞬、この青年の発散する傲慢な若さを前にして、なんとも羨ましく思われた。

「先生、病人はどうなりました?」

「死んだよ」

「そうでしょう。幸運なんてどこかの連中がみんな独り占めしてるんだ」

医師はするどい視線を青年に送ったが、何も言わずに黙っていた。

しばらくすると、ボートがもどってきたが、ニコルズ船長の姿は見えなかった。ユーターンという英語の達者な黒人が、全員こっちへ来てくれという船長の伝言をつたえてきた。

「くそ、なんのためだ?」とブレイクが唸った。

「まあ、行ってみましょう」と医師は言った。二人の白人は残りの二人の乗組員とともに、舷側をこえてボートに乗りこんだ。

「船長は、みんな来いって言ってるよ。チャイナ・ボーイも来いって」

召使いの少年は、周囲の騒ぎなどどこ吹く風、甲板にすわりこんで、ズボンのボタンを縫いつけていた。

「おい、アー・ケイ、ここに跳びこめ」と医師が言った。

少年は仕事をやめて、いつもの優しい笑みをちらりとうかべると、軽々と舷側をこえてボートに乗った。ボートが件の船に着いて、医師がおろされた縄梯子を登っていくと、ニコルズ船長とオーストラリア人がならんで甲板に立っていた。

「アトキンソン船長が同意してくれました」とニコルズが言った。「われわれは、あの哀れな日本人のために規則に則った正規の葬儀をとりおこなう。こちらの船長は葬儀の経験がないと申されるので、あたくしニコルズが、アトキンソン船長の要請にもとづいて、キリスト教会が教えるとおりに、きちんとただしく、葬儀を施行したいと思います」

「そのとおりです」とオーストラリア人船長が言った。

「もちろん、これは本来、他船のあたしのすることではありません。航海中に死者が出た場合、祈禱をささげる者はその船の船長ですが、たまたまここには祈禱書がなく、船長ご自身、カナリアがステーキの扱い方を知らないのと同様に、何をどうしてよいのやら、まったく承知しておられないとおっしゃる。船長、そうですね？」

オーストラリア人は厳粛な顔をしてうなずいた。

「しかしニコルズ船長、あなたはバプティストじゃありませんか」と医師が言った。

「普段はそうです」と船長は答えた。「ですが先生、葬式のような儀式では、あたしはこれまでずっと祈禱書を使ってきました。今回もそのようにいたします。では、アトキンソン船長、そちらの用意が調いましたら、乗組員全員を甲板に整列させてください」

オーストラリア人はむこうへ歩いていったが、数分してもどってきて言った。

「もうすこしで袋が縫い上がります」

「今日の一針があれば、明日の九針はなくとも済む」とニコルズ船長が言った。いったい何を言っているのか、サンダース医師は呆気にとられていた。

「待っているあいだに、一杯やりませんか？」とオーストラリア人が言った。

「いや、船長、やめておきましょう。葬儀が終わったら飲みましょう。快楽にふける前に、まずは仕事です」

男がひとりやって来た。

「親方、みんな終わりました」

「よし、有り難う」とニコルズが言った。「では、みなさん、まいりましょうか」

ニコルズ船長は緊張している面持ちだった。背筋をぴんと真っ直ぐに立て、これからはじまる式典に胸を躍らせているようだった。ちいさな眼が、いかにも小狡そうに、きらきら光を発している。陽気な気分を押し殺し、厳粛な顔をしている船長を見て、サンダース医師は、顔にこそ表さないが、腹のなかでは笑っていた。船長はあきらかに、この状況を楽しんでいる。両船の乗組員が全員、船尾にむかって歩いていった。彼らはみんな黒人で、パイプをふかしている者や煙草をくわえている者もいた。甲板には死体をいれた袋がおかれている。たぶん、ヤシのコプラをいれるのに使う袋だろう、それが無造作にぽいとほうり出されている。小さい袋だった。そこにかつて人間であった物体が入っているとは思えないくらい小さかった。

「全員そろったか?」まわりを見まわしながら、ニコルズ船長が言った「みなさん、禁煙です。死者に敬意を表しましょう」

パイプがひっこめられ、吸差しが捨てられた。

「さあ、円陣を組んでくれ。アトキンソン船長、あなたはあたしの隣にお立ちください。よろしいですか、これはイギリス国民の義務として行なうものです。失礼ながら、本来はあたしでなく、あなたがなさるお仕事です。あたしの出しゃばった振る舞いは、どうぞお許しください。では式事をはじめます。みなさん、よろしいですか？」

ニコルズ船長の頭にある埋葬の次第はかなりおおざっぱだった。祈りはじめたが、その内容はかなりの部分、彼が自分で創作した代物だったが、弁舌はすこぶるなめらか、熱がこもっていて、感動的ですらあった。祈りが終わると、よくひびく声で、アーメン、と唱えた。

「さて、それでは全員で、賛美歌を歌います」そう言ってから、船長は黒人たちの方に眼をやった。「みんな宣教師のところへ行ったことがあるだろう。元気よく歌ってくれ。マカッサルまで聞こえるくらい、大声で歌ってくれよ。いいか。〈進めよ、進め、クリスチャン・ソルジャー。進めよ、進め、戦場へ……〉」

ニコルズが勢いよく歌いはじめた。野太い声はしわがれて、おかしな節がついていたが、強烈な熱情があふれていた。すぐに船員たちの声がくわわった。二隻の船の乗組員が全員、声を一つにして、朗々と賛美歌を歌っている。波ひとつない穏やかな海上を、男たちの歌声が響きわたっていく。生まれ故郷の島々で、習いおぼえた賛美歌だった。言葉はよく覚えているものの、しょせん不慣れな外国語である、抑揚も発音もおかしい。しかし彼らの発する奇妙な声が一つになって、まるでジャングルの奥の原住民たちが律動的な歓声をあげているかのようだった。とてもキリスト教の賛美歌が歌われているとは思えない、不気味で神秘的な雰囲気がかもし出されている。鐘や太鼓が叩かれ、奇妙な楽器ががんがん鳴りひびく、深夜の浜辺で行われる呪術の儀式。生贄に捧げられた人体から滴る血。そんな光景が医師の脳裏にうかんでいた。アー・ケイは乗組員たちからすこし離れて立っていた。清潔な白い服に身をつつみ、あたりの騒ぎにまるで無関心のようすだった。愛らしい潤んだ眼はかすかながら軽蔑の色をうかべている。歌詞の一番を歌いおえると、ニコルズの指示もないのに、みんなすぐに二番を歌いはじめた。しかし参列者が三番をはじめると、船長は手をぱんぱんと打ち鳴らし、合唱の終わりを告げた。

「もう十分だ。なかなかいい合唱だった。だが夜が来るまで甲板にいることもないだろう」

突然合唱が終わると、船長は厳粛な顔をして、あたりを見まわした。サンダース医師は人の輪の中心にころがっているコプラの袋に眼をやった。そしてどういうわけか知らないが、この潜水夫も昔は小さい子どもだったと思った。黄色い顔に黒玉の眼を光らせて、日本のどこかの町の通りで遊んでいただろう。きれいな着物を着て、母親に手をひかれて、桜の花を見に行ったり、神社やお寺へお参りに行ったりしただろう。そんなときの母親は晴れ着姿が美しく、入念にゆった髷にかんざしが刺され、からころ下駄の音をたてて歩いていただろう。お祭りの神社やお寺では祝いの餅をもらったことだろう。

真っ白い着物に身をつつみ、灰色の杖をついて、家族とともに巡礼の旅に出て、霊峰富士の頂きから昇りくる朝日の姿を眺めたかもしれない。

「さて、もうひとつ祈りをささげる。あたしが〈われらこの肉体を深き水底にゆだねます〉と言ったら――いいかい、よく注意して聞いていてくれ、あたしがそう言ったら、それを合図に、その袋をつかんで海へほうりこむ。わかったな？　まごまごしてちゃいかんぞ。船長、それをやる人間を二人えらんでくれ」

「わかった。ボブとジョー、おまえたちがやってくれ」

二人の男が前に出てきて、死体の袋をつかんだ。

「ばかやろう、まだだ」とニコルズ船長がどなった。「まずあたしの言葉を聞いてからやれ」それから大きく息を吸うと、すぐに祈りの言葉を唱えはじめ、長々と祈りをあげていたが、どうやら言うべき言葉が尽きたらしく、声をすこし高めて、〈全能の神のご慈悲あらんことを、この死したる同胞の魂を御手に抱きとらせたまえ、かくしてわれらこの肉体を深い水底にゆだねます〉と言って、袋のそばの二人に厳粛な眼をむけたが、どちらもぽかんと口をあけて船長を見ているだけだった。

「こらっ、もたもたするな、ばかやろう。さっさと袋をほうりこめ」

ボブとジョーはおどろいて、眼の前の袋にとびつくと、海にほうりこんだ。死体の袋はほとんど飛沫もあげずに沈んでいった。ニコルズ船長はいかにも満足気な笑みをうかべている。

「肉体の滅びゆくも、やがて海は死者を解放し、肉体の復活をもとめるなり。さて、わが愛する兄弟たち、〈主の祈り〉を唱えよう。もぐもぐ言っちゃならねえぞ。いいか、〈天にいます我らの父よ……〉」

船長が大きな声で乗組員に祈りの言葉をくり返すと、アー・ケイをのぞく全員が声をそろえて唱和した。

「さて、ご一同、これで葬式はおわった」と述べながら、相変わらず熱のこもった声でつづけた。「あたしはうれしい。こんなにも立派にこの悲しい式を行うことができた。生きていても、死はつねにそこにある。いかに慎み深く幸福な人たちにも、偶然は起こる。死は訪れる。みなさんによく知っておいてもらいたい。もし二度とふたたび帰ることのできない旅路に連れ去られようとも、イギリス国旗をかかげたるイギリス船に乗っているかぎり、諸君は何人であろうとも、立派な葬儀をあげて、わが主イエス・キリストの忠実なる息子として埋葬される。これをよく覚えておいてもらいたい。通常ならば、ここで諸君らの指揮官、アトキンソン船長のために万歳を三唱したいところだが、このような悲しみの席です。われわれの心は涙にくれている。したがっていまは、諸君の心のなかで、万歳の声をあげていただきたい。父なる神と聖なる御子と聖霊の名において、アーメン」

ニコルズ船長は説教壇をおりる祭司のようなしぐさで一歩わきに寄り、アトキンソン船長に手をさしだした。オーストラリア人は優しくその手をにぎった。

「ありがとう、すばらしい葬儀でした」

「当たり前のことをしただけです」とニコルズは思いのほか謙虚だった。

「それじゃ、一杯いきますか？」

「そうしましょう」ニコルズ船長はそう言って、部下の乗組員をふり返った。「おまえら、もうフェントン号にもどっていいぞ。トム、おまえはあとで迎えにきてくれ」

四人の男はよたよた甲板を歩いていった。アトキンソン船長が船室からウイスキーのボトルとグラスをもってきた。

「本物の牧師さんでも、こんな立派な葬式はできませんよ」そう言って、アトキンソンがグラスをあげて、ニコルズに敬意を表した。

「何事も気持ちの問題です。いつだって気持ちをこめてやらなきゃあ。あの薄汚い日本人のことだけじゃありませんよ。たとえこれがあなたやフレッドや、サンダース先生のためであっても、あたしは同じようにしたでしょう。それがキリスト教というもんでさあ」

13

強いモンスーンが吹いていた。安全な島陰をはなれると、海がひどく荒れてきた。サンダース医師は帆船の航海など経験したことがなかったから、いま眼の前の波濤を見て、恐怖で心臓が縮み上がった。ニコルズ船長は水樽を船尾にしばりつけさせている。白い波頭をたてて寄せくる波は途方もなく大きくて、小さな船の船縁すれすれまで迫ってきた。ときおり大波が船体にぶちあたり、大量の飛沫をまきちらし、甲板を川のように流れていった。島をいくつか通りすぎるたびに、もし船がここで転覆でもしたら、おれはあそこまで泳いで行けるだろうか、医師はそう思って、不安で堪らなかった。ひどくいらいらしていたが、それほど慌てる必要のないこともわかっていた。黒人が二人、ハッチの上に平然とすわりこみ、細紐を撚って釣糸をつくっている。仕事に熱中していて、海などちらりと見ようともしなかった。海水は泥水のようににごり、そこいら一帯に暗礁が隠れている。船長は乗組員のひとりに斜檣《しゃしょう》にのぼって、よく見張っているよう命令した。男は右手や左手をつかって合図して、船長に安全な進路をつたえている。太陽が輝きわたり、空が真っ青である。はるか頭上を白雲がどんどん流れるように飛んでいく。

医師は本を読もうとしたが、たえず頭をさげて、降りかかる飛沫を避けねばならなかった。突然がりがり鈍い音がして、医師は思わず船縁にしがみついた。船底が暗礁にふれたらしい。船はどんどんもち上がると、また波間に落ちていった。「おい、もっとよく見張るんだ！」斜檣の男にニコルズの怒声がとんだ。ふたたび船が暗礁にぶつかり、どんと海面に持ちあがった。

「この水路から抜け出たほうがいいようだ」船長はそう言うと、進路を変えて沿岸を離れ、外海へと出ていった。船は右に左に大きく揺れながらも、頑強に体勢を立て直し、波浪を切って進んでいった。サンダース医師は飛沫をあびてびしょ濡れだった。

「先生、なんで船室へ行かないんだ？」と船長が叫んだ。

「いや、甲板にいたいんだ」

「何も心配することはありませんぜ」

「もっとひどくなるのかな？」

「かもしれん。風がもっと吹いてきそうな気配です」

船尾に眼をやると、大波が次から次へと押し寄せてくるのが見える。今度こそ体勢を立て直すよりさきに、波に押し潰されてしまうんじゃなかろうか。だがフェントン号は、まるで生き物ででもあるかのように、くる波くる波を見事に、軽快にかわしていった。医師はどうも居心地が悪かった。とても呑気にしていられなかった。フレッド・ブレイクがやって来た。

「先生、すごいでしょう？　こんな風に吹かれると、胸のなかがスカッとして、ほんとに愉快な気分になるよ」

青年の巻き毛が強風に吹かれて、ばらばらに乱れている。眼がきらきら輝いている。どういうわけか、この恐ろしい状況をすっかり楽しんでいるようだ。医師は肩をすくめると、何も言わずにおし黙り、彼方に見える大波に眼をやった。海上に山のようにもり上がり、白い波頭をたてて、こっちにむかって進んでくる。あの自然の力はとても意識のない存在とは思えない。これでもか、これでもかとばかり、凶暴な悪意を見せつけている。今度こそ絶対に転覆させてやるぞと、こっちにむかってどんどん進んでくる。この脆弱な小舟があの山のような水の怪物にどうして対抗できるだろうか。

「おい、来るぞ」船長が大声で叫んだ。そして船首をぴたりと大波の方向にむけた。サンダース医師は本能的にマストにしがみついた。波が船首に激突した。水の壁が砕けてふりそそぎ、全甲板を水浸しにした。

「こりゃあ、すげえ」とフレッドが叫んだ。

「ちょうどひと風呂あびたかったところだい」と船長が言った。

二人は声をあげて笑っている。だが医師は恐怖で吐き気がしていた。なんてことだ、どうして汽船が来るまでタカナで待っていなかったのか、そう思うと悔やまれてしかたがない。たかが二、三週間、退屈な時間をがまんしていれば、こんな恐ろしい目に遭わずにすんだのに。もしこの危険から逃れることができたなら、もう二度とこんな愚行は冒すまい、医師は心のなかでそう誓った。もはや本など読むどころじゃない。飛沫で眼鏡がくもって見えないし、本そのものがびしょ濡れだ。医師は寄せくる波をじっと見まもった。島陰はいまや遠くにぼんやりかすんでいる。

「先生、どうです、面白いでしょう」船長の大声が飛んできた。

帆船はコルク栓のように波に翻弄されている。サンダース医師はなんとか唇に笑みをうかべた。

「なんていい眺めだ。頭のなかがすっきりする」船長はさも愉快そうにつけ加えた。

こんなに気分をよくしている船長を見るのははじめてだった。体全体に緊張感がみなぎり、おのれの能力を思う存分、堪能しているようだった。こういう場合を、水を得た魚とでもいうのだろう。いったい恐怖はどこにもないのか？ 下品で粗野で、口が達者で、こそこそ小ずるいペテン師が、恐怖などすこしも感じていないらしい。この男のどこを見ても、道徳観なんぞ存在しないし、人間の尊厳とか、美意識とか、そんなものは何も知らない。人間の行動に二通りの生き方があるとしたら、つまり、正直な生き方と不正直な生き方があるとしたら、この男はなんの躊躇《ためら》いもなく、不正直な生き方をえらぶだろう。一日でもいっしょにいたら、誰でもそう思うにちがいない。その低俗下劣な精神のなかには、つねに一つの動機しかあるまい。いかにして汚い手をつかって、人をペテンにかけてやるか、そういう欲求しかもっていないのだ。それは悪人の情熱でさえないだろう。それなら少なくとも、いかに邪悪であろうとも、何か偉大さを感じさせてくれるはずだ。ところがこのニコルズには、相手の裏をかいて出し抜くことしか頭にない。そんなことに満足をおぼえる、哀れでちっぽけな悪意しかないのだ。しかしいま舵をとる男の姿をながめていると、サンダース医師はどうしても感嘆せざるをえなかった。船長はいま、怒りの海のまっただなかで、この小さな船の甲板に立って、ひたすら舵輪をにぎっている。もし船が転覆したらどうするか、どんな救命手段があるか、そんな懸念はいっさいないらしく、不安もなく、屈託もなく、おのれの有する海の知識を信じきっている。誇り高く、自信にみちて、幸福である。ゆるぎない自信に裏打ちされた技術を駆使して、木の葉のような小舟を操っていくことに、心底喜びを感じている。まるであらゆる癖や習性を知悉している騎手に動かされている馬と同じだ。つぎつぎに寄せてくる怒濤をあのうさん臭い小さな眼でながめながら、微笑さえうかべている。そして大波が轟音をあげて通りすぎるたびに、いかにも満足げにうなずいている。まるで襲いかかる波を生きものとでも思っていて、どんなもんだい、かわしてやったぞ、と危機を尻目におもしろがっている。

サンダース医師は追いかけてくる大波にすっかり怖気づいてしまった。帆柱にしがみついて、船が前後にかたむくと、体を前や後ろにかたむけた。右に左にゆれると、それに合わせて体をうごかした。顔が真っ青になって、こわばっているのが、自分でもよくわかっていた。もし船が転覆したら、あそこの救命ボートに乗りこむチャンスがあるだろうか？　いや、あまり見込みはないだろう。島民が住んでいる島からは百マイルも離れているし、汽船の航路からも遠くはずれている。転覆したら、もう溺れ死ぬしかないだろう。死が心に重くのしかかっているというのではない。いまここで死につつあることが恐ろしいのだ。波に呑まれて、喉に水がつまったら、どれほど苦しいことだろうか。死を平然と受け入れているはずのこのおれでも、生きようとする肉体の意志が必死にもがきつづけるだろう。

ふと昇降口を見ると、コックがよろめきながら、昼飯をはこんできた。大波は船倉のなかまで水浸しにしていて、火を使うことなどできなかった。コーンビーフと冷たいジャガイモの料理だった。

「おい、ユーターンを呼んで、舵をかわってくれ」と船長がどなった。

黒人が代わって舵輪をにぎると、三人の男はみじめな食事をかこんだ。

「すっかり腹がへったよ」とうれしそうに言うと、船長はすぐに皿に食事を盛った。

「フレッド、おまえの腹はどうだい？」

「ああ、おれも、腹ぺこだ」

青年はずぶ濡れだったが、頬がつややかに光り、眼がはれやかに輝いている。この若者の無愛想な態度は見せかけだったのか、医師は怯えきっている自分に腹が立っていた。そして不機嫌な顔をして、船長に言った。

「これが消化できるなら、牡牛を一頭食ったって、なんの支障もないでしょうよ」

「先生、ほんとうだよ。ちょっとでも時化になってくれさえすれば、胃袋の悲鳴なんて、とっととどこかへ消えちまうのさ。あたしにとっちゃ、まさに嵐は消化不良の良薬なんだ」

「この強風はいつまでつづくんだい？」

「先生はそんなに嵐がきらいかい？」船長は意地悪そうににやにや笑っている。「まあ、日暮れになれば、いくらか弱まるかもしれんがね。逆にもっと強くなるかもしれない」

「どこか安全な停泊地へ行ったらどうだい？」

「いや、海上にいるほうがずっといいんだ。このタイプの帆船なら、どんな暴風にもたえられる。陸に近づいたらそれこそ終わりだ。暗礁に乗り上げて、木っ端微塵に吹き飛ばされるよ」

三人が食事を終えると、船長はパイプに火をつけた。

「フレッド、どうだい、クリベッジをやらないか？」

「いいとも。だがまた泣きを見るぜ」

「おいおい、こんな強風のさなかで、本気でトランプをやるつもりかい？」と医師が思わず声を上げた。

ニコルズ船長はあざ笑うような眼で海を見やった。

「少々水をかぶったって、先生、心配はいりませんぜ。あの黒人どもは大した腕だ。どんな船だろうと、自由自在に操りますよ」

船長とフレッドは船室に降りていった。サンダース医師は甲板に残って、海をながめていた。気分はいっこうにさえなかった。夕暮れまで時間が際限なくつづいていくようだった。ふとアー・ケイのことが頭にうかび、やっこさん、何をしているかと思いながら、サンダース医師はよろよろ船首の方へ歩いていった。甲板には黒人が一人いるだけだった。ハッチは閉められ、当木がおろされていた。

「うちのボーイはどこだい？」

男は指で船倉をさした。

「寝てます。下へ行きますか？」

男がハッチを開けてくれたので、医師は昇降口を降りていった。ランプが灯っていた。船員室は暗くて、臭気がこもっていた。腰布《サロン》一枚つけただけの黒人が一人床にすわって、ズボンをつくろっている。もう一人の黒人とアー・ケイは寝棚に横になって、しずかに眠りこんでいる。しかし医師がそっと近づくと、アー・ケイは眼をあけて、にっこり笑った。いつものように可愛らしい、心のこもった微笑だった。

「大丈夫か？」

「はい、大丈夫です」

「怖くないか？」

アー・ケイはまたにっこりほほ笑むと、首をふった。

「そうか、じゃあ、そのまま寝ているといい」

サンダース医師はふたたび昇降口を上っていった。ハッチがうまく開かないでいると、甲板で寝ていた男が手をかしてくれた。甲板に出たとたん、飛沫がばしゃりと顔にかかった。医師はすっかり元気をなくした。荒れ狂う海にむかって、こんちくしょう、と拳をふるって罵った。

「旦那、下にいた方がいい」と黒人が言った。「ここじゃずぶ濡れになりますよ」

しかし医師は首をふった。そしてロープにかじりついて、そこにじっと立っていた。いまは人間の仲間が欲しかった。この船のなかでびくびく怯えているのは、このおれだけだ。アー・ケイだって怖がっていない。おれと同様、海のことなど何も知らない少年なのに、すこしも恐怖を感じていない。そうだよ。何も危険なことなどありはしないのだ。陸にいるのと同じように、この船上も安全なのだ、なんの心配もいらないのだ。

しかしながら、後方から追ってくる波に船がつかまり、どっと飛沫の水煙が甲板上にあがると、そのたびごとにどうしようもない恐怖に襲われる。医師はむなしく苦しんだ。眼の前の排水口から勢いよく水が噴出している。怖い、怖い。胸が痛い。できることなら、恥も外聞もかなぐり捨てて、飛沫のこない隅へいって、体をちぢめて子犬のように、くんくん小声で泣いていたい。とっさに神に祈りたい衝動にかられたが、サンダース医師はぐっと堪えた。彼は神の存在を信じていなかった。だから、唇をわなわな震わせながら、歯をぎりぎりくいしばって、必死になって、口を衝こうとする祈りの本能をおさえていた。まったく皮肉なことになったもんだ。おれは知性ある人間として、自分を哲学者か何かのように思っていたが、こんなところで、こんな臆病風に吹かれるなんて、ほんとに思いもしなかった。サンダース医師はそう思って、口をゆがめて陰気に笑った。おれはなんという愚か者だ。まったく馬鹿ばかしいったらありゃしない。とんだ大間抜けというもんだ。おれはけっこう頭がいい。いろいろ物事も知っている。世のあり様にも通じている。死んだからといって、何も失うものはないし、後悔するようなこともない。ところがどうだ。びくびく、どきどき、心臓がとまるくらい、こんなに怯え切っている。ここにいる無知な黒人たちを見るがいい。あの野卑な船長や、鈍感なフレッド・ブレイクを見るがいい。彼らの誰が恐怖でふるえているか？　子犬みたいにくんくん泣いているか？　いや、いまこの船に、そんな者は誰もいない。おれ以外びくついている者は誰もいないぞ。やつらはみんな恬然として、すこしも動揺なんぞしていない。それにくらべて、このおれは……。

医師は恐怖で胸がむかむかしていた。おれはいったい、何を恐れているのだろうか？　死か？　死には以前、直面したことがある。自分の手で、苦痛を感じない方法で、死のうと思ったことがあった。しかし死ぬためには、皮肉と冷笑と勇気が必要だった。その上さらに、生きていても何もいいことがない、そう自分を納得させる冷ややかな論理が必要だった。いまにして思えば、あのとき分別を働かせて、死ななくてよかったと思っている。しかしそれでも、いまの自分がこの人生に、さしたる執着がないことも知っている。病気になったときなどは、強いて生きようとする気がなかったから、諦めるどころか、むしろ愉快な気分になって、死の到来を待っていた。それならいまは、苦痛を恐れているのだろうか？　苦痛にはうまく堪えられるつもりでいる。もしデング熱に堪えられるなら、あるいは、ひどい歯痛が我慢できるなら、なんであろうと堪えられるはずである。いや、恐怖の原因は苦痛ではないぞ。自分の意志ではどうにもならない、何か本能的なものではないか？　そこまで考えて、医師はふと好奇心をそそられた。いま喉をからからに涸らして、膝をがくがく震わせているこの恐怖の有り様を、まるで自分の外にいる男でも見るように、奇妙な思いでながめてみた。

「まったく奇妙なことだ」船尾の方へむかいながら、医師はそうつぶやいた。

腕の時計を見ると、おどろいたことに、まだ三時になったばかりだった。白い千切れ雲が疾風のように流れていく、どこまでも澄み切った空は、異様に明るくて、冷酷で、まがまがしくて、親しみの欠けらなどどこにもなく、荒れ狂う海とはなんの関係もない、と言い放っているかのように、水平線の彼方まで真っ青に輝いている。そして海も荒々しく青く輝き、人間のことなんぞ知ったことか、と嘯いているかのようだった。なんの意味もない自然の諸力が、ただ面白半分、なんの悪意も害意もなく、おれを翻弄し、おれを破滅させようとしている。

「海なんぞ、陸の上から見るだけでたくさんだ」医師はまた陰気に呟いた。それから船室へ降りていった。

「とにかく2点・フォア・ヒズ・ヒールズ」と船長の声が聞こえた。まだくだらんゲームをやっているのか。

「先生、天候の具合はどうです？」

「ひどい。どうしようもないよ」

「収まるまでには、もうひと吹きあるでしょう。子どもを生む女と同じですよ。この船のケツは大したもんだ。ボロ船にしては骨格もいい。先生、安心してください。どんなハリケーンが来ようとも、屁のへっちゃら、いくらでも吹くがいい。大海に行くなら、こういう真珠採りの帆船にかぎる。大西洋航路の蒸気船に乗るよりも、あたしはこいつで海に出ますね」

「そらあんたの持ち札」とフレッドが言った。

二人は船長が寝るマットの上でゲームをしている。サンダースは濡れそぼつ衣服を着替えると、空いているマットに寝ころんだ。頭の上でちかちか揺れているランプの明かりでは、とても本など読めやしない。横になったまま、二人の男が発する単調な言葉のやりとりを聞いていた。耳障りで、やかましい。船室のそこら中がぎしぎし呻いている。外で吹きすさぶ風の唸りが聞こえてくる。医師の体が大きく左右に揺れた。

「横揺れだな」と船長が言った。

「心配かい？　ほら、15で2点、15で4点」

フレッドがまたもやゲームに勝っている。船長はぼやいてばかりいる。サンダース医師は四肢をかたく緊張させて、自分の哀れな恐怖心に堪えている。なんと恐ろしくのんびりと、時間が経っていくものか。夕暮れどきになると、ようやく船長が腰をあげて、甲板へもどっていった。

「風がすこし強まっている」船室におりてきて、船長が言った。「どうも今夜はおちおち寝てられないようだ。いまのうちにひと眠りしておくよ」

「風上にむけて停止したらどうなんだ？」とフレッドが訊いた。

「へえー、こんな荒れた海のど真ん中で、船を停めておこうって言うのかい？　とんでもないよ、若旦那。横っ腹が割れでもしないかぎり、こいつはちゃんと乗り切っていける。何も心配することァねえ」

船長がマットの上で丸くなると、五分も経たないうちに、安らかないびきが聞こえてきた。フレッドは新鮮な空気を吸いに甲板へあがっていった。サンダース医師はひとり自分の愚かさを怒っていた。いったいどういう魔がさしてこんなボロ船に乗ってしまったのか？　まったく愚かとしか言いようがない。どうしてあの平穏無事な島に留まっていなかったのか、そう思うとヘソを噛みたいくらい腹がたった。そして船長にも、フレッドにも腹がたってきた。やつらはすこしも恐怖を感じていない。おれがいま、こんなに恐怖に戦いているというのに、やつらは屁とも思っていない。だがそんなサンダース医師も、しだいに心が落ちついてきた。フェントン号が嵐の海を乗り切っている。何度となく大波に呑みこまれながらも、たくみにそれをくぐり抜けて、ぶるっと身を震わせて、ふたたび水面に立ち上がっている。船室にいて、その果敢な行為を感じながら、医師はしだいにおんぼろ帆船に称賛の心を覚えていた。

七時になると、コックが夕食をはこんできて、寝ている船長を呼び起こした。今度は火が使えたらしく、温かいシチューと温かい紅茶が味わえた。それから三人は甲板へあがり、船長が舵輪をとった。どこまでも澄み切った夜だった。頭上に無数の星が輝いている。しかし海はひどく荒れていた。闇のなかに眼をこらすと、とてつもない巨大な波が、野獣のように群がっている。

「すごい、すごいぞ！　こんな大波見たことないぞ」フレッドが叫んでいる。緑色の水が巨大な壁となって、白い波頭をふりかざして、こっちにむかってぐんぐん押し寄せてくる。もう逃れようがない、医師はそう感じた。もしあれに襲われたら、さすがのボロ船フェントン号も、ぐるぐる呑みこまれてしまい、浮上する力もなく、千尋の海に沈んでしまうにちがいない。船長はあたりにちらっと視線をやると、全身を舵輪にぐいとおしつけた。大波が船尾の方にくるように船をあやつるつもりだった。突然、船尾が横にすべった。すさまじい衝撃音が轟いた。大量の海水がどっと後甲板に雪崩れこんだ。何も見えなかった。と次の瞬間、帆船がぐいっと海上にうきあがった。すると、ずぶ濡れの野良犬がぶるっと体を震わせるように、フェントン号の排水孔から無数の噴水が吹きだしていた。

「おいおい、冗談がきつすぎるぞ」船長が吠え声をあげた。

「近くに島があるのか？」

「うん、あるとも。このまま進路を保っていけば、二時間もしたら、島の風下に入れるだろう」

「暗礁は大丈夫か？」

「海図には載ってないが、じきに月が昇ってくる。あとはこの眼で見分けるしかない。あんたら二人とも、船室に降りていた方がいい」

「おれは甲板にいるよ」とフレッドが言った。「船室は蒸し暑くてたまらないんだ」

「お好きなように。ところで、先生、あんたはどうする?」

医師はためらった。怒濤の逆巻く海を見ていたいとは思わないが、びくびく怖がっているのにも、いささか嫌気がさしていた。それに、これほど何度も死の恐怖を味わわされて、感情まで鈍麻してしまったようだ。

「何か手伝うことでもないかい?」

「へっ、残念ながら屁にもならんね」

「いいか、船長、忘れるな。この船はカエサルと彼の幸運を乗せているのだ。帝国の運命がかかっているのだぞ」とサンダース医師は船長の耳に怒鳴ってやった。

だがニコルズ船長には古典の教養がないらしく、この冗談は通じなかった。よし、ここで死ぬとしたら、それまでだ、と医師は思った。もしそれならこの地上で過ごす最後の時間を、思いきり楽しんで死んでやる。彼は船首の方へ行って、アー・ケイを見つけた。そして少年を連れて、船室へおりた。

「キム・チンにもらった極上品を味わってみよう。もうけちけちする必要なんてないかな」

少年は旅行鞄からランプと阿片をとりだすと、いつもの無頓着なようすでパイプの用意をはじめた。サンダースは最初の一服を深々と吸いこんだ。それはこれまで経験したことのない甘美な味わいだった。二人はかわるがわる煙を吸った。しだいに平穏な感覚が医師の心にしみこんできた。もはや船の揺れに神経を尖らすこともなかった。いつのまにか恐怖が去っている。いつもの六服が終わると、アー・ケイは役目が終わったと思い、あおむけになって横になった。

「まだだよ」とサンダース医師は優しく言った。「今夜はとことん吸ってやるぞ」

船の揺れはもはや不快ではなかった。少しずつ揺れのリズムがなじんできたように思える。右に左に動いているのは体だけである。魂は嵐の空のはるか高みを飛翔している。いまおれはアインシュタインに先駆けて、宇宙の無限のなかを闊歩しているが、それがおのれの思惟のなかに限られていることはわかっている。ほんのすこしその気になれば、この前と同じように宇宙の神秘が解けることもわかっている。しかし、まあ、それはやめておこう。神秘自身が謎を解いてくれる、おれの心にそう囁きながら、すぐそこに待っていてくれるんだ。何も急ぐことはないし、そう思うだけで十分だし、その方がはるかに心も浮き立ってくる。これまで長らく、謎が解ける期待でわくわくしてきたのに、それをいま淫らに勝手に、しゃぶりつくしてしまうなんて、まったく下品で傲慢なことではないか。いわば育ちのいい男が、愛人の裏切りを知りながら、それをいざ女に暴露する段となると、いささか屈辱を感じてしまう、それで何も言えないでいる。サンダース医師もそんな紳士の心境にあったのだろうか。マットの端っこで、アー・ケイが体を丸めて眠っている。医師は少年の眠りを妨げないように心しながら、すこし体をうごかした。そして神と永遠について考えてみた。人間の生なんてじつに理不尽きわまりない、まったく意味も理由もありやしない、医師はそう思って、腹のなかで笑ってしまった。詩の断片が切れ切れに記憶のなかを浮遊している。となると、おれはもう死んでいるのかもしれないな。そしてあのニコルズ船長は、防水服に身をかためた黄泉の国の渡し守で、おれを甘美な未知の世界へと運んでくれている。ようやく医師も眠りに落ちた。

14

夜明けの冷気で眼が覚めた。眼を開けると、昇降口のハッチが口を開けているのが見えた。傍らに、船長とフレッド・ブレイクがマットレスで眠っている。なるほど、船室におりてきて、阿片の臭いに鼻をつかれて、ハッチを開けたままにしているのか。突然、サンダース医師はおやっと思った。船がまったく揺れていない。起き上がると、頭がすこし重かった。無理もない。あんなに阿片を吸ったのははじめてだ。よし、外の風にあたってこよう。

アー・ケイは昨夜と同じところに、同じ姿勢で安らかに眠っている。肩にさわると、少年の眼がぱちりと開いて、柔らかな微笑がさっとうかんで、美しい顔を彩った。少年が体をうんと伸ばして、大きなあくびを一つした。

「お茶をいれてくれ」と医師は言った。

アー・ケイはすぐに立ちあがり、昇降口を上っていった。そのあとにつづいて、ハッチを出ると、太陽はまだ昇っていなかったが、蒼白い星がまだ一つ、夜明けの空に光っていて、夜の闇はかなりうすまり、灰色の大気が亡霊のようにひろがっている。フェントン号はまるで雲の上を漂っているかのようだった。舵輪の方に眼をやると、古ぼけた外套を着て、首にマフラーをまいて、つぶれた帽子をかぶった黒人が立っていて、サンダースを見て、むっつり顔でうなずいた。海はすっかり静まっている。帆船はいま二つの島のあいだを航行している。島がすぐそばにあったので、まるで運河を進んでいるようだった。微かな風が吹いている。舵輪の男はなかば眠っているように見えた。二つの島はどちらもひくくて、深い緑におおわれていて、おもおもしく静まり返り、何か不気味なものを秘めているかのようだった。明け方の光がしずかに島嶼の間にすべり込んでくる。清潔で、爽やかで、生真面目で、つんとすまして、冷ややかな少女のような感じがする。頭上には、風雨にうたれた古代の石像のように色褪せた空が、はるか彼方までひろがっている。島の斜面をおおう密林にはまだ夜がとどまっているが、そこにも微かながら、鳩の胸毛のような柔らかな光が、灰色の海からさしている。そして突然、東の空に、にっこり笑うかのように、太陽の光が放射した。

海はまだ静かだった。フェントン号は二つの島の間をすべるように走っている。あたりは静まり返っている。思わず息をのむような沈黙が流れている。荘厳で、刺激的で、神秘的だった。まるで世界の始まりに遭遇しているかのようだった。ここはまだ誰にも知られていない地域かもしれない。誰も通ったことのない水路かもしれない。この眼の前の景色だって、人間はまだ誰ひとり見たことがないのかもしれない。ああ、太古の自然が感じられる。何千、何万もの世代にわたって、営々と築き上げてきた文明は、すべてどこかへ消えてしまった。一本の太い直線のように単純で、峻厳で、素っ裸の存在が、そこに姿を現している。サンダース医師は魂の悦びに酔いしれていた。神秘主義者が神との一体感を感じるあの恍惚感とは、きっとこの瞬間の、このような歓喜であるにちがいない、医師はそう心に強く感じていた。

アー・ケイがお茶をもってきた。ジャスミンの香りが匂ってくる。サンダース医師はわれに返った。一瞬であったかもしれないが、天空をただよっていた恍惚感から現実にもどると、まるで安楽椅子に腰掛けてでもいるかのように、穏やかな気持ちになって、両手の掌でかこんだ茶碗から温かい茶をすすった。風は冷たかったが、爽快だった。もう何もいらない、このままどこまでも永遠に、緑の島々のあいだを、ただ帆走して行ってもらいたいと思っていた。

平穏な気持ちを味わいながら、そこに一時間ばかりすわっていると、昇降階段をふむ足音が聞こえた。フレッド・ブレイクが甲板に姿を現した。パジャマ姿で、頭の毛をもじゃもじゃにして、少年のように瑞々しくて、歳からいって当たり前だが、顔の皺などみんなどこかに消えている。眼覚めたときの自分の顔を思いうかべて、サンダース医師は思わず苦笑した。眼を覚ましたおれはどうだったか？　まるで使い古した雑巾だろう。口がすぼまり、皮膚がよれよれ、顔面すべてを皺が蔽っていただろう。

「先生、早いですね。おや、お茶ですか。ぼくもいただけませんか？」

「アー・ケイに頼んだらいい」

「ええ、そうします。その前にユーターンを呼んで、海水を二、三杯ぶっかけてもらおう」

フレッドは船首の方へ行って、乗組員に声をかけた。すると黒人がバケツに紐をむすんで、海になげこんだ。フレッド青年はパジャマを脱ぎすて、素っ裸で甲板に立った。その体にバケツの水がぶちまけられた。青年がぐるりと体をまわすと、ふたたび海水がくみあげられ、若い肉体にぶちまけられた。フレッドは背が高く、肩幅がひろくて、尻は小さく、腰がくびれて、きゅっと締まっている。日焼けしている腕と首をのぞいて、全身が大理石のように真っ白だった。体をぬぐってパジャマを着ると、こっちにもどってきた。眼がきらきら光っていて、唇にくっきり微笑がうかんでいる。

「おまえさん、なかなかハンサムだね」と医師が言った。

フレッドはつまらなさそうに肩をすくめると、隣の椅子に腰をおろした。

「ボートを一つ流されました。ご存じでしたか？」

「いや、知らなかった」

「まったくひどい嵐だった。三角帆もやられた。ずたずたになって吹っ飛んだ。ところが、ニコルズのとっつあん、近くの島に避難する気なんてまるでないんだ。正直なところ、もうこれで一巻の終わりかと思いましたよ」

「ずっと甲板にいたのかい？」

「ええ。沈没するなら、外にいたいと思ったんです」

「外にいたって助からんだろう」

「そりゃあ、わかってますよ」

「怖くなかったかい？」

「ええ、怖くありませんでした。沈没するなら沈没する。それはどうしようもありませんから」

「わたしは年寄りだからね。震え上がっていたよ」

「ニコルズのおっさん、そう言って笑ってましたよ」

「まあ、歳をとると若いときより、すぐにびくびくするんだよ。考えてみるとおかしなもんさ。きみのような若者は前途洋々、それにくらべてわたしなんか、残りわずかな人生なのに、死ぬのが怖くて、びくびくぶるぶるしてるんだから」

「そんなに怖いと思ってるのに、どうしてものが考えられるのかな?」「恐怖で怯えているのはわたしの肉体だよ。考えるのは精神だからね、肉体が邪魔をすることはないんだよ」

「先生、あなたは人格者ですね」

「そうかい。自分じゃあ、そんなこと思ったこともないがね」

「先生にはお詫びします。ほんとに悪いと思っています。この船に乗りたいとおっしゃられたとき、ぼくはひどくいやでした。ニコルズのやつを怒鳴りつけたい気持ちでした。ほんとにすみませんでした」そして一瞬ためらってから言った。「先生、じつは、その、ぼくは病気なんです。神経をやられているんです。始終いらいらしていて、知らない人にはまるで興味がないんです」

「そんなこと気にしなくていいよ」

「先生、ぼくはそのあたりのごろつきとはちがいます。そんなふうに思わないでください」そう言うと、青年はあたりの穏やかな景色を眺めわたした。フェントン号は二つの島のせまい海峡を通りぬけて、入り海のようなところに入っている。ひくい入江があちこちに見られ、木々が鬱蒼と茂っていて、まるでスイスの湖水のような、青くて静かな海がひろがっている。

「昨夜とはえらいちがいですね」とフレッドが言った。「昨日の晩は月が出ると、いよいよ波浪がものすごくなった。あんなひどい時化のなかで、先生はよく眠れましたね。おどろきましたよ。何しろびゅうびゅうがんがん大騒ぎだった」

「あれを吸っていたのさ」

「あなたがボーイをつれて船室に行くのを見て、ニコルズがやっこさんふかしに行ったぞ、って言ってましたが、ぼくはそんなこと信じられませんでした。でも、あとで船室へ行って……いやあ、天井に穴をあけたいくらいでした」

「どうして信じられなかったの？」

「あなたのような人が、阿片なんかで自分を堕落させるとは思えなかった」

医師はくすくす笑った。

「他人の悪徳には寛容であるべきだよ」と医師は静かに言った。

「非難するつもりはありませんよ」

「船長はほかにも何か言ってたかね？」

「ええ、その」空の茶碗を取りにきたアー・ケイを見て、フレッドは口ごもった。少年はほっそりとして優雅、白い服を身につけて、新品のピンのようにきちんとしている。

フレッドはつづけた。「いずれにせよ、ぼくには関係ありませんが、あなたが何かわけがあって、医師名簿から消されたとか言ってました」

「正確に言うなら、医師免許登録簿から外されたというのさ」

「それに、刑務所にいたらしいとも。先生のように知性と人格を備えながら、ごみためのような支那街に住んでいたら、そんな噂があっても、不思議じゃありませんよ」

「どうして知性があるなんて、思うのかね？」

「先生が教育を受けていることぐらい、ぼくにもわかります。だから、自分もただのごろつきと思われたくないのです。体を悪くする前は、会計士になる勉強をしていました。こんな海の生活なんてはじめてです」

医師は微笑した。フレッド・ブレイクぐらい健康で光り輝いている青年もそうはいない。幅ひろい胸、アスリートのような体つき、どこを見ても、一目瞭然、結核だなんて嘘にきまっている。

「ひと言、話してもいいかい？」

「どうぞ、お好きなように」

「いや、わたしのことじゃないんだ。自分については、話すことなんてあまりない。医者という者が、多少なぞめいていても、それはそれで何も悪いことはない。むしろ患者の信用が得られることもある。じつは、自分の経験から得たことを話そうと思ったのさ。つまり、この人生で何か事件が起きて、たとえば狂気や犯罪や災厄に見舞われて、思い描いていた将来がめちゃめちゃに崩壊したとき、それで人生がすべて終わったと思ってはいけない、わたしはそう思っている。災厄は一時の運でしかない。それが去ってしまえば、あとで振り返ってみて、むしろ不運があったために得られた新しい人生を何物にも替えがたく思うかもしれない。その災厄があったおかげで、それまでの退屈で平凡な生活から脱出できたと感謝するかもしれない」

フレッドがうつむいた。

「どうしてそんな話をなさるんです?」

「知っておいて悪くはない話だと思うからさ」

青年はふと息をもらした。

「先生、人間って、わかりませんね。ぼくはこれまで、人間は白か黄色のどちらかだと思ってきました。でも、危機になってみなければ、その人間がどんな行動をするかわからない、ぼくはいまそう思います。あのニコルズを見てよくわかりました。あいつはこれまで見たこともないような悪党です。まっとうな考え方ができないで、いつもねじけていて、みじんも信用できません。人のためになるようなことなど、何ひとつもってないと思っていました。機会があれば、自分の実の兄弟だって、平気で犠牲にするかもしれない。やつはそんな身勝手な男です。道義心などかけらもありません。しかし先生、昨夜のニコルズをひと眼みておくべきでした。じつにおどろくべき姿でした。ほんとにびっくりしたと思いますよ。冷静そのもの、すこしも動ずることなく、あえて申し上げれば、あの状況を楽しんでいるのです。『フレッド、お祈りをしたかい？　もっとひどくなる前に、どっかの島にたどりつけなきゃ、朝には魚の餌になってしまうぞ』なんて言って、あの醜い顔に歯をむき出しにして笑っていやがる。しかし頭は健全そのものです。ぼくはシドニー港で帆走をすこし経験していますが、正直言って、こんなボロ船を見たことありません。しかし昨夜の彼の舵取りを見て、ぼくは脱帽しました。敬意さえ感じました。ぼくたちがいまここにこうして無事でいられるのは、ほんとにニコルズのおかげです。度胸のある男ですよ、やつは。ところが、なんのリスクもなく、ぼくやあなたから、二十ポンドを盗めるなら、すこしの躊躇もしないでしょう。先生、これはどう説明したらいいでしょうか？」

「わからないね」

「でも、あんな生まれついての悪党に、あんな勇気があるなんて、考えられないことではありませんか。つまり、ろくでもない悪党は日頃威張り返って、弱い者をいたぶっているが、いざその身に危機でもくると、何もできないでへこんでしまう、だいたいがそういうところでしょう。ぼくはあいつが大嫌いです。それでいながら、昨日の晩は、やつを称賛せずにはいられなかった」

医師はしずかに微笑んだが、何も口にしなかった。この若者が複雑な人間の性質にふれて、純粋におどろいている、それが医師にはおもしろかった。

「おまけにやつはうぬぼれ屋です。航海中ずっと二人でクリベッジをやってましたが、自分は勝負に強いと思っているんです。いつもやっつけてやりましたが、一向にやめようとしないんです」

「きみがすごくついてるって、船長が言ってたね」

「〈女運が強いやつは、賭け事には弱い〉とか言いますが、ぼくはトランプをずっとやってきました。だから勝負のこつを心得ています。ぼくが経理の道を職業に選んだのも、そのためです。ぼくにはその方面の能力があるんですよ。トランプ勝負は運じゃありません。運はそうそうつづくものじゃない。ぼくはカード勝負をよく知っています。勝負が長くなれば、いつだって勝つ方法を心得ている者が勝つんです。ニコルズは自分が利口だと思ってますが、ぼくと勝負して勝てる見込みなんて、逆立ちしたってありやしない」

二人の会話がとだえた。二人とも居心地よさそうにならんで椅子にすわっていた。しばらくしてニコルズ船長が眼をさまして、甲板にあがってきた。汚れたパジャマをまとい、顔も洗っていないし、ヒゲも剃っていない。黄色く変色した歯をみせて、どこからどこまでもだらしなく、吐き気をもよおすような格好だった。早朝の光に照らされた顔は、いらいらしていて、どうにも不機嫌そうだった。

「先生、またやられましたよ」

「どうしたんだい？」

「例のやつ、消化不良でさあ。寝る前にすこし食ったのが悪かった。何も食っちゃあいけねえことは、百も承知でいやしたが、とにかく腹ペコ、何か食わずにいられなかった。そいつがいまこうして、この胸のところにきやがって……」

「何か手当をしてあげよう」医師は微笑みながら、椅子から立ち上がった。

「いやあ、先生にも、こいつは手の打ちようがないでしょう」船長は意気消沈、陰気な声で答えるばかりだった。「自分の胃袋の働きぐらいよくわかってらあ。いやな時化を乗り切ったあとには、あたしの名前がニコルズであると同様に、かならず消化不良がやってくるんだ。やりきれませんよ、こいつには。八時間も舵輪を握っていたんだ。冷たいソーセージのひと切れや、チーズのひと切れくらいおとなしく、食わせてくれてもよかろうに。ちくしょう、人間ってものはナ、食わずにいられるわけがないんだ」

15

サンダース医師はカンダ＝メイラで彼らと別れることにしていた。この島はカンダ海にうかぶ双子の島で、オランダ王国郵便船の定期寄港地になっている。したがってあまり待つことなく定期船がやってきて、なんとか福州に帰っていける中継点へ医師を運んでくれるはずだった。だが強風のためにフェントン号は予定進路を大きく外れていた。しかもそのあと二十四時間とんと吹く風がなく、船は波間に停止したまま、ようやく風が吹きはじめて、彼方の海にメイラ島の火山が姿を見せたのは、すでに六日目の朝になっていた。市街地は双子島の一つカンダ島にある。九時をまわったころ、フェントン号はやっと港の入口に到達した。『航海案内』は航路に危険があることを告げている。メイラ島は円錐形の小高い火山島で、頂上近くまで密林でおおわれている。噴火口から濃い煙が立ちのぼり、上空に巨大な傘状にひろがっている。二つの島の間隔はせまく、そこを強い潮流が流れている。ある地点では五十ヤードの幅もなく、さらに水路の中央には水面下すれすれに巨大な岩礁が隠れているとも記されている。しかしニコルズ船長はベテランの船乗りであり、状況をよく心得ている。ここが自慢の腕の見せ所とばかり、満面に得意の笑みを見せながら、右へ左へとみごとに船を操っていった。汚れて破れているパジャマや、頭の上のつぶれた日除帽《トピ》、一週間も剃っていない白い無精ひげなど、なんともみすぼらしい出立ちながら、なんなくフェントン号を港のなかにみちびいた。

「それほどひどくはなさそうだ」小さな市街地を見やりながら船長が言った。

海岸沿いに倉庫がいくつも建っている、杭の上に建てられている草葺屋根の民家も見える。裸の子どもたちが澄明な水のなかで遊んでいる。つばのひろい帽子をかぶった中国人が丸木舟に乗って、のんびり釣りをしている姿もあった。波止場は閑散としていた。ジャンクが二隻、大型のプラウ船が三、四隻、発動機船が一隻に、廃船になったスクーナーが一隻うかんでいるだけだった。街の後方に丘がひろがり、そこに旗竿が立っていて、オランダ国旗をだらりと下げているのが見えた。

「ホテルぐらいあるだろうな?」と医師がつぶやいた。

舵輪をにぎっているニコルズ船長をはさんで右と左に医師とフレッドが立っていた。

「ホテルぐらいあるでしょう。昔はたいそう繁盛した港だった。香料貿易の中心地で、世界中の富が集まったところですぜ。先生もご存じでしょう、あのナツメグでさ。あたしはここに一度も来たことがありませんが、なんでも大理石の宮殿がずらりと並んでいるなんて、そんな話を聞いた覚えがありますよ」

波止場には桟橋が二つあった。一つは小ぎれいに整備されているが、もう一つは木造で、崩れかかっていて、ペンキもすっかり剝げており、長さももう一方より短かった。

「あの長い方の桟橋はオランダ会社のものだろう」と船長が言った。「短い桟橋の方へ着けましょう」

桟橋に着くと、主帆ががたがた音を立てながらおろされ、しっかりロープで固定された。

「先生、着きましたぜ。お荷物のお支度はよろしいですか?」

「きみたちは上陸しないのか?」

「フレッド、おまえさん、どうする?」

「ああ、上がってみるよ。もうこの船にいるのはうんざりだ。それに救命ボートを一隻、手に入れなければならないし」

「新しい三角帆もいるな。よし、ちょっと着替えをしてから、いっしょに上陸してみるか」

船長は船室へおりていった。着替えにたいして時間はかからなかった。パジャマをぬいで、カーキ色のズボンをはいて、素肌にカーキ色の上着をひっかけるだけで、あとは素足に古いテニスシューズをはいていた。三人はがたがた軋む梯子をのぼり栈橋にあがった。あたりに人の気配はなかった。栈橋の端まで行ってちょっと迷って足をとめ、街の大通りらしいところへむかった。通りはまるで人影がなく、静まり返っていた。三人の男は横にならんで、あたりにちらちら眼をやりながら、通りのまんなかをぶらぶら歩いていった。帆船で何日も過ごしたあと、足腰をのばせるのが心地よかった。かたい地面を踏むとほっとするのだ。道路の両側に平屋の家が立っている。草葺の屋根が高く尖っている。張り出した部分をドーリア式やコリント式の柱が支えていて、その屋根の下がベランダになっている。昔の豪勢な面影を残しているが、白い漆喰の壁は汚れきり、ところどころ剥げ落ちている。家の前の小さな庭は雑草が生い茂っていた。やがて商店がたちならぶところへきた。どの店も、綿布とか、腰布《サロン》とか缶詰類とか、同じものを売っているらしい。まるで活気というものがなかった。店番のいない店さえあった。お客がくると思っていないかのようだった。しだいにわずかながらも、行き交う人が見えてきた。マレー人や中国人が足早に歩いていく。足音を立てるのを怖がっているかのように静かにひたひた歩いている。ときおり風にのって、ナツメグの香りが漂ってきた。サンダース医師は通りかかった中国人を呼び止めて、ホテルがどこにあるか尋ねてみた。このまま真っ直ぐ行けと教えられ、まもなくホテルにたどりついたが、建物のなかには誰もいなかった。三人はベランダのテーブルをかこんで腰をおろした。拳でテーブルをたたくと、サロンをまとった原住民の女が現われたが、医師が話しかけると、すぐに奥へひっこんだ。まもなく混血の男が制服のボタンをはめながら、ベランダに出てきた。医師が泊まれる部屋がないかどうか訊いたが、男には英語がわからないらしい。そこで医師は中国語で話しかけた。すると男はオランダ語を話しだした。しかし医師が首をふるのを見て、ちょっと待ってくれという身ぶりをしてから、ベランダの階段を駆け下りていった。見ていると、男は通りを横切っていった。

「誰かをつかまえに行ったようだ」と船長が言った。「英語を話さないとは、恐れ入ったな。かなり文明化されている港だと、話に聞いていたんだが」

数分後に、先の男が白人をひとり連れてもどってきた。白人の男は同行者が指さす先を怪訝な眼つきで見ていたが、階段をゆっくりあがってくると、上品な物腰で日除帽《トピ》をとった。

「みなさん、お早うございます」と男は言った。「何かお役に立てるでしょうか？　このファン・リックはみなさんのご希望がわかりません」

男は非常に正確な英語を話したが、外国語のなまりがあった。二十代の若い男で、非常に背が高く、二メートル近くあるだろう。肩幅がひろく、いかにも力がありそうだが、不格好な体つきだった。一目で途方もない腕力の持ち主であることはわかるが、俊敏さとはほど遠い、いかにも動きの鈍い人物のように思われた。清潔なカンバス地のズボンをはいていて、きちんとボタンをとめた上衣のポケットから万年筆がのぞいていた。

「たったいま帆船で着いたところです」と医師が言った。「つぎの汽船が来るまでこのホテルに宿泊したいと思うんだが」

「わかりました。このホテルはあまり混んではおりません」

男は隣にいる男に医師の希望をなめらかな口調で説明した。その短い会話のあと、男はふたたび英語にもどった。

「大丈夫です。よいお部屋をご用意できるそうです。食事込みで、一泊八グルテンになります。支配人はただいまバタビヤへ行っていて、ここにはおりませんが、このファン・リックがお世話をいたします。なんでも申しつけてください」

「いっぱいどうだい？」と船長が言った。「ビールを飲もうぜ」

「あなたもいかがですか？」と医師が丁寧にたずねた。

「有り難うございます」

青年は腰をおろし、トピ帽をとった。平たい大きな顔、鼻もひらたく、頬骨が高い。そのわりに黒い眼が小さかった。なめらかな肌は青白く、頬には赤みがなかった。短く切られた髪は黒々としている。とてもハンサムとは言えないが、その大きい醜い顔には好意を感じずにいられない善良な表情がうかんでいた。眼は穏やかで、優しさにあふれている。

「あんた、オランダ人か？」と船長が訊いた。

「いや、デンマーク人です。エリック・クリステッセンと申します。ここのデンマーク商館の代表をつとめております」

「ここには長いのかい？」

「四年になります」

「そりゃあ、すごい！」フレッド・ブレイクが驚声をあげた。

エリック・クリステッセンが軽やかに笑った。子どものように無邪気な笑い声だった。優しい眼に善意が光り輝いている。

「ここはいいところですよ。東洋でいちばんロマンティックな場所です。わたしは会社から転勤を求められましたが、ここにひき続き駐在できるよう頼みました」

ボーイが瓶ビールをもってきた。大男のデンマーク人はビールを飲む前に、グラスをかざした。

「紳士のみなさんの健康を祝して」

サンダース医師はなぜかわからないが、この見知らぬ男に非常に心をひかれた。男が温かい心遣いを見せてくれただけではない。親切心なら東洋へ行けばどこでも見られる。この青年の気持ち良い個性には何かそれ以上のものがあると思われた。

「あまり商売は繁盛していないようだな」とニコルズ船長が言った。

「ここは死者の街なのです。もう生きていないのですよ。わたしたちは過去の記憶を糧にして生きております。そこがこの島の特徴でもあるのです。昔はすごい数の船が往来して、港は貿易船でいっぱいになり、入りきれない船が沖合で入港の順番を待つことがあったくらいです。とても美しい島です。しばらく滞在されるなら、喜んで島の見どころをご案内いたしますよ。〈遠い海の彼方の誰にも知られていない島〉ですよ」

医師は聞き耳をたてた。それが引用句であることはわかったが、誰の言葉だったか思い出せなかった。

「その言葉の出所はどこですか?」

「あれですか？　ああ、『ピッパが通る』です。ご存知でしょう。ブラウニングですよ」
「どうしてそんなものをお読みになるんですか？」
「ええ、本はたくさん読みます。時間ならいくらでもありますからね。とくにイギリスの詩が好きです。ああ、シェイクスピア！　あれはいちばんですね」青年はそう言いながら、穏やかで優しい視線をフレッドにむけた。大きな口許に笑みがうかんでいる。それから朗唱をはじめた。

……卑しいインド人のように
なにものにも替えがたい真珠を、われとわが手で
投げ棄てた男であった、泣くということを
かつて知らなかったその目から、あのアラビアの
ゴムの樹が樹液をしたたり落とすように、とめどなく
涙を流した──そういう男であったと書いていただきたい。
（『オセロー』小田島雄志訳）

ひくくしわがれた外国なまりの朗唱は奇妙だったが、若いデンマーク商人が、落ちつきのない悪党のニコルズ船長と陰気な小僧のフレッド・ブレイクに、シェイクスピアの

一節を語っている様子が、医師にはそれにもまして珍妙に思われた。こんな滑稽な場面に遭遇するとは思わなかった。すると船長がこっちを見て、これは変人だよと目配せしたが、フレッド・ブレイクは頬を赤らめ、少年のような恥じらいを見せていた。当のデンマーク人は何か特別なことをしたつもりはないらしく、熱のこもった口調で話をつづけている。

「香料貿易の最盛期を迎えて、オランダ商人はこの島で巨万の富を築きました。あまりにも巨額な金でしたから、その使い道に苦労したようです。香料を運んだ帰りの船に載せてくる貨物がなかったからです。そこで彼らは大量の大理石を運んできては、豪勢な屋敷をつくる石材にしたのです。もしお急ぎでなければ、わたしの家へお出でください。そこもかつてオランダ人農園主が住んでいた家です。彼らは冬になると、大量の氷を運んでくることもありました。おかしいでしょう。彼らにしてみれば、それが最大の贅沢品だったのです。オランダからはるばる氷を運んでくるなんて考えられない。六カ月もかかる航海ですよ。商人たちはみんな自家用の馬車をもっていて、島に夕闇が訪れると、夜風に吹かれながら、海岸沿いをドライブしたり、広場を回遊したりして、楽しい日々を送ったことでしょう。誰かが記録を残していたら良かったのにと思います。まさにオランダ版『アラビアン・ナイト』が生まれたでしょう。入港するときに、ポルトガルの古い要塞に気づきませんでしたか？　よろしければ、午後にでもご案内いたしますよ。

見ごたえのある遺跡です。何かお世話できることがございましたら、遠慮なく声をかけてください。喜んでお役に立ちます」

「じゃあ、わたしはまず自分の荷物をもってこよう」と医師は言った。「こちらの紳士のみなさんが、ご親切にも、ここまで船に乗せてきてくださった。これ以上迷惑をかけたくありません」

エリック・クリステッセンは船長とフレッドを見て、にこやかな笑顔を見せた。

「ああ、そこが東洋のいいところです。みんな心安い人ばかりで、親切心に満ちています。面倒なことなんて何もありません。わたしはこの島でまったくのよそ者でしたが、ここに到来したときにどんな歓待を受けたか、とうてい想像できないでしょう」

四人は椅子から立ち上がった。デンマーク人が混血児のマネジャーに、医師がまもなく手荷物をもって、自分のボーイをともにここに来るとつたえた。

「ここの食事をぜひ味わってみてください。今日はレイスタフェルのご馳走です。ご存じでしょう、昔のオランダ人がよく食べた米料理です。なかなかうまく料理します。わたしも食べにきます」

「おふたりの紳士も、いっしょに昼飯を食べたらどうです？」と医師が言った。

「レイスタフェルなんか食ったら死んじまうよ」と船長が言った。「だけど、あんたが食うのを見ているだけならいいだろう」

エリック・クリステッセンは厳粛な顔をして三人と握手をかわした。

「みなさんにお会いできて、ほんとうにうれしく思います。この島を訪れる人はめったにありません。それにイギリスの方にお会いできるなんて、思いもかけない幸運です」

テラスの階段の下で一同と別れながら、彼は丁寧にお辞儀をした。

「頭のある男だな、あれは」すこし歩きだしてから、ニコルズ船長が言った。「こっちが紳士だってことを、ただのひと目で見抜いたぞ」

サンダース医師がちらりと船長を見てみたが、船長はしごく真面目な顔つきだった。

16

それから二時間後、ホテルに落ちついたサンダース医師はフェントン号の客人とともに、ホテルのベランダの椅子に腰をおろし、昼食前のシュナップスを一杯やっていた。

「昔は東洋もこうじゃなかった」と船長が首をふりふり言った。「まあ、あたしの若いころだが、オランダのホテルへ行ってごらんよ、昼飯だろうと夕飯だろうと、テーブルの上にはシュナップスの瓶がずらりと並んでいたもんだ。それを飲み放題に飲んだものさ。おまけに金は取らねえ、みんな無料ときたもんだ。一本あけりゃあ、すぐにボーイがもってきたよ」

「さぞかし高い食事代だったでしょう」

「ところが、先生、おかしなことに、それがちっとも高くないんだ。人の好意につけこむような男はめったにいなかった。先生、それが人間ってものじゃないかね。相手をちゃんと扱えば、相手もりっぱにお返ししてくる。あたしは人間性を信じるね。いつだって信じてきたよ」

エリック・クリステッセンが階段をあがってきた。三人に帽子をとって挨拶すると、ホテルのなかへ行こうとした。

「いっしょに一杯やりませんか？」とフレッドが声をかけた。

「いいですとも。その前にちょっと手を洗ってきます」

デンマーク人はそう言うと、ホテルのなかへ姿を消した。

「こりゃあ、おどろいた」と言って、船長がフレッドをからかった。「おまえさん、知らない人間は嫌いじゃなかったのか？」

「人によりけりだ。なんだかとてもいい人に思えるのさ。あの人は、ぼくたちが何者だとか、ここで何をするつもりだとか、そんな質問は何もしなかった。たいていどこでも、そういうことをうるさく訊くもんだ」

「礼儀作法が自然に身についているね」と医師が言った。

「何にしますか?」もどってきたデンマーク人にフレッドが訊いた。

「みなさんと同じものをお願いします」

彼は大きな体をぎごちなく椅子におろした。一同は世間話をはじめた。デンマーク人は気の利いたことも面白いことも話さなかったが、彼の会話には嫌味というものがまるでなく、善良な心が光り輝いている。サンダース医師は物事をすぐに判断する人ではなかったし、自分の直感を信じることもなかったが、男の善良さは見逃さなかった。そして心のうちで考えながら、この男がすばらしく陽気で素直な性格の持ち主であることが心に直に感じられた。明らかにフレッド・ブレイクは大男のデンマーク人がすっかり好きになっている。フレッドがこんなに気楽に話に興じているのを医師はこれまで見たことがなかった。

「ところで、ぼくたちの名前を知ってもらいましょう」フレッドがしばらくして言った。「ぼくはブレイク、フレッド・ブレイクです。こちらはお医者のサンダース先生、こっちはぼくの相棒、ニコルズ船長です」

するとエリック・クリステッセンは立ちあがり、改まって一人一人と握手をかわした。「お近づきになれて大へんうれしく思います」と彼は言った。「ぜひ二、三日ここに滞在していただきたい」

「きみたちは明日出航するんだろう?」と医師が訊いた。

「ああ、ここにいる用事もないし、ボートも今朝見つけたよ」と船長が言った。

一同は食堂へ入っていった。ひんやりして、薄暗かった。小さな子どもが綱をひいてヤシの葉の扇をうごかし、微かな風を送ってよこした。食堂には細長いテーブルがおかれていて、一方の端にはすでにオランダ人がすわっており、その傍らにはゆったりとした青い薄い衣をまとった体格のいい混血の妻がいっしょだった。もうひとりのオランダ人は浅黒い色をしていて、明らかに現地人の血がまじっている。エリック・クリステッセンが彼らと丁寧な挨拶をかわした。連中は見知らぬ男たちに無関心な視線しか寄こさなかった。レイスタフェルがはこばれてきた。ボーイがライスにカレー、フライドエッグやバナナや、いろいろな料理をはこんできては、大きな皿に盛っていった。料理がすべて並べられると、眼の前にご馳走の山ができ上がった。ニコルズ船長はげっそりした顔で自分の皿をながめている。

「こんなもの食ったら、たちまち天国へ行っちまうぜ」船長が厳粛な声で言った。

「食わなきゃいいじゃないか」とフレッドが言った。

「そうはいかん。体力をつけておく必要がある。あの悪天候を思い出してみろ。あのときあたしの体力がなかったら、おまえさんたちは、いまごろどこにいると思う。あたしがこれを食うのはあたしのためじゃない。あんたらのためなんだ。自分にできる仕事は確実にやる、出来ない仕事は断る、それがあたしの流儀なんだ。あたしが手を抜いたなんて、どんなやつにも言わせねえよ」

料理の山はしだいに減っていった。ニコルズ船長も頑固な意志を発揮して、自分の皿を平らげていた。

「まったく、こんなご馳走はもう何週間も食ってない」とフレッドが言った。

フレッドは若者らしく、むさぼるように料理を食って、すっかり満足していた。食事が終わると、彼らはビールを飲んだ。

「これで胃袋が悲鳴をあげなけりゃ、まさにわが主の奇跡だな」と船長が言った。

四人はベランダでコーヒーを飲んだ。

「すこし昼寝をなさるといい」とエリックが言った。「涼しくなったら、このあたりの観光地をご案内しましょう。もうすこし長く滞在されないのが残念です。対岸の火山へ登ると、すばらしい眺望を満喫できます。何マイルも彼方まで、海と島が見えるのです」

「先生の汽船が来るまで、ここに滞在していても悪くないな」フレッドが言っている。

「いいとも」と船長が言った。「とにかく、あんな大時化でどえらい目にあったあとだ、多少の骨休めもいいだろう。ブランデーの一滴でもやれば、あのレイスタフェルもなんとかこなれてくれるかもしれん」

「交易のお仕事ですか?」とデンマーク人が訊いた。

「真珠貝の岩床を探しているんです」と船長が言った。「新しい岩床を見つけたら、大金持ちだよ」

「ここには新聞はありませんか？」とブレイクが訊いた。「英字新聞が読みたいんですが」

「ロンドンの新聞はありませんが、オーストラリアの新聞なら、フリスが購読していますよ」

「フリス？　誰です、その人？」

「イギリス人です。郵便船が『シドニー・ブルティン』をまとめて運んできています」

フレッドの顔色が妙に青ざめたが、どうしてそうなったのかわからなかった。

「その新聞を見せてもらえませんか？」

「ええ、ごらんになれますよ。ぼくが借りてきてもいいし、きみがあそこへ行ってもいい」

「最近のものはいつごろでしょうか？」

「そんなに古くはないはずです。四日前に郵便船が来ていますから」

17

それから何時間か経って、昼間の熱気がよわまると、仕事を終えたエリックがホテルにやってきたが、サンダース医師の隣にはフレッドしかすわっていなかった。船長は猛烈な消化不良を起こして、景色なんぞ糞くらえと、さっさと船へもどってしまった。三人は街なかをぶらぶら歩いていった。午前中よりも人が多く出ている。太って元気のない女房をつれた日焼け顔のオランダ人を見かけると、その度にエリックは帽子をとって挨拶した。中国人はあまり見かけなかった。商売が成り立たないような土地に彼らの姿を見ることは多くない。アラブ人は何人もいる。トルコ帽をかぶり清潔な綿のスーツを着ている者や、白い帽子をかぶりサロンを腰にまいただけの者もいる。肌は黒々として、大きな眼を光らせている。どれもレバノンのタイヤやシドンで見かけるアラブ商人の風貌をしている。マレー人もパプア人もいるし、白人との混血児もいる。大勢の人が出ているわりに通りは奇妙にしずまり返り、疲れたような澱んだ空気がただよっていた。軒を連ねた大きな建物はその昔香料貿易で儲けたオランダ人植民者の家屋だったが、今はバグダードからニューヘブリデス諸島にいたる東洋じゅうからきている下層民の住まいになっていて、税金がはらえない律儀な市民のような恥ずかしげな面持ちを見せている。長い白壁が崩れかかっている場所にさしかかった。かつてのポルトガル人修道院の跡だった。そこから丘に通じる道を登っていくと、ジャングルの木々や花の咲いている低木におおわれた巨大な灰色の石の廃墟が姿を見せた。廃墟の前は海に面したひろい空地になっていて、ポルトガル人が植えたと言われる巨大な古木やカジュアリーナや、カナリの木や野生のイチジクの木がたくさん立っていた。一日の熱気がおさまった頃に、人びとはこのあたりを散策していたのだろう。

いささかふとり気味のサンダース医師はすこし息をきらしながら、連れのあとからようやく丘へ登った。丘に立つと、眼下にかつての栄華を物語る港がひろがっていた。剥き出しになった灰色の石の要塞のまわりは深い濠が掘られていて、唯一の入口である城門は地面より高くなっているので、なかに入るには梯子を登らなければならなかった。城門をくぐると、内部に大きな方形の壁にかこまれて城郭がたっていた。城郭のなかは大きな部屋に整然と区切られていて、守備隊の指揮官や士官や兵士たちが居住していた場所だったようだ。窓や廊下の装飾に後期ルネサンスの様式が感じられる。城郭の上に聳える高い塔に登ると、紺碧の海がはるか彼方までひろがっていて、小さなカンダ諸島が一望の下におさめられた。

「まるでトリスタンの城を見るようだ」と医師が言った。

陽光はやわらかく弱まりつつあった。海は赤黒い色に染まっていた。大昔オデュッセウスが航海した海も同じ色をしていたにちがいない。波ひとつないなめらかな海面にうかんでいる島々は豊かな緑に覆われている。それはスペインの僧院の宝庫に秘められている法衣とおなじ豪華な緑色だ。まるで自然の手ではなく、人間の手が描き上げたかのようで、神秘的で妖しく、洗練された色合いだった。

「〈緑の木陰の緑の思想〉のようだ」と若いデンマーク人が何気なくつぶやいた。

「ああいう島は遠くから眺めるだけなら結構だよ」とフレッドが言った。「ところが上陸してみたらとんでもない。この航海をはじめたころは、海上からあんな緑の島々を見て、なんとすばらしい楽園かと思ったよ。あんな島に住んで、くだらん俗界から離れて、余生を暮らしてみたいと思った。好きなときに釣りをしたり、鶏や豚を飼ったりして暮らすのさ。そうしたらニコルズの爺さんは大笑いさ。みんなくだらない島ばかりだという。それでもぼくは自分の眼で確かめたいと思ったから、島に船をつけろと言ったよ。五つか六つ上陸してみた。ところが、ニコルズ爺さんの言うとおりさ。上陸したとたん、とんでもない土地だと思い知った。どこも同じ、たちまち退散、あっさり孤島の生活なんて諦めたよ。つまり、そこにあるのは密林ばかり、蟹やら蚊やらわんさといる。甘い夢はたちまち指の間からこぼれ落ちてしまった」

エリックは優しい眼でうれしそうにフレッドを見ていた。唇には善意に満ちた甘い微笑がうかんでいる。

「きみの言うことはよくわかる」とエリックが言った。「物事を経験しようとすれば、いつだって幻滅の危険を覚悟しなければならない。それは青髭の城中の閉ざされた部屋のようなものさ。部屋に近づかなければなんの心配もない。でも鍵を開けて、いざ部屋のなかに入るには、ショックに堪える覚悟をしておく必要があるということだよ」

サンダース医師は黙って、二人の青年の会話を聴いていた。自分はたぶん冷笑家だろう。この世の不幸というものをさんざん見せつけられてきた。しかし若さというものには特別な感情を抱いている。つまり、若さは非常に多くのものを約束してくれるが、あまりにも短くてうつろいやすい。やがてこの世の現実が若者の幻想を打ち砕いたときに、心が経験する苦悩には、重い病で味わうよりも、もっと痛ましいものがあるように思われる。露骨な表現ながらも、医師にはフレッドの言いたいことがよくわかったから、若者の思いに同情を感じて微笑んだ。

穏やかな光につつまれて、カーキ色のズボンと袖なしシャツ一枚の姿で、フレッドはすわっていた。帽子を脱いでいたから、黒いカールした髪の毛が現れている。その姿を眺めながら、彼がおどろくほどハンサムな青年であることに、医師は改めておどろいた。心に突き刺さるような美しさを感じさせられた。先刻まで頭のにぶい若者くらいに思っていたから、医師はフレッドに突然親しみの感情を感じた。それはたぶん彼の男ぶりに眼がくらんだためだろう。あるいはエリック・クリステッセンの真摯な友情が感じられたからだろうか。しかしいずれにせよ、フレッドの心のなかに思ってもみなかった苦悩らしき緊張感があるのを医師は感じていた。それは暗闇のなかで光をもとめる魂の存在かもしれない。サンダース医師は腹のなかでフッと笑った。木の小枝がふいに羽をひろげて、飛び去っていったかのような驚きを感じていた。

「わたしは夕方になると、毎日のようにここに来て、夕陽を眺めています」とエリックが言った。「わたしにとって、すべての東洋がここにあるのです。物語にある東洋ではありません。宮殿や彫刻のある神殿でもありません。征服者や軍兵たちの東洋でもありません。わたしにとってそれは、世界の始まりの東洋、エデンの園の東洋です。住民はすくなく、誰もが素朴で無知で慎ましかった。そしてこの人気のない庭園のような東洋を想像してみるのです」

エリックは、大きな図体をしている平凡な青年ながら、まるで詩でも朗唱するように語っている。真珠貝やヤシの実やナマコについて語るのと同じ自然の感情が感じられなかったなら、彼の語り口はいささか場違いに思えたかもしれない。たしかに、その思いのこもった雄弁はすこし奇妙に思えたが、優しい気持ちで溢れていたから、聞いていて自然と微笑がうかんでくる。彼は不思議なくらい天真爛漫だった。あたりの眺望はおどろくほど美しく、三人が腰をおろしている荒涼たるポルトガルの要塞の遺跡は、ロマンにあふれ、高揚した感慨に耽けるにふさわしかった。エリックは大きな手で優しく巨大な石のかたまりをなでている。

「これらの石ですよ。この石たちが目撃した歴史ですよ。ここにはきみが上陸した島々にない偉大なものがある。しかしその秘密はけっして発見できない。ただ想像するしかない。想像するといっても、ほんのわずかだ。ここにいる人たちは誰も何も知らないでいる。今度ヨーロッパにもどったら、リスボンへ行って、ここに住んでいた人たちをいろいろ調べてみようと思っています」

たしかに、そこには波乱万丈の物語があった。何も知らない者には、それは曖昧で、漠然としている。下手に拡大されたスナップショットのぼやけた写真を見るようなものである。しかし想像力を働かせれば、あの塔の上にポルトガル人の隊長が立っている姿が見えてくる。そして来る日も来る日も、水平線の彼方にリスボンからやって来る船が現れて、故国の喜ばしい知らせをもたらすのを待っている。あるいはオランダの艦船が攻撃してくる不安に怯えている。胸当と鎖帷子をつけ、冒険心に燃える勇敢な男たちの姿も見えてくる。しかしそれは命のない影でしかない。それは見る者の想像のなかにしか存在しない。あの小さな教会堂の廃墟を見るがいい。あそこでも聖体拝受の奇跡がいまでも行れているし、法服姿の僧侶が城壁でいま死につつある兵士に臨終の秘蹟を行っている。想像の世界のなかで、危険や残虐、途方もない勇気や自己犠牲が、不確かな影絵のように映し出される。

「あんたはホームシックを感じたことなどないの？」しばらくしてフレッドがたずねた。

「ああ、感じたことなんかないね。ときどき生まれた村のことを思うことはある。緑の牧場に黒と白の斑の牛が草を食んでいる。コペンハーゲンのことを考えることもある。あの街の家のひらたい窓は大きな近視の眼をした女の顔のようだ。それに宮殿も教会も童話の世界から現れたように思える。だけどわたしの眼には、それがみんな芝居のなかの背景のように見えるんだ。とても明快で、おもしろい。しかしわたしは芝居の舞台に立ちたいとは思わない。観客席の暗い座席にすわって、遠くから舞台の上の芝居を眺めているのが好きなんだ」

「結局のところ、誰だって人生は一度しかないからな」

「わたしもそう思う。しかし人生は自分でつくるものさ。わたしも今頃どこかの会社で事務員をしていたかもしれないし、大へんな苦労をしていたかもしれない。しかし実際にはここにいる。この海とジャングルに囲まれて、過去の記憶が頭のなかに充満している。マレー人がいるし、パプア人がいて、中国人もいるし、のんびりしたオランダ人もいる。読む本もたくさんあるし、時間の余裕もたっぷりある。まさにわたしは百万長者さ——こんないいことはない。それ以上のものを想像できるかい？」

フレッド・ブレイクは一瞬、エリックの顔を見つめた。何かはじめてものを考えるかのように、眉間にしわを寄せていたが、デンマーク人の言葉の意味を理解すると、あからさまな驚きの声で言った。

「でも、それはみんな絵空事じゃないか」

「そうとも、そこに唯一の現実が存在するんだよ」エリックは微笑しながら言った。

「どうもあんたの言うことがわからない。現実とは、何かを実現することで、ただ夢想することじゃない。若い時代は二度とこない。やりたいことを思い切りやる、それが青年の特権だ。誰だって一旗揚げたいと思っている。金を儲けて、社会でそれなりの地位につきたいと思っている」

「いや、ちがうよ。いったい、何のために金を儲けたりするのさ。もちろん、日々の生活を送るために、必要なものは稼がなければならない。しかしそれも結局は、想像力を満足させるためじゃないのかい。きみはどう思う。海上からあの島々を眺めたとき、きみの心は喜びで溢れただろう。ところが上陸してみたら、鬱蒼たるジャングルがあるだけだった。いいかい、どちらの島が現実の島だと思う？　どちらがきみに豊かなものをあたえ、どちらがきみの記憶のなかに大切にしまっておけると思う？」

「ばかげているよ、そんな話。まったくくだらない。おれたちは現実に直面しなければ、先に進めやしない。現実から顔をそむけて、空想ばかりしていたら、いったい、どこへ行き着くと思うんだい？」

「天上の王国ですよ」とエリックは微笑んだ。

「そんなもの、どこにあるんだい？」フレッドが重ねて訊いた。

「わたしの心のなかに」

「紳士諸君、きみたちの哲学論議に口をはさむつもりはないが、どうもわたしは喉が乾いてたまらんのだよ」と医師が言った。

エリックは笑いながら、腰をおろしていた城壁から、大きな体をもち上げた。「もうすぐ陽も沈みます。そろそろ下へおりて、わたしの家でいっぱいやりましょう」そう言って、西の方角に見える火山を指さした。迫り来る夕闇を背景にして円錐形の山がくっきりと浮かび上がっている。彼はフレッドに向き直ると言った。「どうです、明日あそこへ登りませんか。頂上から見る眺めは絶景ですよ」

「いいとも」

「暑くならないうちに早く出発したほうがいい。夜があけたら船に迎えに行きますよ。そのまま対岸へボートで行きましょう」

三人は丘をおりて、すぐに街なかにもどった。エリックの家は今朝上陸したときに通りかかった家並のなかにあった。オランダ商人が百年間も住んでいた家で、エリックが勤務する商館が家具から商品まで、一切合切ひっくるめて買っていた。白い漆喰の塗られた高い塀にかこまれているが、漆喰がところどころ剝げ落ちて、湿気で緑色になっている。塀の内側には小さな庭があるが、手入れはされず、草が生い茂っている。バラが植えられ、果実をつけた木も立っているが、あたりに蔓草が繁茂し、藪には花が咲いていて、バナナの木や棕櫚《しゅろ》の木が二、三本立っていた。雑草で埋め尽くされた庭だ。夕暮れの光のなかで、荒涼としていて、神秘的な感じがした。そして無数の蛍がそこらじゅうに飛んでいる。

「手入れも何もしていません」とエリックが言った。「苦力《クーリー》を二、三人雇って、雑草を刈らせようとも思いますが、どうもわたしはこの荒れた状態が好きなんです。オランダの商館員が涼やかな夜のなかで寛いで、パイプをくゆらせている。そしてふとった夫人がその傍らに腰をおろし、扇で涼をとっている。そんな光景を想像して楽しんでいるんです」

三人は居間へ入っていった。細長い部屋で、両端に窓が一つずつあるが、どちらも厚いカーテンが下がっていた。ボーイがきて、椅子に乗って、天井に吊るされている石油ランプに火を灯した。床は大理石だった。壁には油絵が数枚かかっているが、薄暗くて何が描かれているかわからない。部屋の中央に大きな円いテーブルがおかれ、その周りにがっしりした揃いの椅子が並んでいた。椅子には模様入りの緑色のビロードが貼られている。むっとする居心地のわるい部屋ながら、かえって不調和な魅力が感じられた。謹厳な十九世紀のオランダ絵画の控えめな印象が生き生きと心に感じられそうだった。

オランダ商人が、はるばるアムステルダムから運ばれてきた家具を誇らしげに荷解きしたにちがいない。そして家具をきちんと並べ終わり、はじめてこれで自分の居場所ができたと思ったにちがいない。ボーイがビールをもってきた。エリックが小さなテーブルのそばへ行って、蓄音機にレコード盤を乗せると、新聞の束がおいてあるのに気がついた。

「ああ、きみが読みたがっていた新聞がきていますよ。もってくるように頼んでおいたんです」

フレッドは椅子から立ちあがり、新聞を受けとると、大きな円いテーブルのところへ行って、ランプの真下に腰をおろした。丘の上の古い要塞で口にした医師の言葉を思い出したのか、エリックは『トリスタンとイゾルデ』の最終幕の冒頭のレコードをかけてくれた。医師はその旋律を聴いていると、痛いような思い出が蘇ってきた。牧童があし笛でもの悲しげな異国風の調べを吹いている。彼方のひろい海をながめているが、船の帆はいまだに眼に見えない。笛の音はかすかな希望をたくしながら物憂げに流れている。しかし医師の胸を締めつけているのはほかの痛みだった。かつてコベントガーデン劇場の通路脇の席にすわっている夜会服姿の自分を思い出していた。ボックス席にはティアラや真珠の首飾りをつけた女たちがいる。大桟敷の端にはふとった国王が瞼の下を大きくたるませてすわっている。その反対側の隅のオーケストラを見下ろす席にマイヤー男爵夫妻が並んですわり、夫人が医師の視線をとらえて会釈した。劇場はこれみよがしの富と安全にみなぎっていた。すべてが豪勢で秩序だっていて、それが崩壊するなどとは誰の心にも起きなかった。リヒターが指揮棒をふるっていた。情熱的な音楽が劇場全体にあふれていた。豪華絢爛たる旋律が肉体の隅々まで響き渡っていた。しかし当時はそこに仰々しく露骨で、いささか粗雑なもの、大宴会のかもしだす雰囲気を感じていなかったが、いまはなぜか心をざわつかせる。もちろん、荘厳ではあるが、すこしかび臭いものを感じてしまう。自分の耳は中国へ来て、もっと優雅な複雑さや、もっと品のない旋律に親しみを感じるようになった。暗示し、幻想に富んで、繊細なものになれてしまった。かつての露骨な現実の主張に自分の繊細な感覚が衝撃をうけた。エリックが立ち上がってレコードを裏返ししたとき、この音楽がフレッドにどんな影響をあたえたものか窺ってみた。

音楽は奇妙なものである。音楽がもつ力は人間のほかの感覚とはまったく関係ない。したがってほかの点では至極当たり前の人間が音楽にはきわめて繊細な感覚をもっていることがある。そして医師は、フレッド・ブレイクが思っていたよりもずっと繊細な人間であることを感じはじめていた。彼には何かがあって、それが彼自身にも意識されずに目覚めつつある。石の壁のあいだに芽生えた小さな花が太陽をもとめて開いてくるかのようだった。それは医師の心に同情と関心をかきたてた。しかしフレッドは旋律を聴いていないかのようだった。腰をおろしたまま、あたりの物事にまるで無関心で、窓の外をながめている。熱帯の黄昏は短く、すでに暗い夜になっていた。青い空にはすでに星がひとつふたつ煌めいているが、フレッドはそれを見ていなかった。むしろ暗黒の心の深淵のなかを覗き込んでいるかのようだった。彼の真上にあるランプの焔がその顔に奇妙で鋭い影をあたえていて、まるで仮面をかぶっているようで、彼がどんな表情をしているかわからなかった。しかし体はリラックスしていて、緊張が突然消えてしまったかのようだった。日焼けした肌の筋肉が弛緩している。そして医師の冷静な視線を感じて、笑みを浮かべて見返したが、それがどこか悲しげな微笑だったので、妙に心に訴える哀感を感じさせた。手許のビールはまったく飲まれていなかった。

「おもしろい記事でもありましたか?」と医師がたずねた。

フレッドの頬がぱっと赤くなった。

「いや、何もありません。選挙があったことが書いてあります」

「どこで?」

「ニュー・サウスウェルズです。労働党が勝ちました」

「きみは労働党ですか?」

フレッドはすこしためらった。その眼にこれまでも何度か見ている警戒の色が現われた。

「政治なんて興味ありません。彼らがやってることなぞ、何も知りませんよ」

「その新聞を見せてくれませんか?」

フレッドは新聞の束から一つとりだして医師にわたした。しかし医師は手を出さなかった。

「それがいちばん最近のものですか?」

「いや、新しいのはこっちです」フレッドはそう言って、いままで読んでいた新聞をしめした。

「読み終わったら、見せてください。どうも古いニュースには関心がないものですから」

フレッドがまたためらった。医師は微笑みながらも、強い視線で相手をみつめた。医師のごく自然な要求を断る口実が思い浮かばないらしく、フレッドは手にしていた新聞を医師にわたした。サンダース医師は明かりに身を寄せて新聞を読んだ。フレッドはほかの新聞には手を出そうとしなかった。まだ知らないニュースがありうるはずなのに、椅子にすわったままテーブルを眺めているふりをしているが、まちがいなく、眼の端でこっちのようすを窺っているのがわかった。いまこの手にある新聞で読んだ記事にフレッドが強い関心を抱いていることは疑いなかった。サンダース医師は新聞の頁をくくった。選挙のニュースが多かった。ロンドンのニュースやヨーロッパやアメリカから送られてきた情報もあったし、地元のニュースもいろいろ載っていた。医師は刑事事件の欄に眼をうつした。選挙で騒動が起こり、裁判所でその審議が行われていた。ニューカッスルで強盗事件が起きたニュースもあったし、保険金詐欺で判決を受けた男の話もあった。二人のトンガ人が刃物をもって争った記事もあった。ニコルズ船長の推測では、フレッドがシドニーから身を隠したのは殺人事件に関係があるらしい。ブルーマウンテンズの農場で起きた殺人事件の報道があったが、これは二人の兄弟のあいだで起きた事件で、容疑者はすでに警察に出頭し、正当防衛であったことを主張している。しかもこの事件はフレッドとニコルズ船長がシドニーを出港したあとに起きていた。女性が首を吊って自殺したという事件の調査報告も載っていた。一瞬、これに何か関係があるのではないかと、サンダース医師は思った。『ブルティン』紙は文学的傾向の高い週刊紙である。したがって、この事件を扱うにも、ただ要約するだけでなく、読者の嗜好に応じる新聞の性質上、すでに日刊紙で知られている事実を詳細につたえている。どうやら女性は数週間前に夫を殺害した容疑をもたれているらしかったが、それを立証する証拠がほとんどなく、捜査当局はなんら積極的行動をとっていない様子だ。彼女は警察で何度も取り調べをうけていたし、これに加えて近隣でもスキャンダルの噂がたっていて、彼女を精神的に追い込んでいた。陪審は女が一時的に精神錯乱に陥って自殺したものと判断した。検死官のコメントによれば、彼女の自殺によって、パトリック・ハドソン殺害事件の謎を解く鍵は永遠に失われてしまった。医師はこの記事をあらためて読みながら考えていた。まったく奇妙な事件だったが、事件の内容を判断するにはあまりにも内容が薄弱だった。女の年齢は四十二歳で、フレッドのような年齢の青年が情事の相手になるとは思えなかった。それにニコルズ船長自身、確かなことは何も知らないのである。あれは単なる推測でしかない。フレッドは会計係をやっていた。経済的に逼迫して会社の金を横領したのかもしれないし、小切手を偽造したのかもしれない。もし重要な政治家と関係があるとしたら、一時的に彼を外国に行かせることも得策かもしれない。サンダース医師は新聞をおいて眼をあげると、自分を見つめているフレッドの眼と出会った。医師は安心させるように微笑んでみせた。自分の好奇心はたわいのないものだった。もうこれ以上、そんなことに興味をもつつもりもなかった。

「フレッド、きみはホテルで夕飯を食うかい？」と医師は訊いた。するとデンマーク人が言った。

「ここでお二人と有り合わせの料理をご一緒したいところですが、残念ながら、今夜はフリスのところで夕食をしなければなりません」

「そんなことかまいませんよ。二人でそのへんをぶらついてきますから」

医師とフレッドは沈黙したまま通りを歩いていった。

「先生、ぼくは夕飯を食いません」と青年が突然言った。「今夜はニコルズと顔を会わせたくない。一人で街をぶらついてきます」

そう言い捨てると、医師の返事を待つまでもなく、フレッドはくるりとむきを変えて、急ぎ足で立ち去った。医師は肩をすくめ、いそぐこともなく、のんびり歩いていった。

18

医師がホテルのベランダで夕食前にジン・パヒットを飲んでいると、ニコルズ船長がぶらりと姿を現した。すっかり汗を洗いながして、無精ひげもきれいに剃って、カーキ色のさっぱりした上着をまとい、日除帽《トピ》をななめにかぶり、海賊ジェントルマンでござい、と洒落ているかのようだった。

「先生、今夜は気分が上々だよ」どさりと椅子に腰をおろして、言っている。「おまけに腹がぺこぺこときてらあ。いまなら鶏の手羽肉ぐらい食ったって、なんの障りもありませんぜ。ところで、先生、フレッドのやろうどこでしょう?」

「知らないが、どこかへ出かけたようだ」

「女でも探しにいったかな? まあ、若い男だから、むりもないが、勝手の知らない土地を出歩くなんて、無用心もいいところだ」

サンダースは船長に飲み物を注文してやった。

「先生、聞いてください。若い頃のあたしは、自分で言うのもなんですが、そりゃあいい男でしたよ。どこへ行ったって、女にもてもてだった。ところが、ある日とんでもないドジを踏んで、結婚なんてしちまった。ちくしょう、人生にやり直しがきくもんなら……先生、あたしの女房のこと、まだ話していませんよね」

「いや、十分うかがいました」

「そりゃあないでしょう、先生。ひと晩かかったって、話し切れるもんじゃありませんよ。もし悪魔が人間の姿に化けるとしたら、それこそまさに、うちのババアだ。あんな風に大の男を扱っていいものか。あたしの消化不良の原因も、もとをただせば、あのババアのせいなんです。ほんとですよ。あたしたちがいまここに、こうしてすわっているのと同じくらい、まちがいのない事実です。まったくやりきれん。海の男の尊厳も誇りもあったもんじゃない。みんなぐだぐだに踏みつけやがる。ぶっ殺してやらなかったのがふしぎです。いや、やろうとしましたよ、ぶっ殺してやろうと。ところが、そんな考えがチラリとでも頭にうかぶと、とたんにババアは言いやがる。『船長、そのナイフをおきなさい』あたしはゾッとして、頭のなかのナイフから手を離しちまう。こっちが怯んだのを見てとって、ババアめ、こんどは喧嘩を売ってくる。あたしがそわそわ逃げ出そうとすると、たちまち雷を落としてくる。『船長、だめです、そこにじっとしていなさい。わたくしの話が終わるまで、そこを動いてはなりません。最後まで話をよくお聞きなさい』ときやがる」

二人はいっしょに食事をした。医師は気の毒に思いながら、船長の不幸な家庭生活の内情を聞いてやった。食事が終わると、ベランダへ出ていって、オランダ葉巻をふかしながら、コーヒーとともにシュナップスを飲んだ。アルコールに心を和らげられて、船長はしだいに追憶の世界に入っていった。青年時代を過ごしたニューギニアの沿岸や島嶼の暮らしについて、懐かしげに語っている。これがなかなかの話上手で、皮肉をまじえたユーモアもあって、相手の顔色を読むとか、おもねる口調がなかったから、さっぱりしていて、けっこう楽しく聴いていられた。この御仁、機会さえあれば、まるでチェスでもするように、人をだましてペテンにかけて、あっけらかん、この世の波間を面白おかしく渡っていく。これまでいろんな人間を見てきたが、こんな種類の悪党もめずらしい。ところが、そのごろつきが、波浪の逆巻く嵐の海で、大活躍をしてくれた。こっちが恐怖でふるえ上がっているのに、恐怖心などみじんも見せず、すこしも動じることがなかった。白波を蹴立てて押寄せてくる巨大な波をむこうにまわし、しっかと舵輪をにぎりしめて、目前の現実にひたと向かい合い、ひたすら全力で戦っていた。たしかに、こいつは紛れもなく悪党だ。とんでもない山師だ。ところが、沈着冷静、並みはずれた勇気の持ち主でもある。あの荒海のなかでたくみに小舟をあやつる現場を眼にしたら、こいつがどんな悪人であったとしても、誰だって感心せずにはいられまい。サンダース医師はふしぎな魅力を感じながら、ニコルズ船長の昔話を聴いていた。やがて医師は、ふと思い出したかのように、先刻から喉元まで出かかっていた質問をようやく口にした。

「ところで、船長、パトリック・ハドソンという男を知りませんか？」

「パトリック・ハドソン？」

「ニューギニアで総督をやっていた男です。もう何年も前に死んでますが」

「そりゃあ、不思議な偶然だな。その総督は知らないけど、シドニーに同じ名前の男がいたよ。ぶっ殺されてしまったけど」

「ほう？」

「あたしらが航海にでる直前のことですが、そいつの話で新聞が大騒ぎでした」

「わたしの知っているハドソンの親類かもしれない」

「その殺されたハドソンですが、人はいいけど、がさつな男らしかった。鉄道員をやっていて、叩き上げの苦労人という評判だった。政治にも手をそめて、睨みのきく地位も手にしていたらしい。もちろん、労働党員ですよ」

「それで、何があったんですか？」

「鉄砲玉を食らったんです。それも、たしか、てめえの拳銃でズドンと」

「自殺ですか?」

「いや、自殺じゃないらしい。ちょうどシドニーを出港するところだったし、くわしいことは知りませんが、とにかく街じゅうが大騒ぎでしたよ」

「そのハドソンは、結婚していましたか?」

「ええ、最初はみんな、やつの女房の仕業だって、さかんに噂をしてましたけど、なんの証拠もあがらなかった。事件の当夜、女は映画を見に行っていて、帰ってみたら、亭主が死んでて、血の海のなかに、転がってたと言うんです。だいぶ争ったらしく、部屋じゅうの椅子やテーブルがひっくり返って、ひどい有り様だったらしい。ですが、先生、あたしの考えじゃあ、女は絶対にやっていないね。てめえの亭主は、そうそう簡単に殺せるもんじゃない。できるだけ長く生かしておこうとするのが、ふつう一般の女房ですよ。殺しちまったら、なんの楽しみもありゃしない」

「しかしそうは言っても、大勢の女が自分の亭主を殺してますよ」と医師は反論をこころみた。

「そんなもの、みんなただの偶然、事故みたいなもんです。いいですか、先生、どんなに立派な家庭でも、事故というものは起こるんです。注意が足りなかったかもしれないし、やりすぎたかもしれない。その結果、哀れな亭主が死んじまうことがありますが、女どもはいつだって本気じゃない。殺す気なんてこれっぽっちもないんですよ」

19

サンダース医師はいつも穏やかに、心地よく眼を覚ます。たしかに、自分には嘆かわしい習慣がいくつか身についているし、所によっては、とうてい許されない悪徳と見なされるかもしれない。しかしつまるところ、〈アルプスの向こうでは美徳とされるものも、こちら側へくれば悪徳になる〉のである。眼が覚めると、ベッドのなかで手足を伸ばすこともなく、体を丸めたまま香りのいい中国茶を飲みながら、この日最初の煙草を一服ふかす。何か特別な思いを心に感じながら、あらたな一日を迎えるという気持ちは、とうの昔に消えてしまった。オランダ領東インド諸島の小さなホテルでは、どこでも朝食の時間がとても早い。そしてどこのホテルに泊まっても、出てくる朝飯は変わらない。パパイヤ、冷肉、エダム・チーズ、そして時間通りに早起きしてもいつも冷たい目玉焼き。まるで深海にすむ淫猥な怪物の頭から抉ってきたような、大きな黄色い丸い眼が二つ、ぴらぴらの白身の上に並べられて、こっちをぎょろりと睨んでいる。コーヒーは濃縮した液体で、これにネスレのスイス・ミルクとお湯を適当にそそいで出来あがる。トーストはバターもジャムもなく、しけていて、焦げている。これがまたカンダ島のホテルで、お客に提供される朝食である。食堂にはオランダ人商館員が何人かいて、これからオフィスに出かけるために、そそくさと黙々と、くだんの料理を食っている。

しかしこの朝、サンダース医師はだいぶ時間が経ってから起きだした。ベランダへ出ると、アー・ケイが朝食をはこんできた。パパイヤはうまかった。目玉焼きも、フライパンから移したてで、温かくてうまそうだった。芳香のただようお茶をゆっくり味わい、生きることは楽しくなければならない、と医師はあらためて思った。この人生にとりたてて欲しいものはもう何もない。人をうらやむ気持ちもないし、後悔することも何もない。

朝の大気はまだ爽やかだった。清潔な青みがかった光に照らされて、建物の輪郭がくっきり見えている。テラスのすぐ下に、バナナの巨木が人を見下すように立っているが、その傲慢さにもかかわらず、見事な葉をひろげて、強烈な日射しを遮ってくれている。サンダースの心にふと哲学的な命題が思いうかんだ。人生の価値はどこにあるのだろうか？　それは精神が高揚して活動している最中にあるのだろうか？　いや、そうではあるまい、むしろ活動の合間におとずれる静謐な時の流れにあるのではないか？　そのような穏やかなときにこそ、人の魂も、諸々の欲望によって沸騰する感情から解放されて、あのブッダが超然と瞑想していたように、静かに穏やかに、おのれの来し方を観照することができる、そこに人生の価値があるのではないか？　医師はたっぷり塩と胡椒をかけて、それからウスターソースをすこしかけて、深海の怪物の眼玉をたいらげた。それからパンをちぎって、皿のよごれをきれいにぬぐい、口のなかへほうりこんで、最後の極上のひと口を味わった。

ふと通りに眼をやると、フレッド・ブレイクとエリック・クリステッセンが、何事か楽しげに話しながら、快活な足取りで歩いてくるのが見えた。すぐにフレッドが飛ぶようにして階段を上がってきて、どさりと医師のとなりに腰をおろし、大声でボーイを呼んだ。夜明け前に対岸の火山の頂上まで行ってきて、すっかり腹をへらしている。ボーイがいそいでパパイヤと冷肉をはこんできた。二人はたちまちそれをたいらげて、つぎの目玉焼きの登場を焦れったく待っている。いかにも朗らかで、楽しげで、昨日知り合ったばかりなのに、もうすっかり意気投合している。まるで旧知の間柄のように、フレッド、エリックなんて呼び合っている。けっこう骨のおれる登山だったらしく、二人の若い肉体から、充実感と興奮が、体臭となって漂ってくる。つまらないことを言い合ったり、おかしくもないことにげらげら笑ったり、まるで仲良しの小学生のようだった。医師は呆気にとられていた。フレッドはこんなにも陽気な青年だったのか？　エリックにすっかり夢中になっていて、若葉のようにすがすがしい。自分よりすこし年上の男と知り合い、それがよほどうれしいのか、昨日までの鬱屈が突然、どこかへ消えてしまって、新鮮な思春期の花が、ぱっと開いたかのようだった。みずみずしくて溌剌としていて、とても大のおとなとは思えない。感情のこもった声がよく響きわたり、どこか滑稽な感じさえしている。

「先生、このおっさん、牡牛みたいに、すごい力があるんですよ」感嘆の眼ざしをエリックにむけながら、フレッドが言っている。「いやあ、この登山、大へんだった。あまく見ていて、失敗しました。とんでもない山道で、すごい崖があって、そこをよじ登っていると、手許の枝がボッキリ折れて、あわや谷底へ転げ落ちるところを、エリックに助けてもらいました。あのまま落ちていたら、まちがいなく大怪我ですよ。死んでいたかもしれない。ところが、エリックはすごい。とっさにぼくの腕をつかむと、ひょいとひっぱり上げて、なんなく両足で立たせてくれた。いいですか、これでもぼくの体重は、七十キロはあるんですよ」

「わたしはいつでも力があるのさ」エリックがにこやかに微笑んだ。

「腕を出してみなよ」

フレッドがテーブルに片肘をたてると、エリックも同じようにした。二人は手のひらをがっちり握り合い、腕相撲をおっぱじめた。フレッドが懸命にエリックの腕を押し倒そうとしている。顔をゆがめて、歯をくいしばって、組んだ手に全力をかけている。だが、エリックの腕は微動だにしなかった。やがてデンマーク人は、唇にすこし微笑をうかべると、握りしめた手に力を入れはじめた。フレッドの腕が徐々に傾いていって、とうとうぴたりとテーブルに押しつけられた。

「まいりました。あんたにはとてもかなわない。こっちはまるで赤ん坊だ。あんたに一発殴られたら、どんなやつでも眼をまわして、ひっくり返る。牡牛の旦那、あんた、喧嘩なんかしたことある？」

「いや、喧嘩なんかしたことないね。どうして喧嘩をする必要があるのさ？」

エリックは食事を終えて、両切りの葉巻に火をつけた。

「さてと、わたしは事務所へ行ってきますが、今日の午後、三人お揃いでお出でくださいって、フリスが言っていました。夕食をご馳走したいそうです」

「喜んでまいります」と医師が答えた。

「船長もぜひ連れてきてください。四時になったらお迎えにきます」

フレッドがエリックの後ろ姿をじっと見つめている。

「あの人、完全なバカですよ」サンダース医師の方をふり返って、フレッドが微笑して言った。「どう考えても、まともじゃない」

「それはまたどうして？」

「話し方が変なんです」

「何を話したの？」

「それがちんぷんかんぷんなんだ。でも、とにかく、すごく変なんですよ。ぼくにあれこれシェイクスピアのことを訊くもんですから、シェイクスピアなんて、何も知らないぼくですよ。中等学校のとき一学期だけ、『ヘンリー五世』を読んだって言ったら、あの人、たちまち朗々とセリフを暗誦するんです。それから『ハムレット』とか『オセロ』とか、もう何十頁も暗記していて……先生、とてもむりです。エリックの話を全部お話するなんてできやしない。とにかく、あんな風に話をする人、これまで見たことも、会ったこともない。それに話していることが、まったくばからしくって、くだらなくって……それなのに、もうやめてくれって、ストップをかける気になれないんだ」

若者の素直な青い眼はまだ微笑をたたえているが、表情は真剣そのものだった。

「先生、シドニーに住んだことありますか？」

「いや、行ったこともない」

「あそこには文学とか美術なんかのサークルがあって、ぼくは自分の趣味でもないのに、時々すごく行ってみたくなるんです。サークルのメンバーはだいたい女で、小説とか詩とか、おかしなことを真剣にしゃべっている。こっちはちんぷんかんぷん、ばからしくって、きょとんとした顔をしてやると、そのうち一人が平気な顔して言い寄ってきて、ベッドに連れ込もうとするんだから」

この俗物坊や、いやにはっきりものを言うな、と医師は心に思った。

「あの女どもの話はくだらなくて、ばかばかしいけど、うまく説明できませんが、エリックが話すと、同じことでも全然ちがうんです。エリックは自慢たらしく話さないし、押し付けがましいところもなくて、ただ熱をこめて話している。どうしても話さずにいられないみたいに。こっちが退屈していようといまいと、そんなこと、まるで頭にないみたいで、ひたすら話に熱中していて……たぶん、ぼくがちんぷんかんぷんだなんて、すこしも気にならないんじゃないかな。でも、先生、不思議なんです。エリックの話が半分も理解できていないのに、どういうわけか、感動してしまうんです。すごい芝居を見ているような気がして、胸がわくわくしてくるんです」

フレッドはむぞうさに言葉を投げだしている。花壇をつくろうと耕している土地からがれきを掘り出し、それをぼんぼん投げ捨てて、小山をつくっているみたいだった。自分でも当惑しているのか、しきりに頭をかいている。サンダース医師は冷静で聡明な眼で、そのようすを見まもっていた。青年はうまく話ができないでいらだっている。だがしかし、それは見ていて楽しかった。本人でもわけのわからない感情に襲われて、それをなんとか言葉で表現しようと努めている。評論家はよく物書きを二種類に分類する。何か言いたいことをもっているが、それを表現する方法がわからないでいる者と、表現する方法は心得ていても、言いたいことが何も頭に存在しない者。それは物書きだけでなく、ふつうの男たちについても言える。とくにアングロサクソン人種はそうだろう。いつも言葉で表現することに苦労している。なめらかに、ぺらぺらしゃべる男もいるが、それはいつも同じことを話しているために、すっかり言葉が意味を失い、命を賭けるなんて殊勝なことを仰々しく語りながら、まさにそのとき、話している内容がなんのことやら、おのれ自身にも、さっぱりわからなくなっているのである。

フレッドがからかうような眼で、こっちを見ている。こいつ、まるでいたずら小僧だ、と医師は思った。

「先生、笑っちゃいますよ。あの人、ぼくに『オセロ』を貸してやるなんて言うんです。そしてぼくも、どういうわけか、いいよ、読んでみよう、なんて言っちまった。ほんとに笑っちゃう。先生、あなたは『オセロ』を読みましたか？」

「ああ、三十年ばかり昔のことだが」

「ぼくがおかしいのかもしれません。でも、エリックが『オセロ』のセリフを朗唱するのを聴いていると、ほんとに胸がどきどきしてくるんです。その、何かよくわかりませんが、あんなふうな男といっしょにいると、すべてが、何もかもが、ちがってくるように思えるんです。あの人はきっと気違いですよ。変ですよ。でも、エリックみたいな変人が、もうすこしこの世の中にいてくれても、いいなあ、って思えてくるんだ」

「どうやら、エリックがすっかりお気にめしたようだね」

「ええ、好きにならずにおれませんよ」フレッドはふいに頬を赤らめて、言った。「エリックは正直で、誠実で、ごまかしがまるでない人です。それがわからないやつがいたら、そいつは大ばかやろうに決まっている。あの人は心底信頼できる。人をだますなんて、思ってもみない人です。そして、不思議なことに、あんなにバカでかくて、牡牛みたいに力があるのに、なんだか、こっちが守ってやりたいって、気がしてくるんです。へんな言い方でしょう。でも、あの人を一人にしてはいけない、誰かがそばにいて、彼が不幸にならないように、気をつけていてやらないといけない、そんな気持ちになるんですよ」

サンダース医師は、いつもの冷笑的な傍観者の視点から、若いオーストラリア人が語るぎごちない言葉を心のなかで翻訳しながら、いささかおどろいていた。感動めいたものすら感じていた。若者は心に湧いてくる感情をつたない言葉で精いっぱい表現しようとしている。何かおどろくような現実に直面して、衝撃のような賛嘆の思いに心をガーンと殴られて、その予想外の出来事を陳腐な言葉で懸命につたえようとしている。あのデンマーク人の不細工な巨体からにじみ出る、文句のつけようのない誠実さ、とほうもない熱狂が、あらゆるものを包みこむ善そのものとなって、極寒の地を照らす太陽のように、その理想主義と人間的な魅力でもって、純一な青年の心を暖かく光り輝かせている。そしてフレッドの若さと純真さが神秘的な力を発揮して、エリックに内在する善意を感じとり、それに驚愕し戸惑っている。感受性に火をつけられて、傲慢な心ががたがたにくずれて、すっかり謙虚な若者に変貌している。どこにでもいる平凡で、しかし肉体的に美しい若者が、いまこの瞬間、これまで想像したことのない、精神世界の美にふれている、その感動が青年の言葉から、その眼ざしや態度から、如実に感じとれるのである。

「おどろいたなあ。こんなことが起こるなんて」医師は心のなかで肩をすくめた。

医師は当然ながら、エリック・クリステッセンをそれほど感情的でなく、冷ややかな眼で眺めていた。たしかに、あの男には興味をもっているが、それは彼がすこし変わっているからだった。第一、このマレー諸島の島の一つに、シェイクスピアに関心があって、何章も暗記している商館員がいるなんて、驚きというより滑稽に思われた。おそらく退屈しのぎの結果、そういう功業が成立した、とでも思うしかない。商館員としてはあまり能力がないのではないか。医師は理想主義者があまり好きではなかった。あの連中は日々の労働のなかで、人生の切実な要求と職業とを調和させることが下手である。あまりにも崇高な感情に燃え上がって、現実を見る眼を失って、人生の決定的な機会を見逃すことがよくあるものだ。医師にはそんなことが滑稽でならなかった。現実的な日々の生業に打ちこんでいる人間を見下しながら、自分たちがその労働のおかげで生きていられることになんの痛痒も感じない。野に咲くユリとおなじように、働くこともしなければ、糸を紡ぐこともしない。ところが、ほかの連中が自分たちのために肉体労働をしていることを、まるで天与の権利のように受けとっている。

「フリスという人が食事に招待してくれたけど、どういう人なんですか?」と医師はたずねた。

「農園の経営者で、ナツメグとクローブを栽培しています。奥さんは死んでしまって、いまは娘と義父と三人で暮らしているそうです」

20

フリスの家はホテルから三マイルほどのところにあった。おんぼろのフォードに乗って、一同はでかけた。道路のどちら側にも、巨木が密生していて、シダやツル植物がびっしり地をおおっていた。町を出ると、すぐにジャングルがはじまった。ところどころにおんぼろ小屋が建っていて、そのベランダにみすぼらしいマレー人が寝ころんでいた。無気力な子どもたちがごみの山で豚と遊んでいるのも見えた。じめじめしていて、ひどく蒸し暑かった。フリスの農園はかつてオランダ人入植者のものだった。白い漆喰の門が見えてきた。堂々たる造りで、デザインもみごとだったが、すでにあちこち崩れかかっている。アーチの上に石板がかかげてあって、昔の入植者の名前と農園建設の日付が刻まれていた。門をくぐると、でこぼこの土の道路になり、車ががたがた揺れて、乗客は座席の上ではね上がった。やがて一軒の平屋建ての家についた。かなり大きな正方形の屋敷で、杭ではなく石の土台の上に建っていて、屋根はニッパヤシの葉で葺いてある。家をかこんで庭があるが、すっかり荒れ果てていた。フォードが停車して、マレー人の運転手が力いっぱいクラクションを鳴らした。すると家から男がひとり現われて、こちらにむかって手をふった。フリスだった。男はベランダから下りてくる階段のてっぺんに立って、客が来るのを待っている。階段をあがっていくと、エリックに名前を紹介されて、客は一人ひとり、この家の主と握手をかわした。

「わが家へようこそ。イギリスの方々にお会いするのは一年ぶりです。さあ、なかへ入ってください。一杯やりましょう」

フリスはかなりの大男で、しかもふとっている。頭は禿げかかっていて、残った髪の毛も、小さな口ひげも、すでに白髪が多かったが、額が大きくて秀でていて、悠揚迫らぬ感じがする。汗で光っている赤い顔はまるくて、どこにも皺がなかったから、最初は、まるで少年でも見ているような気がした。ただ、口の真ん中に長い黄色い歯がぶら下がっている。これが珍妙で、すぐにもぽろりと抜け落ちそうだったから、ひょいと手を伸ばしてひっぱってやりたくなった。カーキ色のショーツをはいて、テニス・シャツを胸許で開いていていて、歩くとかなり足を引きずっていた。一同は大きな部屋に案内された。居間と食堂をかねているような部屋だった。周囲の壁がマレー原住民の武器や牡鹿の枝角や、巨大な野猪みたいなスラダーンの角で飾られている。床には虎の皮が敷いてあるが、すこしカビが生えていて、虫に食われている箇所も眼についた。

部屋に入ると、しなびた小柄な男が椅子から立ち上がった。こちらへ歩み寄るでもなく、立ったまま客の姿をじっと眺めている。皺だらけの顔をして、体がすっかり衰えていて、腰がまがっている。かなりの老人だった。

「あれはスワンです」そっちにかるく頭をさげて、フリスが言った。「わたしの義父にあたる人です」

小さな老人は非常に蒼白い眼をしていた。瞼のまわりが赤くて、睫毛がなかったが、眼光に狡猾な力が宿っていて、こちらに素早くよこす視線はいたずら気で、小猿の眼玉を見ているようだった。三人の見知らぬ男とだまって握手をすると、老人はふいにエリックにむかって、何語とも知れない言葉を発した。開いた口には歯が一本もなかった。

「スワン老人はスウェーデン人です」とエリックが説明してくれた。

老人は客人を一人ひとりじろりじろりと見つめた。疑いの色が滲みでているが、同時に、嘲笑ってでもいるような気配があった。

「わしは五十年前に国をとびだした。帆船の航海士をやった。国にはいちども帰っていない。来年は帰るかもしれん」と唐突にスワンが言った。

「あたしも船乗りですよ」とニコルズ船長が言った。

しかしスワン老人はなんの関心も見せなかった。

「全盛期にはなんでもやったぞ。奴隷船の船長もやっていた」

「黒人の輸送ですな」とニコルズ船長が口をはさんだ。「昔はあんな仕事でしこたま儲けたものだった」

「そうだ。鍛冶屋もやった。貿易商人にもなった。農園も経営した。なんでもやったぞ。おまけに何度も殺されかかった。そうだ、胸のヘルニアにもなったぞ。ソロモン諸島の原住民どもとやり合ったときの怪我が原因だった。やつらはわしが死んだと思って、止めを刺さずに行っちまった。全盛期には大金を稼いだぞ。なあ、ジョージ、そうだろう?」

「そのように聞いております」

「だが、大暴風でみんなやられた。店も倉庫もやられた。一切合切なくなった。だが、そんなこと屁でもないぞ。もうこの農園しか残っていないが、そんなこと屁でもないぞ。この農園があれば、十分食っていける。それが肝心なことなんだ。女房は四人いたぞ。子どもの数なんて数えきれんわ」

スワン老人はきんきん耳にひびく甲高い声で話した。スウェーデンなまりが強いので、耳を凝らしていないと、何を言っているか、とんと理解できなかった。すごいスピードで話すから、教科書でも暗唱しているように聞こえる。やがて老人臭い笑い声を、ケケっと一つたてると、ようやく話を終えてくれた。要するに、あらゆることを経験したが、何もかもばかげていて、くだらなくて無意味、とでも言いたいらしい。この男はいま遠いところから、人類とその活動を眺めているが、もちろんオリンポスの天上からではなく、ぴょこぴょこ足を引きずりながら、木陰からこっそり眺めているらしかった。

マレー人の召使いがウイスキーボトルと炭酸水の壜をはこんできた。フリスがグラスに酒をそそいだ。

「スワン、スコッチでいいですね？」

「ジョージ、何を言ってるんだ」老人が声をふるわせて言った。「よく知ってるじゃないか。誰がそんなものを飲むんだ。ラムと水をくれ。いいか、スコッチが、この太平洋を破壊したんだ。わしがスウェーデンからきた頃は、スコッチなんぞ、誰も飲みやしなかった。みんなラムだ。いまでもラムを飲んでいて、縦帆、横帆に命を賭けていたら、ちくしょう、こんな世間にゃあ、なっちゃいねえぞ」

「いやあ、ここへくる途中、あたしたちもちょっとばかり、荒れた天気に見舞われましたよ」とニコルズ船長が、おなじ船乗りのよしみで、ひと言口をはさんでみた。

「なにっ、荒れた天気だと？　荒れた天気なんて、いまの航海のどこにあるんだ？　おれが小僧っ子の頃なんて、すげえもんだったぞ。あのスクーナー船に乗ってたときが眼にうかぶわ。ニューヘブリデスからサモアまで、奴隷をひと船はこぶときのことだ。すげえハリケーンにとっつかまって、わしは蛮人どもに、とっとと船をおりろと言ってから、沖合に出て、いいか、三日のあいだ一睡もしなかった。帆はふっ飛ぶし、マストは折れるし、救命ボートは流されるし……それが荒れた天気ってもんだ！　いいか、青二才、わしの眼玉がある前で、荒れた天気なんて、金輪際、えらそうに口にするな」

「いや、なにも悪気はないんですよ」老人の毒気にあてられたか、船長はにやりと笑って、欠けて汚れた小さな歯を人前にさらした。

「そんなこと思っちゃおらん」と老人の気炎はつづいた。「ジョージ、こいつにラムをやれ。こいつがほんとに船乗りなら、おまえらが飲むような泥くせえスコッチなんか、一滴だって飲むもんか」

ほどなくしてエリックが、みなさんに、ここの農園をごらんにいれてはどうかと言った。

「あのすばらしいナツメグ農園は、どなたも見たことがないでしょう」

「よし、ジョージ、客人を案内してやれ。二十七エーカーあるんだぞ。カンダ＝メイラ島いちばんの農園だ。へへっ、三十年前に、真珠ひと袋で買いとったものだ」

老人は背中をまるめて、水差しとラムボトルの上に屈んでいる。まるで頭の禿げた妙ちきりんな小鳥が、ちょこんと止まっているようだった。男たちは腰をあげて、居間から庭へ出ていった。庭のすぐ先が農園になっている。夕暮れになって涼しく、大気が澄み切っていた。農園に一歩ふみいると、巨大なカナリー・ツリーが立っていた。『アラビアン・ナイト』に登場する寺院の列柱のように、ずらり堂々とそびえている。そして、その巨木が葉をひろげる下に、ずんぐりしたナツメグの木が整然とならんでいる。かつて大航海時代の冒険商人たちが、万波を越えて、探しもとめた黄金の実、ナツメグ。地面には、シダもツル植物もなく、暗褐色の腐葉があつく積もって、ふかふかの絨毯のようにひろがっている。ぐーっ、ぐーっと、唸るような鳴き声をあげて、ばかでかい鳩が羽をゆらして飛んでいく。ちっちゃな緑色のオウムの群れが、キキッ、キキッと鳴きながら、柔らかな光をあびて、生きた宝石のように舞っている。サンダース医師はうっとり幸福感にひたっていた。なにか魂が肉体をはなれて、ふわふわ浮かんでいるような気持ちだった。想像力が心地よく、なんの苦労もなく羽ばたいていて、つぎからつぎへイメージが浮かんでくる。フリスと船長が傍らを歩いている。フリスがナツメグ交易について、さかんに説明しているが、医師の耳には何も聞こえていない。穏やかな空気が物質となって、そこに存在している。そう、柔らかな上質の布地のように、それが指先に感じられる。エリックとフレッドが一歩うしろを歩いてくる。沈みゆく日の光が、高々とそびえるカナリー・ツリーの枝葉からもれて、ナツメグの緑の葉を磨き上げられた銅片のように光らせ、輝かせている。

一行はくねくね曲がる道を歩いていった。遠い昔から人びとによって踏みならされた道だった。しばらく行くと、突然、前方から歩いてくる少女の姿が眼に入った。なにか考え事でもしているのか、下をむいて歩いている。ようやく男たちの話し声が聞こえたらしく、顔を上げて立ち止まった。

「あれはうちの娘です」とフリスが言った。

見知らぬ男たちを見て、少女は一瞬おどろいて、立ち止まったものと思ったが、こちらへ歩み寄ってこようとはしなかった。そこにじっと立ったまま、妙に落ちつきはらって、男たちが近づくのを見つめていた。医師はふと思った。あの物腰は落ちつきはらっているというより、熱帯地方特有の無関心ではあるまいか。少女はろうけつ染の筒型の腰布《サロン》を体にまいているだけだった。白い小さな模様があしらわれている茶色の布地は、ぴったりと娘の胸許をおおって、膝の下までおりている。素足だった。一行が近づいていくと、口許にかすかな微笑をただよわせたが、それ以外なにかを言うでもなく、頭をさっとひとふりした。ゆたかな髪が大きくゆれて、両肩を流れるようにおおうと、それを手がゆっくりとなでつけた。そのアッシュブロンドの頭髪は、もしつややかに輝いていなければ、白髪のように見えただろう。少女はじっと待っていた。サロンがぴったり体をつつんでいるから、体の曲線がそのまま顕わになっている。ほっそりとして、少年のような小さい尻をしていて、足が長くて、最初の印象では、すごく背が高く見える。露出した肌は日焼けして、はちみつ色に染まっている。医師はこれまで女の美しさに感心などしたことがない。だいたい女の体というものは、美学的美を訴えるためではなく、生理学的目的に叶うようにつくられている。テーブルが頑丈で、ほどよい高さで、広々としている方がいいように、女の体も胸が大きくて、腰がはっていて、お尻が大きい方がいい。つまりどちらの場合も、美的価値は有用性のおまけでしかない。いや、頑丈でひろくて、便利な高さのテーブル、それが美しいテーブルなのさ、とおっしゃる向きもあるかもしれないが、しかし医師にしてみれば、テーブルは頑丈でひろくて、便利な高さがいい、ただそれだけ言えばいいのである。とは言っても、前方にもの憂げに立っている少女の姿は美しかった。どこかの博物館で見たことがある女神の像が思いうかんだ。どこの博物館であったか憶えていないが、腰に短い布切れをつけて、小首をかしげて空を眺めている、たしか古代ギリシアかローマ時代の彫像だった。広州のフラワーボートに乗っていた小さな中国人少女たちにも似ている。昔気楽な気持ちで遊んだことのある娘たち。道端に佇んでいるあの少女も、おなじように、どことなく儚げで、花のように優雅で可憐で、アッシュブロンドの髪の毛が熱帯の森林のなかで、この世のものとも思えぬ魅力を形づくっている。瑠璃茉莉《ルリマリ》（プルンバーゴ）の蒼白い花が薄暮のなかに、ふんわり咲いているようだ、と医師は思った。

「この人たちは、クリステッセンの友人だよ」娘のそばに行くと、フリスが言った。「こちらがサンダース先生、こちらがニコルズ船長」と父親が紹介すると、少女は手を差しださずに、かるく優雅に頭をさげた。冷ややかな眼は一瞬けげんな色をうかべたが、すぐに納得したようすだった。はちみつ色に日焼けした腕が長くて、ほっそりしているのに医師は気づいた。緑色の眼をして、健康そうで、整った顔をしている。おどろくほど美しい女性だった。

「ちょっと池で泳いできたの」と少女が言った。

エリックに視線がうつると、非常に優しく親しげな顔つきになった。

「こちらはフレッド・ブレイクさんだ」とエリックが言った。

少女はすこし顔をずらしてフレッドを見ると、なぜか若者にじっと視線をむけていた。微笑がさっと消えている。

「こんにちは。光栄です」フレッドはそう言って、手を差しだした。

少女はまだフレッドを見つめていた。無礼でも厚かましくもなく、ちょっとおどろいている様子だった。以前どこかで会った顔をしきりに思い出しているかのようだった。沈黙は一分以上つづいたが、誰も何も言わなかった。やがて少女が差しだされた手をにぎった。

「着替えに家へ帰るところです」と少女は言った。

「いっしょに行くよ」とエリックが言った。

いま傍らに立ってみると、少女の背丈はそれほど高くなかった。ただ脚がまっすぐで、すんなりしていて、物腰がすっくとしている。それでふつう以上に背が高く見えるのだった。

一行は少女とともに屋敷の方へもどっていった。

「あの若い人、誰なの？」と少女が訊いている。

「こっちも知らないんだ」とエリックが答えている。「なんでもあの頭の禿げた白髪の人と組んで、真珠貝を探しているそうだ。新しい群生地を見つけるつもりだと言っていた」

「とてもハンサムな人ね」

「うん、きみも、きっと好きになるよ。とても気持ちのいい青年なんだ」

客人たちはそのままフリスに案内されて、屋敷のなかをあちこち見てまわった。

21

医師たちが居間へ入っていくと、エリックがひとりスワンの相手をしていた。老人はスウェーデン語と英語をごちゃ混ぜにして、かつてニューギニアで経験した冒険をくどくど得意げに話している。

「ルイーズはどこだい？」とフリスが訊いた。

「わたしは食卓の準備の手伝い、彼女はキッチンで何かしてたけど、いまは着替えの最中です」

男たちは腰をおろして、また一杯やりはじめた。知らない同士によくあるように、たいして意味のない話をしていた。スワン老人は疲れたようすだった。よそ者が話を途切らせて黙りこむと、うるんだ眼を光らせて、うさん臭いやつらだと言わんばかりに、じっとそっちを見つめていた。ニコルズ船長が、自分の消化不良について、フリスに愚痴をこぼしている。

「腹痛なんて経験したことありませんね」とフリスが言った。「わたしの場合は、リウマチが苦労の種です」

「リウマチになってるやつ、知ってますよ。ブリズベンにいるダチ公の一人で、これが最高の水先案内人なんですが、リウマチにやられていて、松葉杖なしでは、とんと歩けねえ始末です」

「誰でも何かしら辛いことがあるものです」とフリスが言った。

「ですが、消化不良は堪りませんよ。もしこんな疫病神がついていなけりゃあ、あたしはいまごろ大金持ちです」

「でも、お金がすべてではないでしょう」

「そんなことは言ってませんよ。ただ、この消化不良さえなけりゃあ、大金持ちになっていた、そう言ってるだけです」

「わたしにとって、お金はたいした意味をもちません。雨露がしのげるところがあって、三度の食事に恵まれていれば、なんの不平もありません。暇な時間があること、これが人生ではいちばんです」

サンダース医師は二人の会話を聞いていた。フリスのことはあまりよくわからない。いかにも教養ある人間の話しぶりである。でっぷり太っていて、ぼろを着ていて、無精ひげをはやしているが、品格があるとは言えないまでも、上品な人びとの間で暮らしてきた人物であるらしいことはわかる。まちがいなく、スワン老人やニコルズ船長とは、異なる階級に属する人間である。物腰がやわらかく、客のもてなし方に品があって、育ちのわるい人間が必要以上に丁寧に見知らぬ客に応対するようなところがない。とは言っても、当然ながら、世間の習慣もよく心得ている。たぶん若い頃イギリスにいたときは、ジェントルマンと呼ばれる部類の人間だったと思われる。どういう次第でこんな最果ての島に流れてきたのだろうか？　医師は立ち上がって、部屋のなかを見物した。大きな書棚を見下ろすように、額縁入の写真が何枚か壁にかかっている。医師は内心、へーっとおどろきの声をあげた。そこにケンブリッジ大学ボート部員の写真があって、よく見るとG・P・フリスと記されている青年の顔が、まぎれもなく、いまここにいるフリス当人の顔だった。マレー州のペラクやサワラク州のクチンで撮った写真もあった。大勢の地元の少年たちが写っていて、グループの中央に腰掛けているのは、若かりし日のフリスだった。ということは、ケンブリッジを卒業したあと、学校教師になって、東洋に赴任してきたのだろう。書棚には乱雑に本が詰めこまれていた。どれもこれも湿っていて、シロアリの襲撃を受けている。漫然とした好奇心にかられて、あれこれ手にとってみると、賞品としてもらった革製の本が何冊かまじっていた。それによると、フリスは小さいパブリック・スクール出身だった。きっと勤勉で、聡明な少年だったにちがいない。ケンブリッジで使った教科書や、多数の小説や、詩書が数巻あった。詩の本はかなり読み込まれている。それもそれほど昔のことではなく、何度も頁をめくった跡が歴然としているし、鉛筆の書き込みがあったり、下線がひいたりしてあったが、最近は開かれたことがないらしく、かび臭い臭いがしている。しかし、二段の棚をまるまるインド宗教とインド哲学に関する書物が占領しているのにはおどろいた。『リグ・ベーダ』や『ウパニシャッド』の翻訳書があったし、カルカッタやボンベイで出版されたペーパーバックの本もあった。どれも奇妙な名前の著者によるもので、書名を見ると、神秘主義の本らしかった。いずれも極東に住む白人農園主の家でお目にかかれるような書物ではない。この男はいったい、どういう類の人間なのか、眼の前の事実を眺めながら、医師はふしぎでならなかった。スリニヴァッサ・イエンガルなる人物の著書『インド哲学概論』という本の頁をめくっていると、フリスが重々しくリウマチを病んでいる足音をたててやってきた。

「わたしの蔵書をごらんですか?」

「ええ」

フリスは医師が手にしている本にちらりと眼をやった。

「おもしろいですよ。このヒンドゥー教徒の連中はすばらしい。生まれながらの哲学者です。西欧の哲学者なんか、彼らにくらべたら、取るにたらない安物ばかりです。彼らの深遠な思想をごらんなさい。おどろくべき大智・叡智に満ちているではありませんか。西欧世界に、もし比肩しうる思想家が存在するとしたら、わたしの知るかぎり、それは唯一、ローマの神秘主義者プロティノスだけでしょう」

フリスは医師から本を受けとって、書棚にもどした。

「分別ある人間が疑念も不安もなく受容できる宗教があるとしたら、もちろん、それは宇宙の創造者、バラモン教の〈ブラフマー〉があるだけです」

医師は横目でちらりと農園主を見やった。赤くてまんまるい顔、くちびるにたれ下がっている長い黄色い歯、禿げた頭、どこを見ても、深奥な精神世界に造詣のある男の風貌とは思えなかった。そのフリスの口から、こんな高尚な話がとびだすとは、思いも寄らないおどろきだった。

「広大無辺な星間空間のなかに、無数の世界が存在する宇宙、それを考えてみると、それが一個の創造者の手でつくられたとは、どうしても思えません。しかし、もしそうであるなら、では、いったい、誰が、あるいは何が、その創造者を生みだしたのか、わたしはそう問わざるを得ません。〈ヴェーダンタ学派〉は、最初に存在者があったと説いていますが、しかし、存在しないものから、どうして存在するものが生まれる、と言うのでしょうか？　この存在者とはアートマンと言われ、現象世界の幻影マーヤーを放射している根源的霊を意味しています。では、どうして、根源的な霊が、われわれが眼にする現象の数々を放散しているのか、と問われるなら、この書棚に並んでいる東洋の賢者たちは、こう答えるでしょう。つまり、幻影マーヤーはアートマンの気晴らしの産物でしかない、と。完全であり完璧であるがゆえに、アートマンは目的とか、動機とか、そういうものでは動いていないのです。目的も動機も、欲望の存在を前提にしている。完全で完璧な存在者にとっては、変化させることも、付け加えることも必要ないのです。したがって、永遠なる霊の活動には目的がありません。王侯君主や、幼児のように、気まぐれで、なんら外部の刺激によることなく、自然で喜びに満ちて、自発的に活動している。アートマンも現象の世界で戯れ、魂の世界で戯れているのです」

フリスの講釈を聴きながら、医師は皮肉を言ってやりたい気がしたが、微笑するだけでがまんした。まんざらばかばかしい話でもないからな、と心のなかでつぶやいた。しかしこの男、どこまで本気なんだろうか？　これが見るからに苦行僧の風体をしていて、こんなに顔を汗で光らせていないで、深刻な思想の産みの苦悩でも刻まれている顔だったら、もっと真剣に御託に耳を傾けたかもしれない。といっても、人間の表面はその内面を現すものだろうか？　学者や聖人の顔が野卑な心を隠していることはよくあるし、あの哲人ソクラテスなどは、鼻がひしゃげて、眼玉が飛び出して、唇が分厚くて、腹がでていて、まるで半人半獣のサテュロスそっくりだったと言われているが、現実の彼はまったくちがう。酒や女とはおよそ無縁な禁欲的な賢者だった。

フリスがふっとため息をもらした。

「ヨーガに惹かれたこともありましたが、あれは結局、シャンキャ学派の分派でしかありません。それにヨーガの唯物思想は合理的でありませんね。あの禁欲主義はばかげています。魂の本性を完全に知ること、それが哲学の目的です。ですから、思考・感情の停止や、胡坐黙想や、みょうちきりんな姿勢をしてみても、儀式や典礼を行うのとおなじで、魂の本性に到達することなどできません。わたしは膨大な量の書抜きやメモをとっています。いつか暇ができたら、それをみんな整理して、本を一冊書き上げるつもりです。もう二十年近く温めている構想です」

「しかしここにいても、構想を実現する時間が十分あると思いますが」医師はすこし皮肉をこめて言った。

「いいえ、十分ではありません。もっと時間が欲しい。ここ四年間『ウズ・ルジアダス』の韻文訳に取り組んでいます。ご存じでしょう、ポルトガルの詩人カモンイスの叙事詩ですよ。よろしければ、一篇か二篇、わたしの訳を読んでいただければと思いますが……ここにはまともな批評をしてくれる人などおりません。残念ながらクリステッセンはデンマーク人なので、どうも耳の方が信用できません」

「でも、あれはすでに翻訳がありますね？」

「ええ、バートンなんかも訳しています。しかしバートンは詩人じゃありません。あれはひどい翻訳ですよ。世界文学の傑作は、世代が代わるごとに、あたらしく翻訳されるべきです。わたしの翻訳は意味を訳すだけでなく、原著のもつ音楽的なリズムや叙情性もつたえることにあります」

「どうしてカモンイスを翻訳しようなんて思ったんですか？」

「偉大な叙事詩の最後のものですから。それに、わたしのヴェーダンタ学派に関する本は専門家を対象にしたものですから、売れるような代物ではありません。それで娘のために、もっと大衆に読まれるような仕事をしなければならないと思いました。わたしは財産なんてないんです。ここの農園はスワン老人の所有物です。だからわたしの『ウズ・ルジアダス』訳が、いわば娘への唯一の持参金になるんです。本の売上金はすべて娘にやるつもりです。しかしそれだけではありません。お金はあまり重要ではありません。この父親を娘に誇りに思ってもらいたいのです。この翻訳によって、わたしの名前もすこしは世間に残るでしょう。わたしの名声も娘への持参金となるでしょう」

サンダース医師は何も言わなかった。しかし腹のなかでは、いささか頭がおかしいのではないかと思っていた。いったい誰が、ポルトガルの古い昔の詩なんて読むだろうか、そんな奇特な人種が百人もいるだろうか？　そういう代物を翻訳して、富と名声が得られるなんて、この男、本気で思っているのだろうか？　しかしそう思いながらも、医師は大様に肩をすくめただけだった。

「人生ってほんとに不思議ですね」フリスは真剣な面持ちで話している。「いったい、何がどう起こるか、誰にもわかりません。この翻訳にとりかかったのも、まったくの偶然としか思えません。ご存じと思いますが、カモンイスは詩人であるとともに、富と幸運をもとめる冒険家でもありました。彼はこの島に来て、よく丘の上にたつ要塞から海を眺めていました。わたしも同じです。いまも残っているあの要塞から海を眺めているのです。どうしてこんな島へ流れてきたと思いますか？　わたしは学校の教師でした。ケンブリッジを出たあと、たまたま東洋へ行く話があり、すぐにそれに飛びつきました。子どもの頃から憧れていた夢でしたから。しかし学校の仕事は、わたしにはいささか堪えませんでした。周囲の人間に我慢ができませんでした。はじめはマレー州にいて、それからボルネオへ行きましたが、どこも同じです。とうとう堪えきれなくなって、教師をやめて、しばらくカルカッタの商社にいました。それからシンガポールで本屋をやりましたが、まるで儲けがありません。バリでホテルを経営しましたが、これまた赤字つづきで、とうとうこの島に流れて来たというわけです。ここで結婚した妻の名前がキャサリンというのも、じつにふしぎな偶然です。カモンイスが愛したただ一人の女性の名前が、やはりキャサリンでした。偉大な詩人はあのみごとな叙事詩を、その女性のために書いたのです。もし人生の謎を明らかにする何物かがあるとしたら、それは疑問の余地なく、ヒンドゥー教が〈サムサラ〉と呼んでいる輪廻の法則ではないでしょうか。わたしはしばしば自分に問いかけています。あのカモンイスの魂をつくっている炎、そこから迸りでた閃光が、いまのわたしの魂をつくっているのではないか、と。『ウズ・ルジアダス』を読むたびに、ある行にくると、それが遠い昔に読んだ記憶があることをまざまざと思い出すのです。ペドロ・ドゥ・アルカソヴァの言葉をご存じでしょうか？『ウズ・ルジアダス』にはただ一つ欠点がある、暗記するには長すぎるし、終わりがないほど長くはない、と」

フリスは恥ずかしげに微笑んだ。法外なお世辞を言われて、恐縮しているかのようだった。

「ルイーズがきました。どうやら夕食の準備ができたようです」

そちらへ眼をむけると、サロンをまとったルイーズの姿が見えた。緑色の絹布に繊細な金糸の模様が織り込まれて、つややかな光を放っている。ジョクジャカルタのスルタンの後宮にいる女たちが、王家の行事のときなどにまとうジャワの民族衣装だった。ほっそりした肢体に鞘のようにぴたりと合って、若い女の乳首が可愛らしくつきだして、ちいさなお尻がきゅっと締まっている。胸元と脚は素肌がむきだしになっていて、緑色のハイヒールが細身の体をさらに優雅にひきたてている。簡素に頭の上に束ねられたアッシュブロンドの髪が、緑と金色のサロンの落ちついた輝きのなかで、おどろくほど美しい金髪になっている。服に香水を染み込ませているのか、それとも体にじかに磨りこんでいるのか、少女がそばに寄ってくると、得体の知れない香りがほのかに匂ってきた。けだるく、幻想的な匂いだった。南太平洋の島嶼の王たちがひそかに宮殿で精製させた香水だろう、サンダースはそんな想像をもてあそんだ。

「おどろいたな。どういう風の吹きまわしで、そんなきれいなドレスを着てるんだ？」

フリスが青い眼に笑みをうかべ、長い歯をゆらしながら言った。

「このサロンは先日、エリックからいただいたのよ。ちょうどいい機会と思って着てみたの」

少女はエリックを見て、うれしそうに微笑んだ。

「これはかなりの年代物だ。クリステッセン、ずいぶん大金をはらったんだろう。この子を甘やかしてはいけないよ」

「借金の形にとったものです。どうしても欲しくって。ルイーズは緑色が好きですから」

マレー人の召使いがスープを満たした大きな鉢をはこんできてテーブルにおいた。

「ルイーズ、おまえの右にサンダース先生、左にニコルズ船長にすわっていただいてよろしいか？」フリスがすこし畏まった口調で言った。

「ジョージ、バカを言うんじゃないぞ」突然、スワン老人が金切り声をあげた。「二人の爺さんにはさまれて、この子がうれしいと思うか？　エリックとその小僧の間にすわらせてやれ」

「社交界の慣例にしたがうことも、悪いことではありませんよ」フリスが非常に威厳のある態度で言った。

「ふん、格好をつけたいのか？」

「それでは、先生、わたしの右におすわりくださいますか？」フリスはスワンの言葉になんの注意もはらわなかった。「ニコルズ船長、左におすわりくださいますか？」

スワン老人はすばやく奇妙に、這いつくばるようにして席についた。あきらかにそこが老人の指定席であるらしい。フリスがみんなの皿にスープをよそった。「おまえら二人とも、どうも悪党らしいな」医師と船長にするどい視線をやりながら、しなびた老人が言った。「エリック、どこでこいつらを釣ってきたんだ？」

「スワン殿下、ジンでお酔いですか?」といかめしい顔をして言いながら、フリスがスープの皿を老人にまわした。

「悪気はないぞ」と殿下が言った。

「気にしちゃおりませんよ」とニコルズ船長が愛想よく答えた。「あたしは能なしに見られるより、悪党に見られる方がうれしいんです。こちらの先生も、ご老人とおなじ意見をお持ちのようです。よろしいですか、人を悪党って呼ぶときは、こいつはおれより頭がいいと思ってるんです。いかがですか、あたしの意見はまちがっていますかね?」

「悪党はひとめ見たらすぐにわかる」とスワン老人は言った。「悪党だけはゲロを吐きたいくらい見てきたぞ。わしだって、昔は大した悪党だった」

老人はケケっと笑った。

「この世に悪党でないやつがいますか?」唇についたスープを拭いながら、船長が言った。どうもスープの飲み方を心得ていないようすだった。「これはあたしの言い草ですが、世のなかの事はあるがままに受けとる、それがいちばんです。妥協というやつですな。大英帝国が今日、かくも盛大に世界に君臨できているのは、ひとえに妥協のおかげじゃないですか」

フリスが白髪まじりの口ひげについたスープを下唇でたくみに舐めとると、会話の仲間にくわわった。

「船長、それは気質の問題ではないでしょうか？　妥協というのは、どうも気に入りません。わたしには、わたしの目指す仕事がありますから」

「結構なことだ、おまんまは、ほかの奴らが食わしてくれる」意地悪そうにくすくす笑って、スワンが言った。「ジョージ、おまえってやつは、ほんとに怠け者だ。あれをやったり、これをやったり、だが一つだって、やり遂げたことがないぞ」

フリスは医師を見て、寛大な笑みをうかべた。年寄りはこまったものです、営々と二十年間ヒンドゥー教の奥義を研究してきたばかりか、いまあのポルトガルの大詩人、カモンイスの魂を現在の世界に体現しつつある男にむかって、こんな厭みを言うのですから、そんな気持ちがありありと、フリスの微笑に見てとれた。

「わたしの人生は真実を探しもとめる長い旅でした。真実には妥協など一切ありません。欧州人は真実になんの用途があるのか、と問いますが、インドの思想家にとって、真実は手段ではなく、目的なのです。真実は人生の目的です。昔はわたしも、現実世界に執着していました。オランダ人クラブへ行ったり、絵入り新聞を眺めたりしました。そしてロンドン市街の現状を眼にしたときには、胸が痛くなりました。今日の文明を十分に味わえるのは、都市をはなれた隠遁者だけではないでしょうか？　わたしにもようやくわかってきました。文明の価値を最もよく知っている者、それはわたしたち、世間から追放された者たちであることが、いまはっきり認識できます。つまり、知識を得る道こそ真実にいたる道であり、あらゆる人の心に通っている道なのです」

しかし丁度そのとき、主人の前のテーブルに三羽の鶏の丸焼きがおかれた。見るからに痩せこけて蒼白い、不健康で不味《まず》そうな鶏だった。フリスは立ち上がって、肉切りナイフを手にとった。

「では、この家の主人の義務と儀式をつとめましょう」と陽気な口調で言った。

スワン老人は押しだまってすわっていた。醜い小人のように椅子の上で身をかがめて、がつがつスープを飲んでいたが、何を思ったか、突然、耳障りなひくい声で話しはじめた。

「わしは七年間ニューギニアにいたぞ。あそこの原住民どもの言葉はなんでもしゃべった。ポート・モレスビーへ行って、ジャック・スワンのことを訊いてみろ。連中はよく憶えているはずだ。わしはあの島を歩いて横断した最初の白人だぞ。モートンなんかずっとあとだ。わしはステッキ一本で、武器もなしでジャングルに入った。モートンのやろうなんて、おんぶにだっこだ、護衛の巡査や従者までついていた。わしはたった一人だった。みんなわしが死んだと思っていたから、町へもどったときにゃあ、こりゃあ幽霊が出たと思ったぞ。極楽鳥を撃ち殺して、羽をもいで食った。同行した男はニュージーランド人で、銀行の支配人とかやっていたが、ドジを踏んで都落ちというわけだ。わしらは自前のカッター船を用意して、メラウケから海岸沿いに伸《の》していった。極楽鳥をしこたま獲った。当時はあれが金になった。土地の原住民と仲良くなって、酒や煙草をくれてやった。ところがある日、わしが一人で猟に行ってもどってきて、相棒のいる船に合図しようとすると、甲板に原住民どもの姿が見えるじゃねえか。あいつらが船に乗るのは絶対に許さなかったから、こいつは怪しいと思って、木陰に隠れてようすをうかがった。どうもようすがおかしい。それでそっと藪のなかを這っていくと、ボートが浜にひき上げてあった。相棒が上陸したすきに、やつらめ、帆船に泳いでいったんだと思った。よし、このままには捨ておかん、痛い目にあわせてやるぞ、そう思ったとたん、何かにぶつかった。ちくしょう、なんだと思って眼をやると、ええ、なんだと思う？相棒の死体だよ。頭を切り落とされて、あたりは血の海、背中をぶすぶす刺されていたぞ。もうそれ以上見ちゃあいられん。とっ捕まったら、こっちも同じく首をとられる。やつらは船の上で、わしがもどるのを待ってるんだ。ここはこっそり逃げねばならん。それもしゃかりき、大急ぎでだ。それで島を横断するはめになった。こりゃあ、とんでもねえことだ、本が一冊書けるぐらいの大冒険だ。ある村に着いたら、酋長がえらくわしを気に入って、養子にしたいと言いやがった。女房を二人くれてやるから、おれの後をついで酋長になれときた。若い頃のわしはなかなか機敏だった。それで船乗りでもなんでもやれた。知らねえことは何もなかったぞ。なんでもやれたぞ。わしは三カ月ばかりそこにいた。もしおれが脳たりんの若僧だったら、あそこにそのままいただろうよ。

あいつは有力な酋長だった。おれはやつの後をついで、島の王になったかもしれんぞ。人食い人種の島々の大王様になれたかもしれんぞ」

老人はまたケッケッと声をあげると、疲れたように沈黙した。妙な沈黙の仕方だった。周囲の物事にはなんでも注意をはらっているが、しかしそれとはお構いなしに、自分はひとり超然と生きている、そう主張しているように思われた。それまで食卓で交わされていた会話とはまるで関係のない懐旧談がふいに爆発したものだから、みんな呆気にとられている。姿の見えない時計が時刻の到来を告げるかのように、機械仕掛けのバネがぱちんと外れて、自動的にぺらぺらと、人間の言葉を喋りだしたようだった。

サンダース医師はフリスの人間性がよくわからなかった。その話の内容に興味がないわけではなかった。実のところ、魅力を感じることさえあった。しかし彼の態度や風采を見ていると、自分にかぎらず、真剣に耳をかたむける気になれないのではないか。フリスは誠実な人物に思える。貴族的な品位さえ感じられる。しかし、何か人の心を苛々させるものがある。スワン老人とフリスの二人が、この南海の孤島に打ち寄せられて、ともに人生の最後を迎えることが、まことに奇妙に思えてくる。一方は行動力のある人間であり、他方は生涯を思索に捧げる男である。それが最後には、まったくおなじ境遇にたどりつく。波乱万丈に生きた冒険家も、深遠な思索をこらす哲学者も、それぞれ尊厳をもって穏やかに、人生の最後を迎えられるかのようだった。

フリスは、七人の列席者に三羽の鶏を切り分けると、満足げに腰をおろして、自分も茹でたじゃがいもを食べはじめた。

「わたしはブラウマン神学者の言葉にいつも感動を覚えます」とフリスがサンダース医師をふり返って言った。「人間は、青春の時代は学問・研究に挺身し、成熟期には一家の主として、その義務をはたし祭儀をとりおこない、そして老いたるときは、絶対者について沈思黙考せよ、と言うのです」

フリスは義父にちらりと眼をやった。老人は椅子の上で体をかがめ、せっせと鶏の足を齧っている。視線の先はルイーズへと移った。

「わたしはまもなく成熟期の義務から解放されます。そうしたら荷物をまとめて、旅に出るつもりです。いまだに理解できないでいる叡智をもとめて、世界を旅するつもりです」

医師はフリスの視線のあとを追った。父親の眼はしばらく、二人の若者の間にすわっている娘の上にとどまっていた。いつもは無口な男のフレッドが、まるで人が変わったように、絶え間なくしゃべっている。憂鬱そうな顔色は消えてしまい、気楽で率直で、少年のように話している。言葉にたわむれて、顔を輝かせて、美しい眼をきらきら光らせて、屈託なく、心の内をさらけだしている。サンダース医師は微笑みながら、青年が魅力的に語る姿を眺めていた。女性に対して、恥ずかしがるような男ではないな、と思った。女たちを喜ばせるこつを心得ている。娘の楽しげな表情を見れば、彼の話を喜んで聴いているのがよくわかる。ランドウィックの競馬の話や、マンリー・ビーチの海水浴、シドニーの映画館や遊園地の話をしている。それは若者同士が気楽に語りあう類の話題だった。新鮮な経験を語っているから、若者ならいくらでも熱中してしまうだろう。エリックはばかでかい体をして、頑丈な四角い頭を肩にのせて、醜いながらも人の良さそうな顔に優しい微笑をうかべながら、椅子にすわって静かに、フレッドを見まもっている。自分が連れてきた青年が夕食の席を楽しんでいるのを見て、喜んでいるのがよくわかった。自分の行為に満足している温かい感情が表情に現れていて、それがこの無口な青年をいっそう魅力的にしている。

夕食が終わると、ルイーズはスワン老人のところへ行って、肩に手をのせた。

「お祖父ちゃん、ベッドに入る時間ですよ」

「ルイーズ、まだだ。もう一杯ラムをやるんだ」

「それなら、はやく飲んでちょうだい」

ルイーズは祖父の要求どおり、たっぷりラムを注いでやった。抜け目のなさそうな潤んだ眼でラムがグラスを満たすのを確かめてから、老人は水をすこしくわえた。

「エリック、レコードをかけてくれない」ルイーズが言った。

デンマーク人は言われたとおりレコードをかけた。

「フレッド、きみは踊れるかい？」

「あんたは？」

「だめなんだ」

フレッドは腰をあげると、ルイーズを見て、招くような仕種をした。少女はにっこり笑った。青年は女の手をとり、腰に腕をまわした。二人は軽やかに踊りはじめた。見るからに似合いのカップルだった。蓄音機のそばにエリックとともに佇みながら、医師はフレッドがじつに優雅に踊るのを見てびっくりした。思いもかけない美しい身のこなしだった。青年はたくみに相手をリードして、自分とおなじように美しく踊らせている。相手の動きを自分の体に吸収するこつでも心得ているかのようだった。ルイーズは青年が思いうかべるイメージに本能的に反応し、二つの体が一つのようになって踊っている。軽快にフォックストロットを踏む二人の姿を見ていて、医師はおもわず感嘆のため息をもらした。美しかった。優美で、上品だった。

「おどろいたな。なかなか上手く踊るじゃないか」レコードが終わると、サンダース医師はフレッドに声をかけた。

「ダンスがぼくの唯一の取り柄なんです」青年はにこやかに笑って答えた。

人を楽しませる才能が体に染みついているかのように、お世辞を言われても、とくにうれしそうな表情を見せなかった。ルイーズは真剣な面持ちで床を見ていたが、突然はっと顔をあげた。

「お祖父ちゃんを寝かせにいくわ」

老人は空になったグラスをまだにぎっている。ルイーズは祖父のそばへ歩み寄って、さあ、寝室へ行きましょう、とあやすように話しかけた。スワンは孫娘の腕をつかむと、彼女より三十センチはひくい体をもち上げて、よたよた食堂から出ていった。

「みなさん、ブリッジをやりませんか?」とフリスが言った。

「いいよ」と船長がこたえた。「先生とフレッドはどうか知らんが」

「わたしがやりましょう。これで四人になるかな」と医師が言った。

「クリステッセンはブリッジの名手です」

「ぼくはやめときます」フレッドが言った。

「いいとも、きみなしでやることにしよう」とフリスが言った。

エリックがブリッジテーブルをはこんできた。緑色のベーズが色あせてみすぼらしい。フリスが手垢のついたカードを二組もってくると、椅子がひき寄せられ、カードがめくられパートナーがきまった。フレッドは蓄音機のわきに立っていた。どういうわけか緊張した表情をうかべながら、しかし軽やかに腰をゆらせて、人の耳には聞こえない音楽に、ひとりリズムを合わせているようだった。ルイーズがもどってきても、蓄音機のそばを離れなかったが、うれしそうに眼を笑わせた。いかにも親しげで、好意にあふれて、すこしも嫌味がなかったから、少女は幼友だちでも迎えるような気持ちになった。

「レコードをかけようか？」とフレッドが訊いた。

「だめよ、ゲームのじゃまになるわ」

「もう一度、きみと踊りたかったのさ」

「父さんもエリックも、ブリッジとなると真剣なのよ」

少女はテーブルに歩み寄った。青年もあとにしたがって、ニコルズ船長のうしろへ行って、ゲームの成り行きをながめていた。船長は不安げな眼を二、三度後ろにやっていたが、ついに大ポカをやらかして、憤然とフレッドの方をふり返った。

「フレッド、後ろからきょろきょろ見るな。そんなところにいられると、まともな札が切れやしねえ」

「船長、すまない。ごめん、ごめん」

「外へ行きましょうよ」とルイーズが言った。

居間はベランダに面している。フレッドは少女のあとにしたがい、ベランダに出ていった。小さな庭のむこうに眼をやると、星あかりのなかに、カナリー・ツリーが高々とそびえている。その下に黒くこんもりと、ナツメグの樹影も見えている。階段をおりていくと、傍らに灌木の茂みがあって、そこに蛍がたくさん煌めいていた。まるで安らいだ魂が光を放っているかのようだった。フレッドはそこに立ち止まり、じっと夜の闇をみつめた。それから少女の手をとって、ゆっくり階段を下までおりていった。ならんで小道を歩いていって、農園までやってきた。少女はだまって手を握られていた。それがごく自然に思えていたから、すこしも気にならなかった。

「ブリッジはしないの？」と少女が訊いた。

「いや、やりますよ」

「それなら、どうしてご一緒しないの？」

「したくないからさ」

ナツメグの木の下は暗闇だった。大きな白い鳩があちらこちらに、枝の間の巣のなかで眠っている。あたりは静まり返っていた。物音ひとつしなかった。ただ、どういうわけか、ときおり鳩がばたばたっと羽ばたいて、静かな闇を切り裂いた。風はなかった。芳香が闇のなかに漂っている。夜の大気が柔らかく暖かく、体の神経の一つ一つに感じられる。静かな暗い湖水をゆっくり泳いでいるような気持ちになってくる。小道を歩いていくと、蛍火がいくつも道の上に飛んでいる。ゆらゆらふわふわ揺れているので、まるで自分自身が酔っぱらって、人気のない街路を歩いてでもいるような、そんな錯覚に陥ってしまう。二人はしばらくだまって歩いていたが、青年がつとたちどまり、少女をやさしく抱いて、唇にキスした。少女はすこしもおどろかなかった。体をこわばらせもしなかった。本能的に身をひくこともまるでなかった。彼女は青年の抱擁をごく自然にうけいれていた。それが物事の当然の道理であるかのように。その体は腕のなかでやわらかく、しかし弱々しくはなかった。相手に身をゆだねていたが、しかし相手を思いやる気持ちをそっと感じさせてもいた。もうすっかり眼が暗闇になれていた。青年が少女の眼をのぞきこむと、その眼が青みを失って、暗く、底知れない深みとなっていた。青年は片手を少女の腰にまわし、片腕を少女の首にまわした。彼女は心地よさそうに、頭の重みをその腕にゆだねた。

「きみって、可愛らしい」

「あなたは、すごくハンサムね」

青年はふたたび少女の唇にキスした。それから瞼にキスした。

「きみもキスして」とささやく。

少女はにっこり微笑する。両手で青年の顔をおさえると、唇を唇におしつける。青年が小さな乳房に両手をあてた。弾力性のある形のいい乳房だった。少女がほっとため息をついた。

「もうもどらないと」

少女は青年の手をとると、ゆっくりならんで、家にむかって歩きはじめた。「愛しているよ」とフレッドがささやいた。

少女は何も言わなかったが、にぎっていた手に力をこめた。屋敷の明かりが見えてきた。居間に入っていくと、一瞬、部屋の明るさに眼がくらんだ。エリックが顔をあげて二人の姿を認めて、ルイーズにむかって微笑んだ。

「池まで行ってきたの？」

「いいえ、行かなかったわ。あそこは暗すぎるもの」

ルイーズは椅子に腰をおろすと、オランダ語の絵入り新聞をとり上げて、絵ばかりぱらぱら眺めていたが、すぐに新聞をおいて、フレッドに視線をむけていた。なんの表情もうかべないで、物思いにふけって、じっと青年を見つめている。彼が男ではなくて、命のない物体ででもあるかのように眺めている。エリックがときおりルイーズに視線をやった。二人の眼があうと、ルイーズは口許にかすかな笑みをうかべた。やがて椅子から腰をあげた。

「そろそろ寝るわ」とつぶやいた。

少女は一同におやすみを言って、部屋を出ていった。フレッドは船長のうしろに腰をおろして、勝負のなりゆきを見まもった。まもなく三回勝負のけりがついて、ゲームが終わった。おんぼろフォードが迎えにきて、四人が車に乗り込んだ。車が街に入って、ホテルの前でサンダース医師とエリックをおろし、それから波止場へ走り去った。

22

「眠くはありませんか?」とエリックが訊いた。

「いや、まだ早いからね」と医師が答えた。

「わたしのところへ来ませんか? 寝る前にいっぱいやりましょう」

サンダース医師はこのところ阿片を吸っていなかったから、今夜は吸いたい気分だったが、すこし先に延ばしても、べつに悪いこともないと思った。快楽は先に延ばせば、かえって味わいが深くなる。カンダ島の人たちは床につくのが早いから、通りにはもう人っ子ひとりいなかった。医師は足早に歩いた。エリックが一歩歩くのに二歩かかった。足が短くて、お腹がいくらか出ているから、大股に歩く巨人の傍らで、いささか滑稽な歩きぶりだった。エリックの家までは二百メートルもなかったが、着いたときには、息がだいぶはずんでいた。ドアには鍵がかかっていなかった。カンダ島では盗人の心配はいらないだろう。盗みをしても、島から逃げだすことはできないし、盗品の処分をするにも無理がある。エリックはドアをあけて、部屋へ入っていって、明かりをつけた。医師は座り心地の良さそうな椅子にどさりとすわった。すぐにエリックがグラスとウイスキーとソーダをもってきた。石油ランプの光はほの暗く、その光に照らされた医師の白髪まじりの短髪や、ひしゃげた鼻や、てかてかした尖った頬骨を見ていると、年老いたチンパンジーの顔を連想させる。小さな明るい眼がきらきら光るところも、お猿のするどい眼ざしを感じさせる。しかしそれでこの男が物事の見極めのつかないぼんくらだと思ったら、それはとんでもないまちがいとなろう。多少なりとも見識のある者なら、外見がいかに見苦しかろうと、その醜い容貌に隠されている誠実な心を見通すにちがいない。相手の話がいくら平凡で、語るに足らないものであっても、それを額面どおりにうけとる男ではない。ちらりと唇の端にうかぶ微笑しか医師の内心を暴露するものはなく、たとえ矛盾だらけであっても相手の誠意に対しては、けっして腹をたてずに親切に、同情心をもって接している。

エリックは客のグラスに酒を満たし、それから自分のグラスに酒を満たした。

「フリスの奥さんはいつ亡くなられたんですか?」と医師がたずねた。

「去年のことです。とても立派な女性でした。母親はニュージーランド生まれでしたが、彼女を見た人は誰でも、純粋なスウェーデン人と思ったでしょう。典型的な北欧女性のタイプです。背が高くて、大柄で、金髪で、『ラインの黄金』に登場する女神のような人でした。スワン老人の言い草ですが、若い頃の彼女はルイーズよりも美しかったそうです」

「それはさぞかし美しい女性だったでしょうね」と医師が言った。

「彼女はわたしにとって、母親みたいな人でした。あの親切心は誰にも想像できないでしょう。わたしは暇さえあれば、あそこへ行って時間を過ごしました。彼女のやさしさに付け入るような気がして、二、三日行かないでいると、わざわざやってきて、わたしを家へ連れていってくれました。ご存じのように、わたしたちデンマーク人にとって、オランダ人はすこし頭が鈍くて、退屈な人種に思えます。そんな社会のなかであの家は、わたしにとって神様がくださった贈り物のようなものでした。遠慮なく訪れて、なんでも気軽に話せる場所でしたから。スワン老人もスウェーデン語が話せるので喜んでいました」エリックは言葉を切って、ちょっと笑い声をあげた。「スワンは母国語をほとんど忘れているんです。スウェーデン語半分、英語半分の言葉を話し、そこにマレー語がまじったり、ときには日本語まで入ったりするんです。最初は理解するのに苦労しました。自分の国の言葉を忘れてしまうなんて、まったくおかしな話です。わたしは昔から英語が好きでしたから、フリスとはよく長話をしています。こんな世界の果ての島に、あれだけの教育をうけた人がいるなんて、誰にも想像できないでしょう」

「フリスはどういう経路で、この島にやってきたんですか?」

「子どものときに、古い旅行記である島の話を読んだそうです。そのときからそこへ行きたいと思ったと言っています。おかしな話ですよ。世界じゅうで自分の住みたい唯一の場所がそこだけだと確信したそうですから。ところが奇妙なことに、フリスはその肝心の島の名前を忘れてしまっていた。昔読んだ旅行記も、どうしても見つけることができなかった。ただ、そこはセレベスとニューギニアの間にある小さな群島のなかの島で、スパイスの芳香が海上にまで漂いだしていて、島に上陸すると大理石の宮殿が建っている、という話だけが記憶に残っていたと言うのです」

「旅行記というより、むしろ『アラビアン・ナイト』に出てくるような話ですね」

「でも、大勢の人たちが、東洋のどこかに、そんな島があると信じて、大海を渡っていきます」

「まあ、そんなこともありますね」と医師はつぶやいた。

医師の脳裡にふと、福州のミン江にかかっている壮大な橋の姿がうかんだ。川は船の往来で賑わっている。船首に描かれた色鮮やかな眼玉が船の行く手を睨んでいる大型ジャンク、籐蔓の筵《むしろ》を屋根にしたウーパン船、みすぼらしいサンパン、そして喧しい発動機船。川上生活者の姿が見える屋形船もある。川の中流では腰布《サロン》一枚の男が二人、鵜をつかって魚を獲っている。あれはおもしろくて、一時間でも二時間でも眺めていられる。漁師が鵜を川にほうりこむ。鵜は水にもぐっていって、獲物をとらえる。すると、足首の紐がぐいとひかれて、たちまち船にひっぱり上げられ、乱暴に首を絞められて、げぇーげぇー、ばたばた抗いながら、捕らえた獲物を吐きだしてしまう。夢を追ってはるか南洋までくる人たちも、あの鵜飼のようなものではないか。こちらはアラビアン・ナイト風のやり方で、偶然の天運・幸運に身をまかせて、驚異の大冒険の末に、世にも希な秘宝を見つけ出そうとするのである。

エリックが話をつづけている。

「フリスは二十四歳のとき東洋に来ました。少年の日の夢の実現までにすでに十二年が過ぎていました。そして未知の人に出会うたびに、自分がめざしている島の在り処を訊ねたそうです。しかしマレー連邦もボルネオも未踏の地が多く、そんな島の所在など知っている人はおりません。若い頃のフリスは腰の落ちつかない人でしたから、あちらこちらとさまよいました。スワン老人がフリスに言った言葉を覚えているでしょう。あれは正しいと思います。フリスは一つの仕事を長くやったことがありません。そうした流浪の末に、この島にやってきたのです。あるオランダ人の船長に話を聞いたそうです。自分が思い描いていた場所とはあまり似ていないように思ったけれど、マレー列島のなかで、いくらかでも似ている島は、そこ一つしかありませんでした。それで行って見てみようと思ったそうです。島に上陸したときの彼はほとんど体一つでした。本が何冊かあるだけで、衣服は着ているものだけです。最初はここもめざす島ではないと思ったそうです。たしかに大理石の宮殿はありました。あなたがいまお坐りになっている所もその一つです」エリックはそう言って、あたりを見まわし、大声で笑った。

「あの人は長い間、ヴェネツィアの大運河沿いに並んでいる宮殿や館のようなものを心に描いていたのです。とは言っても、ここが求める島でないとしても、もう見つけられる島はほかにありません。そこで視点を変えて、現実の世界と空想の世界を一致させようとしました。それが最善の方法だという結論に達したのです。とにかく、大理石の床だけはあるし、漆喰塗の柱廊もあるのだから、これが旅行記の記述にある大理石の宮殿であると考えたのです」

「お話を伺っていると、どうやらフリスは、わたしが思っていたよりも賢明な人のようですね」

「フリスはここで仕事を見つけました。当時はここの交易もずっと繁盛していました。やがてスワン老人の娘と恋に落ち、彼女と結婚したのです」

「それで二人は幸せでしたか？」

「ええ、幸せでした。ただスワンはフリスがあまり好きでなかった。老人はまだ意気軒昂で、たえず計画を練っていましたが、娘の婿はまるで役に立たなかった。しかし娘は夫を崇拝し、すばらしい人だと思っていました。スワンが老いて事業ができなくなると、彼女がかわって農園を経営し、日々の暮らしを成り立たせてきました。女性にも、そういう実務的な人がいるのです。夫が書斎にこもって、本を読んだり書いたり、ノートをとったりしている、そんな夫を見て、満足していました。夫を天才だと思っていました。

そして、彼が立派な仕事を成し遂げるためにこそ、自分はあらゆる苦労に堪えて、日々の仕事をしているのだ、そう思っていたのです。ほんとに立派な女性でした」

医師はフリスが語っていた話を思い出して、腹のなかで感嘆した。ああ、なんという人生の不思議、想像を刺激してくる絵模様だ！　ナツメグ農園のおんぼろ屋敷、高々とそびえるカナリー・ツリー。あのスウェーデン生まれの老いぼれ海賊。口汚くて、気まぐれで、気難しくて、魂不在の現実の世界を度胸満点、勝手気ままに渡り歩いた。そしてその一方に、夢見ることしか能のない、現実の世界とはおよそ無縁の学校教師がいる。蜃気楼のような東洋のイメージに誘われて、軛《くびき》をはずされた荷馬車のロバよろしく、精神世界の快適な土地をあてもなく彷徨いながら、手当たり次第に好みの草を食んで暮らしている。そして金髪の女丈夫が現れる。ヴァイキング伝説に登場する女神のような女、どんな仕事もてきぱきこなし、愛情深くて、寛大で、たぶんユーモアや慈善心にも富んでいて、女手一つで一家をまとめ、農園を経営し、まったく性格のちがう二人の男をあやしながら保護してきた。

「彼女は自分が死ぬのを知ったとき、娘に、父親と夫の面倒を見ることを約束させました。ナツメグ農園はスワンのものです。商売が衰退したいまでも、一家を養っていくだけの稼ぎはあります。あの人は自分が死んだあと、老人がフリスを追い出すことを恐れていました」エリックが口ごもった。

「それで、キャサリンはわたしに、ルイーズの面倒を見てくれ、それを約束してくれ、と言ったのです。若い娘にとって、祖父と父親の世話をするのは、なまやさしいことではありません。スワンは年寄りのボス猿みたいに狡猾です。どんな悪さでも平気でやります。狡賢い頭は歳をとっても活発に動いています。嘘をついて、悪巧みを考えだして、人を困らせるのが好きなのです。ところが、ルイーズのことは溺愛しています。彼女の言うことなら、なんでも言うことを聞いています。以前スワンがただ面白半分に、フリスの原稿を破りすてたことがありました。細かく引きちぎって、紙くずの山にしてしまった。それを見て、フリスはただ呆然と立っていました」

「まあ、世界にとっての大損害、というわけでもないでしょう」医師はにやにや笑った。「もっとも、苦心惨憺した著者にとっては、この世の終わりと思えるかもしれませんが」

「先生は、あまりフリスを買っておりませんね」

「いや、どういう人か、まだ判断がつきません」

「わたしはフリスにいろいろ教えてもらいました。それですごく感謝しております。ここへきた当初、わたしはまだ小僧っ子でした。コペンハーゲンの大学にいましたが、教わったことはいつも教養科目でした。わたしの父は、哲学者で美学者のゲオルク・ブランデスの友人でした。詩人のホルガー・ドラックマンもよく家にきていました。わたしにシェイクスピアを読めと勧めたのもブランデスです。しかし当時のわたしは無知で、心の狭い若者でした。そのわたしに東洋の不思議な魅力を教えてくれたのがフリスです。ここを訪れる人はいますが、彼らの眼には何も見えておりません。なんだ、これしかないのか、なんて言っています。昨日お連れした要塞も、古い灰色の城壁がすこし残っているだけで、雑草の生い茂る荒地です。わたしは、フリスが最初にあそこへ連れていってくれた日のことを終生忘れないでしょう。彼の言葉は崩れた城壁をつくり上げ、灰色の堡塁に命をあたえました。島を守る総督は来る日も来る日も、胸を絞めつけられるような不安にかられながら、堡塁の整備をしている。東洋には未来を感知する不思議な能力があるそうです。ここの島民たちも同様に、ポルトガル王国にふりかかる途方もない惨事を予知して、たがいにささやき合っていました。総督はうわさに怯えながら、故国の知らせをもたらす帆船の到来を待っていました。そしてついに船が現われて、運ばれてきた手紙を開くと、そこには、若い国王セバスティアンが無謀にもしかけた〈アルカセルの戦い〉で大敗北を喫し、美しい甲冑に身をかためた麾下のあまたの貴族・廷臣も討死、戦死した将兵は数知れず、王の遺体さえ行方が知れない、と記されていました。老いた総督の頬を涙がつたわり流れました。それは国王が悲惨な死を遂げただけでなく、その敗北がやがて故国から自由を奪うにちがいない、自分たちが万波を越えて発見し、営々と築き上げた豊かな世界が、ポルトガル王国のために少数の勇敢な男たちが奪いとったこの無数の島々が、やがて残虐な外国人たちに支配されてしまうにちがいない、そう思っていたから、総督はとめどもなく涙を流していたのです。先生はお笑いになるかもしれませんが、わたしはその話を聴きながら、なんだか胸が痛くなってきて、すこしの間、涙で眼がくもってしまい、何も見えなくなってしまった。フリスは、アジア諸国から略奪した富で埋もれている都、東洋の大首都、黄金の都ゴアの話もしてくれました。マラバル海岸やマカオや、ホルムズ海峡やバスラの話もしてくれました。そうした昔話が生き生きと語られるので、行ったこともみたこともない過去の東洋の姿が、この眼にいまも存在するかのように、鮮やかに描き出されてくるのです。これはデンマークの田舎小僧にとって、計り知れない歓びでした。予想もしていない特権が与えられたのです。思ってもごらんなさい。わが国デンマークと変わらない小さな国の男たちが、肌の浅黒い小男たちが、何物にも恐れをもたず、勇敢に、果敢に、熱烈な想像力を発揮して、その結果、世界の半分を支配するようになった。そう思うと、なにか一個の男として誇らしい気になるのです。もちろん、栄光はすべて消えてしまい、黄金の都ゴアは、いまは寒村でしかありません。ですが、もし実在するものが唯一精神であるとしたら、かつての帝国の夢も、あの不屈の勇気も、そして名誉を重んじる生き方も、いまもなお生きていると思うのです」

「どうやら、フリス教授が飲ませたワインは、いささかアルコール度が高かったようですな」と医師はつぶやいた。

「ほんとです。わたしはすっかり酔ってしまいました」とエリックは微笑んだ。「でも、このワインなら大酔しても、翌朝になって頭痛を起こすことがありません」

医師は何も答えなかった。そして腹のなかで思っていた。このワインの効き目はたしかに長くつづくだろうが、それ以上に青年に大きな害をもたらすかもしれない、と。エリックがウイスキーをすすった。

「わたしはルター派の教会員の子として育ちましたが、大学へ行ってから、無神論者になりました。当時はそれが流行りで、わたしは無知な青二才だった。フリスがブラフマーの話をしたときも、肩をすくめて軽蔑しました。ああ、あのときは、あそこの農園のベランダに腰をおろして、何時間も話しましたよ。フリスと奥さんのキャサリンとわたしと三人でした。話すのはフリスで、キャサリンはあまりお喋りしないで、夫に尊敬の眼ざしをむけながら、じっと話を聞いていた。一方、フリスとわたしはさかんに議論していた。なかなか理解できない抽象的な話でしたが、フリスはとても説得力があって、彼の信じていることが、その、何か壮大で美しくて、月の輝く熱帯の夜にぴったり合っている。夜空の彼方の奥まで星がきらきら光っていて、浜に寄せる波の音がけだるく、呟くように聞こえてきます。あそこに何が存在するのだろうか、夜空を眺めながら、よくそんな思いにふけりました。おわかりいただけるでしょうか、あのワーグナーの音楽や、シェイクスピアの戯曲、そしてカモンイスの叙事詩にも通じるものが、フリスの話にも感じられるのです。でも、ときどきばかばかしく思えてきて、腹のなかで、こいつめ、ラッパばかり吹き鳴らして、なんて毒づくこともありました。先生もおわかりでしょう、あの人は酒を飲みすぎるのが欠点です。それに食べることも好きで、仕事はきらいで、いつも何もしないでいられる口実ばかり探しています。それでもキャサリンはフリスを信じていました。彼女は愚か者ではありません。もしフリスがイカサマ師だったら、どうしてあの聡明な女性が、何も知らずに二十年も、いっしょに暮らしていたでしょうか？　まったくおかしな話ですよ。あんな怠け者の粗野な男が、あれほど気高い思想を思い描くことができるなんて、おどろいてしまう。生涯忘れられないような言葉もなんども耳にしています。神秘的な精神の世界へ舞い上がっていくこともあります。わたしの言っている意味がおわかりでしょうか？　つまり、フリスの話についていけないときでも、この地上から飛翔する彼の姿を眺めて、恍惚感に満たされることがあるのです。それに、こっちが驚愕するようなこともできる人です。一年以上もかけて翻訳した『ウズ・ルジアダス』の二つの詩篇をスワンがひき千切ったあの日、紙くずの山と化した夫の苦心の成果を眼の前にして、キャサリンは声をあげて泣いていました。しかしフリスはため息をつくと、だまって散歩へ行きました。帰宅すると、悪戯の成功に喜びながらも、すこし怯えていたスワン老人に、フリスは買ってきたラムを一本わたしました。もちろん、その代金はスワンの稼いだ金でしたが、そんなことは問題ではありません。

フリスは老人にラムをわたして、こう言いました。『ご老人、何も気にすることはありませんよ、たかが紙切れを数十枚破っただけのことです。あんなもの、ただの幻想でしかありません。紙くずになった幻想を、とやかく考えてもばからしいだけです。ですが、スワン、実在は消滅しませんよ。実在は破壊なんてできませんから』そして翌日になると、また最初から詩篇の翻訳をはじめました」

「彼、原稿を読んでくれると言ってたけど、どうも忘れてしまったようだ」とサンダース医師が言った。

「いや、忘れてはいませんよ」とエリックが微笑みながら言った。人の良さをじかに感じさせる微笑だったが、暗い真剣な眼ざしが光っているようにも思われた。

この青年は気持ちがいい、とサンダース医師は思った。とにかく、純粋で誠実だよ。もちろん、観念主義・理想主義者ではあるけれど、彼の理想主義はユーモアがあって、あまり突っ張ったところが感じられない。きっと外観の頑丈な図体よりも、性格がはるかに強靭であるにちがいない。あまり頭がよいとは思えないが、どこまでも信頼できて頼もしい。それに単純で誠実な性質が、不格好な肉体をかえって魅力的にもしている。たぶん、この男にすっかり惚れこんでしまう女もいるのかもしれない。そう思いながら医師の口から出たつぎの言葉には、鎌をかけるような意味合いがなくもなかった。

「あのお嬢さんは、フリスたちの一人娘でしょう?」

「ええ。キャサリンは離婚歴のある女性でした。前の夫との間に息子が一人いて、フリスとの間にも、息子が一人生まれていますが、二人ともルイーズが幼い頃に死んでしまいました」

「母親が亡くなったあと、ルイーズが一切を切り盛りしているのですか？」

「そうです、何もかも」

「でも、まだお若いでしょうに」

「十八歳です。わたしが島に来たときは、まだほんの子どもでした。ここの宣教師学校に通っていましたが、やがてキャサリンの考えで、オークランドの寄宿学校へ送られました。しかしキャサリンが病気になったため、急遽呼びもどされました。たったの一年が、どんなに少女を変化させるか、ほんとにびっくりしてしまう。島を去ったときは、わたしの膝の上にすわっていた少女が、もどってきたときには、若い女性に変身していたのです」青年は医師を見て、微笑んだ。どこか心もとない、恥ずかしげな笑みだった。

「内緒の話ですが、わたしとルイーズは婚約しています」

「ええ？」

「正式な婚約ではありません。ですから、これは内緒の話ですよ。スワン老人は喜んでいますが、父親は反対しています。娘はまだ結婚するには若すぎると言うのです。そんなことないと思いますけど、実のところフリスには、ほかに反対する理由があるんです。

つまり、いつの日か、イギリスの金満家の紳士がヨットで島にやってきて、娘に熱烈に恋をして、プロポーズする、そんな夢を見ているんです。最近では、真珠採りの船で現われた若いフレッドなんか、そういう格好の人物でしょう」

エリックはくすくす笑った。

「わたしはいくらでも待つ気でいます。ルイーズが若いこともわかっています。だから以前は、結婚を申し込んだりしませんでした。彼女はもう幼い少女ではなく立派な女性なのだ、そう納得できるまで、たしかに時間がかかりました。でも、先生、もしルイーズのような女性を愛するようになったら、数カ月待とうが、一年待とうが、二年待とうが、そんなことはなんの問題でもありません。わたしたちの前にはあらゆる人生がひろがっています。結婚したら、今とはまったく同じではなくなるでしょう。しかしわたしたちの結婚生活が完全に幸福なものとなることは確信しています。ただそれを手にしてしまえば、もはやそこにむかう楽しみがなくなります。つまり、いまもっている楽しみを失うはめになるのです。ずいぶん馬鹿げたことを言っていると思われるでしょう?」

「いや、そんなことはありません」

「先生は先ほどごらんになっただけですから、彼女の良さがまだわからないでしょう。でも、美しいでしょう、あの人?」

「ほんとに美しい」

「でも、美しさは、彼女の長所のなかで、最小のものでしかありません。頭脳も明晰で、仕事だって、亡くなった母親に負けないやり手です。あんな可愛らしい女の子が──事実、女の子と言っていいくらいの歳ですが、その子が非常に思慮深く労働者を働かせています。彼女に付け入るようなマレー人は、ただの一人もおりません。もちろん、ここで仕事をてきぱきこなしているだけでなく、あの子は、まるで遺伝子か何かのように、あらゆる知識を体のなかにもっています。ほんとにびっくりしてしまう、スワン老人顔負けの、すごく狡賢いところもあるんです。それに、あの家の二人の男──祖父と父親をたくみにあやして世話をしている。二人の心の隅々まで知りつくしている。欠点も弱点も心得ている。けれど、ルイーズはそんなことおくびにも出しません。もちろん、二人を心底愛しているからです。彼らを特別扱いするわけでなく、ふつうの人たちと同じように、あるがまま受け入れています。あの人が祖父や父親に対して、いらいらした顔を見せたことなどありません。スワン老人の昔話を聞いていたら、たいてい誰でも嫌気がさしてくるでしょうが、彼女は平気のへいざ、もう五十回くらい聞いていますよ」

「どうやら彼女の力一つで、物事がうまく動いているようですね」

「その通りです。ですが、彼女の美貌や聡明さや、善良な心がひそかに隠している複雑で繊細な魂の存在に気づく人はいないでしょう。しかし隠すと言うのは適切な言葉ではありません。隠すとなると、それは偽りを意味し、偽りは詐欺やペテンを意味しますが、ルイーズは偽りが何を意味し、ペテンが何を意味するか、そんなことは考えたこともないでしょう。美しくて、親切で、優しくて、頭がいい、それがルイーズのすべて、存在そのものです。ですが、それだけではない。それ以外に何かがある。それは亡くなった母親とぼくしか気づいていないことです。うまく説明できませんが、それは肉体のなかに存在する霊とか、精神のなかに存在する魂のようなものです。あるいは個人の根源に燃えている炎とでも言ったらいいか——外側から見えるのは、その炎から放射される個人の性質だと思うのです」

医師は話を聴きながら眉をひそめた。エリック・クリステッセンがいささか理解の埒外に飛びでているように思われた。それでも、不信の念を表にださずに、医師は話に耳をかたむけていた。エリックは自分の愛に浸りきっている。こういう心境にある青年に対しては、すこし冷笑を感じながらも、優しく接することが大事である、医師はそれをよく心得ていた。

「先生、アンデルセンの『人魚姫』は読まれましたか?」

「ええ、百年も前に」

「あの物語の小さな人魚の心には、愛らしい炎のような霊が燃えています。わたしはあれとおなじ霊がルイーズの心にも、燃えているのを感じます。わたしの眼ではなく、わたしの魂でそれが感じられるのです。小さな人魚は人間の世界では心の安らぎが得られなかった。そしてたえず海への望郷を感じていた。人魚姫はもちろん、人間ではありません。しかしルイーズも、とても可愛らしくて、とても穏やかで、とても思いやりがあって、それでいて、どこか超然としているところがある。それがまた一段と貴重で、美しく思われます。何もそれに嫉妬しているわけではありません。恐れているわけでもありませんよ。それが何物にも換えがたい、大事なものであると思うだけです。わたしはルイーズを心から愛しています。だから、その大事なものが彼女のなかに永遠に存続できないと思うと、ひどく悲しくなってくる。妻になって母親になれば、それは失われてしまう。どんなに美しい魂をもっていても、もう同じものではなくなってしまう。それはなにか超然としていて、独立していて、いわば宇宙そのものの一部とでもいうべき自我です。たぶんわたしたち人間は、誰でもそれをもっている。ただルイーズがほんとうに素晴らしいのは、その自我が彼女にあっては、多少でものを見る眼のある人なら、はっきりと明白に見てとることができるということです。ルイーズと同じような純粋さをもって、夫として彼女の許に赴くことができない、そう思うと、自分が恥ずかしくて堪りません」

「バカなことを言ってはいけませんよ」と医師が言った。

「どうしてバカなことですか？　ルイーズのような人を愛すると、自分が一度でも金で買った女の腕に抱かれて、口紅を塗りたくった唇にキスしたかと思うと、吐き気がするくらい恐怖に襲われる。彼女の夫になるに値しないと感じる。少なくとも清潔で恥ずかしくない肉体を捧げたいと思うのです」

「いや、まいったな」と医師は思った。

この青年、ずいぶんとんちんかんな話をしているが、まあ、ここで議論をしてもはじまらない。すっかり夜も更けていたし、青年も明日の仕事があるのに気づいたらしく、話をやめてグラスを干した。

「どうも禁欲主義は気に入りませんね」とサンダース医師は言った。「賢明な人間は、感覚的快楽と精神的快楽をむすびつけて、その両方から満足が得られるように工夫するものです。何事も悔やんだり、後悔したりしないこと、これがこの人生から、わたしが学んだ最大の教訓です。人生は短く、自然は敵意に満ち、人間は滑稽です。しかし奇妙なことですが、どんなに不幸であっても、たいてい終わりには良いことがあって、埋め合わせをつけてくれます。多少のユーモアがあって、たっぷり常識をそなえていれば、たとえ不運に見舞われても、なんとかやりすごしていけるものです」

医師は立ち上がって、おやすみを言うと、青年の家から出ていった。

23

翌朝サンダース医師は、ホテルのベランダに腰をおろし、足をテーブルに乗せて、すっかり心地よい気分になって、本をぱらぱら読んでいた。つい先ほど船会社の事務所から連絡があって、明後日に船が入港するニュースを知らされていた。船はバリにも寄るというので、これをいい機会に、あの魅力的な島の見物もしてみよう。あそこなら簡単にスラバヤにも行ける。これで落ちついて休暇を楽しめるということか。無為でいられることが、こんなにも楽しいことを彼はひさしく忘れていた。

「これでわたしも有閑階級の一員になった」と医師は心の内でつぶやいた。「暇だけなら十分、紳士面していられるわい」

見るとフレッド・ブレイクがのんびり道路を歩いてきて、やあ、とうなずいて、傍らの椅子に腰をおろした。

「先生、あなた宛に電報が来ませんでしたか？」

「どうして、わたしに電報が来るんです？」

「さっき郵便局へ行ったら、あなたはサンダースさんかって、訊かれたものですから」

「それはおかしい。わたしがここにいることは、誰も知っちゃあいませんよ。それにわざわざ金をつかって、電報で連絡してくる人間なんて、わたしの知り合いには一人もおりません」

しかしおどろくべきことが待っていた。小一時間も経ったころ、自転車に乗った若者がホテルに現れた。するとまもなく、支配人がその若者を連れてベランダにきて、先生、あなたにいま電報がとどきました、どうぞ受領書にサインしてくださいと言った。

「へえ、こんなことがあるのか！」と医師は声をあげた。「わたしの所在に見当がつくとしたら、キム・チン老人しかいないはずだが」

ところが、電報を開いてみて、医師はいよいよおどろいた。

「これはなんだ！」と医師は叫び声をあげた。「なるほど暗号電文というわけか。だがいったい、どこのどいつが、こんなばかげたことをするのか、どうしてわたしにこれが解読できると思うのか？　まったくばかげている」

「先生、ちょっと見せてください」とフレッドが言った。「その暗号文、よく使われるものでしたら、ぼくに解読できるかもしれません。ここのホテルにも一般的な解読書がおいてあるはずです」

医師がフレッドに紙片をわたした。数字をつかった暗号だった。数字のグループがゼロの数字で区切られていて、そのグループが単語や文章を表わしているらしい。

「これは商業用の暗号です。数字の集合が決まり文句に対応している」とフレッドが言った。

「それぐらいはわかりますよ」

「暗号の電文はけっこう研究していました。まあ、趣味みたいなものですが、もしよければ、解読してみましょうか？」

「お願いします」

「時間さえかければ、どんな暗号でも解けるそうです。英国情報部にいる男などは、複雑きわまりない暗号でも、二十四時間で解読したと言われています」

「さっそくやってください」

「じゃあ、なかへ行ってきます。ペンと紙がいりますから」

「待った、フレッド」サンダース医師は突然、ぱっと頭にひらめくものがあった。

「もう一度電報を見せてくれ」

医師は電報を手にすると、発信地をさがした。メルボルンだった。

「これはきみ宛の電報じゃないの？」医師は青年に紙片を返さずに言った。

フレッドはすこしためらったが、にっこり笑ってみせた。人をおだてて何かをやらせるためなら、この男はいくらでも諂《へつら》うことができそうだった。

「じつは、おっしゃる通りです」

「どうしてわたし宛にしたんです？」

「つまり、ぼくはフェントン号に乗っているし、なんらかの理由で配達してくれないかもしれない。それに電報の受領には身分証明書なんか必要でしょうし……それで先生宛にすれば、面倒がはぶけると思って……」

「ずいぶん厚かましい男だな」

「先生はご親切な方ですから」

「それで、郵便局でわたしの名前を訊かれたとかいう一件は、あれはなんだい？」

「先生、勘弁してください。あれは真っ赤なうそです」

サンダース医師はくすくす笑った。

「もしこんな珍妙な電報を受けとって、わたしが破り捨てたとしたら、どうするつもりだい？」

「電報は今日来ることに決まってました。彼らがここの住所を知ったのは昨日のことですから」

「彼らって、誰だい？」

「その電報を送ってきた人たちです」フレッドの口許に微笑がうかんでいる。

「つまり、朝からここにきているのは、わたしのご機嫌伺いというわけじゃないのかい？」

「それだけではありません」

医師は電報を青年に返した。

「まったく図々しいったらありゃあしない。さあ、もっていきなさい。解読のキーもそのポケットに入っているんだろ」

「いや、頭のなかに入っています」

青年はホテルのなかへ入っていった。サンダース医師はふたたび本を読みはじめたが、どうにも気が散ってしかたがなかった。いましがた起きた出来事が頭から離れなかった。すこしも面白がる気分にはならない。あの青年はいったい、どんな秘密に関わっているのか、どうも不審な気持ちが募ってくる。非常に口が固くて、頭を働かせようにも、なんのヒントももらさないし、なんの手がかりもありはしない。医師は肩をすくめた。まあ、わたしには関係のないことだ。医師はそう思って、ざわつく好奇心を追いはらい、断乎、読書の内容に集中しようとつとめた。しばらくして、フレッドがベランダにもどってきた。

「先生、いっぱい飲みませんか?」

青年の眼がきらきら輝いている。頬に赤みがさしている。しかし同時に、何か信じられない出来事に出会っておどろいているようだ。すっかり興奮していて、いまにも大声で笑いだすかに思えたが、有頂天になる理由を人に話せないものだから、あきらかに自分を抑えるのに苦労している。

「いい知らせだったかい?」と医師が訊いた。

どうにも我慢ができなくなったのか、フレッドは突然、轟くような笑い声をあげて、あたりの空気をふるわせた。

「そんなにいい知らせだったのか?」

「いいのか、わるいのか、ぼくにもわかりません。ただおかしくって、滑稽でたまらない。ああ、先生に話してしまいたい。まったく不思議ですよ。いや、むしろ気味が悪いくらいだ。これをどう理解したらいいのか、頭が混乱していてわからない。きっと時間が経てば、これにも慣れるにちがいないけど、いまはまるで逆立ちでもしているみたいで、何がなんだかわかりません」

サンダース医師はフレッドの顔を眺めながら考えこんだ。この青年は突然、生まれ変わったように元気になった。昨日までのしょんぼり、意気消沈していた顔はどこへいったか? あのしけた顔色が並はずれた美貌をすっかり台なしにしていたが、いまはどうだい、率直で遠慮なく、あけっぴろげで、悩みなんて見あたらない。重くのしかかっていた荷物がひょいと肩からはずされて、体も顔もスポンジみたいに軽くなっている。飲み物がはこばれてきた。

「先生、わが死したる友を偲んで、どうぞ」フレッドはそう言って、グラスをかかげた。

「名前は？」

「スミスです」

フレッドは一気にグラスを飲み干した。

「そうだ、エリックに訊いてこよう。どこかへ連れていってもらって、うんと歩きまわってこよう。なんといっても、健康には運動がいちばんです」

「ところで、出帆はいつだい？」

「いやあ、わかりませんよ。この島が好きになってきました。もうすこしここにいてもいいと思う。先生も、あの火山の頂上へ行ってごらんになるといい。ほら、昨日エリックとぼくが登った山ですよ。すばらしい眺望です。ほんとにこの世も、まんざら捨てたものじゃない。そうでしょう、先生？」

貧弱なくたびれた馬にひかれた二輪馬車が、ギシギシ音を立てながら、埃をまきあげてやって来て、ホテルの前でとまった。見るとルイーズが手綱をとっていて、その隣にフリスがすわっている。父親は馬車からおりると、階段をあがってきた。平たい茶色の紙包みを手にしている。

「昨晩は失礼しました。『ウズ・ルジアダス』の翻訳をお眼にかける約束でしたが、すっかり忘れてしまって。それでいま、ここに持参しました」

「どうも、ご親切に」

フリスが包みを開けると、タイプ印刷の原稿の束が現れた。

「もちろん、先生の遠慮のない率直なご意見を聞かせてください」フリスはそう言いながら、不安な眼つきで医師を見た。「もしお暇でしたら、ただいま二、三頁読んでさしあげたいと思いますが、如何でしょうか？　詩は声にだして読まれるべき、というのがわたしの持論でして、またそれがうまくできるのは、作者本人であるとも思います」

医師はため息をついた。どうもわたしは気がよわい。フリスに遠慮してもらう口実がどうにも見つからない。

「しかしお嬢さんが陽に焼かれてお待ちですよ」医師はなんとか言葉を見つけた。

「いや、ご心配なく、娘には用事があります。それがすんだら、ここに迎えにきてくれます」

「あの、フリスさん、ぼくも、お嬢さんに同行していいですか？　こっちも何もすることがなくて暇なんです」

「それはご親切に。娘もよろこびますよ」

フレッドは階段を下りて、ルイーズのそばへ行くと、何事か話しかけた。少女は厳粛な顔で青年を見ていたが、ふいにちらっと微笑をうかべて何か言った。今朝は白いコットンの服を着て、島民の手になる大きな麦わら帽子をかぶっている。帽子のひろい庇の下で、金色にかがやく顔が、いかにも落ちつきはらっている。フレッドがひらりと横にとびのると、馬車はギシギシ去っていった。

「今日は第三篇を読んでさしあげたいと思います」とフリスが言った。「ここはわたしの心境につうじる感情のこもったところです。わたしの翻訳が最も成功している部分です。ポルトガル語はわかりますか？」

「いいえ、わかりません」

「それは残念です。これはほとんど逐語訳にちかいものです。もしポルトガル語がおわかりなら、わたしが苦心惨憺して、詩のリズムや音楽性や感情、この詩を偉大な作品にしているすべてのものを英語に再現していることがよく理解されて、感興もひとしおであると思います。もちろん、遠慮なく批評してください。なんであれ、おっしゃることは拝聴しますが、自分ではこれが決定稿であるという確信もございます。正直なところ、この翻訳にまさるものは、そう簡単には現れないと思います」

フリスが読みはじめた。なかなか心地よい声だった。詩は八行体で書かれており、朗唱者は韻律を強調しながら読んでいる。リズミカルで、効果的でなくもない。サンダース医師は注意をこらして聴いていた。翻訳はなめらかでわかりやすい。しかしそれが抑揚をつけた朗読法にあるのかどうかわからなかった。読み方がドラマチックだが、ドラマが意味よりも音に表現されているから、読んでいる内容が頭に入ってこなかった。だだん、だだん、だだん、というリズムが整備のわるい線路の上をのんびり走る汽車の音を聴いているようだった。自分の体も耳に聞こえてくる等間隔の音ともに軽やかにゆれている。あぶない、注意力に締りがなくなってくる。朗々たる声が単調なリズムをきざんでいる。医師はふっと眠気にさそわれた。これはいかん、そう思ってあらためて眼をこらした。しかし眼がひとりでに閉じてくる。もっと気をひきしめて、顔をしかめて、集中力を動員した。すると突然がくんと首がおれて、医師ははっとおどろいて、自分が一瞬、とろっと眠ったことを知った。フリスは雄々しい騎士たちの活動を読んでいる。ポルトガルを大帝国におしあげた偉人たちの勲功を語っている。英雄的な歴史の叙景にさしかかるや、朗誦の声は一段と熱をおびて震えおののき、非業の死や予期せぬ運命を語るくだりでは、声がひくく落ちていった。突然、医師は気がついた。あたりがしんと静まり返っている。眼を開くと、フリスの姿が消えていた。おどろいたことに、眼の前にフレッド・ブレイクが立っていて、そのハンサムな顔に悪戯小僧の笑みをうかべていた。

「気持ちよくお昼寝できましたか？」

「いやあ、眠ってしまったか」

「すごい鼾をかいてましたよ」

「フリスはどうしたろう？」

「お帰りです。ぼくらが乗ってきた馬車で、おうちへもどられ、ご昼食です。あのひと言ってましたよ、ご睡眠を妨げるつもりはないって」

「なるほど、フリスがどこをまちがっていたか、ようやくわかった」と医師が言った。「長年抱いてきた夢がいま実現したのだが、理想的な美はこの世では決して手に入らない。人間が己の渇望してきたものを獲得したと思ったそのとき、天上では神々が呵々大笑しているのさ」

「先生、なんの話やら、ぼくにはさっぱりわかりません。まだ眼が覚めていないのでしょう」

「よし、ビールをいっぱい飲もう。とにかく、冷たいビールは、現実のことにちがいない」

24

その夜十時頃、サンダース医師とニコルズ船長がホテルのラウンジでトランプ遊びをやっていた。はじめ二人はベランダにいたが、ランプめがけて襲いかかる羽アリの猛攻撃をうけて、室内に退散しなければならなかった。そこにエリック・クリステッセンがやってきた。

「やあ、こんばんは。今日は一日どちらへ？」と医師が訊いた。

「ええ、用事があって、島のむこう側の農園へ行ってきました。もっと早くもどる予定でしたが、支配人にちょうど息子が生まれたところで、いっしょにご馳走してくれるというので、やむなく同席してきました」

「フレッドが探してたよ。いっしょに散歩したいとか」

「そうですか、それは残念だった。わかっていれば、いろいろ案内できたのに」エリックはどさりと椅子に腰をおろすと、給仕を呼んでビールを注文した。「疲れました。たっぷり十マイル歩いて、それからボートで島を半周したんです」

「どうだい、トランプをやらないかい？」船長がずるそうな眼を光らせて言った。

「いや、やめておきます。もうくたくたですよ。ところで、フレッドはどこですか？」

「たぶん女といちゃついてるのさ」

「ここではそんなこともむりですよ」エリックが無邪気に笑って言った。

「おや、そうかい、ばかに自信があるじゃないか。だが男前の若者がぶらぶらしてるんだ。娘どもが放っておくわけがない。メラウケじゃ大へんだったぞ。女たちを遠ざけるのに大骨おった。ここだけの話だが、フレッドのやろう、いまごろ女とベッドに寝ていて、さだめしいい思いをしているだろうよ」

「女って、誰ですか？」

「あの娘だよ」

「ルイーズ、ですか？」

エリックは微笑んだ。とんでもない話だと思った。

「そりゃあ、現場を見ているわけじゃない。ただ昼前にあの娘が波止場に来て、フレッドといっしょに船を見にやってきた。それにあのやろう、今夜はすごくめかしこんでたな。ひげは剃るは、髪は梳かすは、おまけにシミ一つない服まで着込んでいた。どうした風の吹きまわしだい、と訊いたら、よけいなお世話だ、ほっといてくれ、なんて抜かしやがった」

「今朝フリスがここにきたから、フレッドをまた夕食に招待したんでしょう」とサンダース医師が言った。

「いや、夕飯はフェントン号で食っていったよ」と船長が言った。

船長がカードを配り、ふたたびトランプがはじまった。エリックはふといオランダ葉巻をふかしながら、ビールをすすり、ゲームを眺めていた。ときおり船長が気味のわるい眼でエリックを見やった。背筋に悪寒が走るようないやな眼つきだった。眉間のせまい小さな眼がきらきら光り、自分のいたずらで相手がこまるのを見て楽しんでいる。しばらくして、エリックが懐中時計をとりだして見た。

「フェントン号へ行ってきます。明日の朝、フレッドがいっしょに釣りに行くかもしれない。訊いてみよう」

「船にはいないと思うよ」と船長が言った。

「どうして？　こんな遅くまで、スワンのところにいるはずがない」

「たしかかい？」

「あそこではみんな十時に寝てしまう。もう十一時を過ぎているし」

「たぶんやつもいっしょに寝てるのさ」

「そんなばかな！」

「それなら言わせてもらうが、あの娘は何も知らねえうぶじゃあねえ、とてもそうとは思えねえ。いまこの瞬間に、フレッドと二人で楽しくおねんねしていても、なんの不思議があるもんか。ちくしょう、いい思いをしやがって、羨ましくてよだれがたれるわい」

エリックが立ち上がっていた。その大きな体がテーブルにむかってすわっている二人の男に伸しかかるように立っている。顔を真っ青にして、拳をぎゅっと握りしめている。一瞬、その手が動いて、船長をはりたおすかに思われた。意味のわからない怒りの声が青年の口から発せられた。すると船長は顔をあげて、にやりと笑った。すこしも怯えているようすがなかった。エリックの巨大な拳固で殴られたら、まちがいなく一発でぶっ飛んでしまうだろう。だが卑劣なスカンク野郎だったが、ニコルズには度胸があった。

エリックが自分を必死で抑えているようすが、医師にはありありとわかった。

「勝手に人を判断して、あれこれ意見を述べるのはいいが」とエリックが言った。声がぶるぶる震えている。「だが言っておく。犬畜生のならず者は、そんな減らず口を叩くんじゃない」

「何か気にさわることとでも言ったかい？」船長がこともなげに言った。「あのお姫さんがあんたのガールフレンドとは知らなかったよ」

エリックは船長をじっと見つめた。その顔に嫌悪の情があふれている。そしてつぎの瞬間、痛烈な侮蔑の視線をなげつけると、くるりとむきを変え、重い足どりでゆっくりホテルから出ていった。

「船長、自殺でもする気でしたか？」と医師が皮肉を言った。

「いや、こちとら、あの手の図体のやつらの扱い方は、よく心得ています。連中は涙もろくて、おセンチで、相手がてめえより小さいと、絶対に殴ったりしません。頭の回転がおそいんです。だいたい脳ミソのたりないのが多い」

医師はくすくす笑った。この悪戯者は相手のつつしみ深い感情につけこんで、ぬけぬけと意地悪なことを言っている。

「あぶない、あぶない。もしエリックがあんなに自制心を発揮しなかったら、われを忘れて、おまえさんをぶん殴っていただろう」

「だが、なんであんなに興奮するんだ？　やっこさん、あの娘に気でもあるのかい？」医師は思った。いまさらエリックがルイーズ・フリスと婚約している話をしてもしょうがない。

「あんな風にガールフレンドの話をされると、怒りだす男もいるんです」と医師は答えた。

「先生、いけませんよ。そんな話をしたって、あたしには通用しないね。それに先生らしくない。女がものになるかどうか、男だったら誰でも知りたい。ほかに男がここにいるなら、そいつにだって、ものにするチャンスがある。ちがいますか、先生。それが道理じゃありませんか？」

「船長、あんたは下劣な人ですね。あんたみたいな男は見たことがない」医師がいつもの冷ややかな口調で言った。

「それはお世辞ですか？　先生。おかしいことに、あたしが世界一下劣な男だからと言って、あたしがきらいになるわけじゃないでしょう。つまり、先生だって、聖人じゃあないってことを証明しているようなもんです。いろんなところで、先生のうわさもたっぷり聞いてますよ」

医師がおもしろそうに眼を光らせた。

「船長、今夜は胃の具合がわるいのかな？」

「必ずしも上々とは言えないな。上々といったら嘘にならあ。でも、いいかい、先生、痛いとも言ってやしない。ただ、上々じゃないってことさ」

「この治療には時間がかかる。一週間やそこらで、鉛が一ポンド消化できると思ってはいけません」

「先生、なにも鉛を一ポンド消化したいなんて思っちゃいません。そんなことただの一分でも思っちゃいない。いいですか、先生。あたしは苦情を言ってるわけじゃありません。先生がよく面倒を見てくれてることも承知しています。とにかく、まだまだ時間がかかりますね」

「どうだろう、その歯を抜いたらいいと思うが。もう咀嚼の役に立たないし、あんたの美貌に貢献しているとも思えないが」

「そうします。誓ってぬきます。この航海が終わったらすぐにやります。それにしても、フレッドのやつ、なんでここからシンガポールへ直行しないのかわからん。あそこにはアメリカ人の腕のいい歯医者がいるんです。けど、あの坊や、まずバタビヤへ行きたいと言いやがって」

「バタビヤへ?」

「そうなんです。今朝、やっこさん、電報をうけとりました。中身は何か知りませんが、ここにもうしばらくいてから、バタビヤへ行くって言うんだ」

「電報のこと、どうして知ってるんです？」

「やつの半ズボンに入ってたんですよ。今夜はしみ一つないスーツを着ていったから、脱いだズボンがほったらかし、よごれたままです。あれを見ても、やつが船乗りでないことは一目瞭然だ。船乗りはいつだって、整理整頓、きちんとしてなきゃいかん。とにかく何がなんだかわからなかった。ほら、あの電報ですよ。あれは暗号だな」

「船長、気づきませんでしたか、その電報、わたし宛になってたでしょう？」

「先生宛？　いや、気づかなかったな」

「あとでもう一度ごらんなさい。フレッドに解読を頼んでおいたんです」

船長が怪訝な顔をしているのを見て、医師は内心愉快だった。これで詮索好きな船長をうまくはぐらかすことができた。

「それなら、あの変わりようはいったい、どうしたわけだい？　やっこさん、いつだってでっかい港に入るのを避けていた。警察に見つからない用心だってことは百も承知だ。とにかく、シンガポールにたどりつけるか、途中であの忌々しいボロ船が沈没するか、だ」ニコルズ船長は厳かに体をそらせると、思い入れたっぷりな表情で、医師の顔を覗きこんだ。「先生、もう十年も、ビフテキもプディングも食ってない男を想像してごらんなさいよ。女なんて好き放題、いくらでもいる。もしたっぷりシロップをかけてクリームをのせて……ああ、あのスエットプディングが味わえるものなら、女なんて一人もいらんぞ。それこそあたしの天国だ。天国の金のハープなんぞ用はない。あんなもん、サルの胡桃の隠し場所、あそこへ入れときゃいいんだよ」

25

エリックは海岸へむかって歩いていった。クリケットの柱間距離を測りでもするように、ゆるぎない歩幅でゆっくり歩いている。心はすこしも動揺していなかった。船長の恥知らずな言葉などなんでもない。とうに頭から追いはらったが、いやな後味が口に残っていた。青年は歩きながら、ペッとつばを吐きすてた。何かまずい飲み物でも飲んだような気分だった。しかしユーモアの感覚はあったから、くくっと笑いがこみ上げてきた。あんな当て擦りを言うなんてばかげている。フレッドはまだ子どもじゃないか。どんな女が子どもを相手にするというんだ。ほんの一瞬だってルイーズが、フレッドに惚れるなんてことがあるか！　そんな女性でないことくらい、このわたしがよく知っている。

浜辺に人影はなかった。みんな寝静まっている。エリックは波止場まで歩いていって、彼方のフェントン号にむかって叫んでみた。帆船は百ヤードほど先にうかんでいる。航海灯が波一つないなめらかな水面の上で、眼玉のように光っている。エリックはまた叫んでみた。なんの応答も返ってこなかった。しかし不意に近くで、眠そうな声がかすかに聞こえた。ニコルズ船長の帰りを待っている黒人がボートのなかにいるらしい。梯子を下りていくと、埠頭の水面近くの杭にボートがつながれていた。黒人はまだ半分眠っていた。もぞもぞ体を動かして、ああ、ああと欠伸をしている。

「これはフェントン号のボートだね？」

「へい、なにか御用ですか？」男が訝るように訊いた。眼の前に現われた人物が船長かフレッドとでも思ったらしく、勘違いに気がついて不満そうな声だった。

「船まで乗せてくれないか？　フレッド・ブレイクに会いたいのだ」

「あの人、いま船にはいませんよ」

「まちがいないか？」

「へい、泳いで帰っていなければ」

「そうかい。わかった。おやすみ」

黒人は不満げに鼻をならして、またボートに横になった。エリックは人気のない通りにもどった。たぶんフレッドは屋敷へ行って、フリスの話し相手にさせられて、帰れないでいるのだろう。エリックはふふっと笑った。遠く故国を離れた男から、神秘主義の話なんか聞かされて、さぞかし面食らっているにちがいない。あの少年はとても気に入った。いかにも俗世界のことを知っているふりをしていて、競馬やクリケットや、ダンスやボクシングの話ばかりしているが、その享楽的な外面の裏側に素朴で、真摯で、無垢な魂が隠されている。エリックは、少年が自分に対して抱いている感情を知らないわけではなかった。一種の英雄崇拝だろう。だからといって、何も悪いことではない。そういう感情は大人になれば消えていく。あの少年はほんとうに気持ちがいい。もし機会があれば、何か力になってやれるだろう。話していてすごく楽しい。話の内容がまるでわからなくても、懸命に理解しようとつとめている。あの豊かな土壌に種をまいてやれば、みごとな作物が芽をだして、豊かな実をつけるだろう。エリックは足音高く歩いていた。早くフレッドに会いたかった。いっしょにフリスの家からもどり、自分のところへ連れていこう。チーズとビスケットを見つけて、ビールを一本あけよう。なんだかすこしも眠気がしない。この島にはあまり話し相手がいなかった。いつもフリスとスワンの話を聞いているばかりだった。若者同士で夜遅くまで、いつまでも話しこんだら、さぞかし楽しいことだろう。〈われら太陽の下、語り合い、うち疲れ、彼方に夕陽沈みゆく〉エリックは歩きながら詩の一行を口ずさんだ。

自分はあまりプライベートな話をしないが、ルイーズと婚約していることをフレッドに話しておこう。ぜひ知っておいてもらおう。今夜はすごくルイーズの話がしたい。こんなにも愛しているから、それを誰にも話さないでいると、胸が痛くなり潰れそうになる。サンダース医師は年寄りだから、理解してもらえなかった。相手がフレッドなら、老人には話せないようなことも、気楽に話せるにちがいない。

港から農園まで三マイルあったが、深く思いにふけっていたから、歩いた距離などまるで意識に上らなかった。気がついたら、いつの間にか農園についていたのでおどろいた。しかしおかしい。ここまでくる途中どうしてフレッドに出会わなかったのか？　そうか、わたしが浜辺へ行っている間に、彼はホテルへ行ったのだ。そう、それにちがいない。それに気がつかないなんて、なんてうかつな男だ、このおれは！　いまはもう何もすることがない。それなら屋敷の庭に入って、ひと休みしていってもいいだろう。もちろん、スワンもフリスもルイーズも、みんなぐっすり眠っている。だから彼らの眠りを妨げないように、じっと静かに、物音など立てないようにしよう。これまでもよくそうしたものだ。家の者がみんな寝静まったあと、屋敷の庭へ行って、そこにすわって物思いにふけった。ベランダの下の庭に椅子が一脚おいてあり、スワン老人がよくそこで夕涼みをしている。その正面にルイーズの寝室がある。あそこに静かにすわっていると、いつも心が不思議と穏やかになってくる。寝室の窓を眺めながら、蚊帳のなかでやすらかに眠っている娘の姿を思いうかべる。あの愛らしいアッシュブロンドの髪が枕許にひろがっている。横になって寝ているから、わかい乳房が寝息とともに、ゆるやかに上がり下がりする。そのような寝姿を思い描くエリックの心は、純粋そのもの、天使のように純白な感情で満たされていた。しかし彼はときどき悲しくなる。あの汚れない美しさもやがて消滅してしまうのか、あのすらりとしたみごとな肉体も、やがて死んでしまうのか、そう思うと悲しくなってくる。あんなにも美しい存在がほんとに死んでしまうなんて、ああ、なんと恐ろしいことか。エリックは暖かな外気にかすかな冷気がまじるまで、椅子にすわっていることもあった。すると木々の間で鳩ががさがさ音を立てて、夜明けが近いことを知らせたりした。あれは平穏なるひとときだった。魅惑の夜の静寂のひとときだった。いちどよろい戸が開いて、ルイーズが現れたことがあった。たぶん暑さで寝苦しくなったか、夢でも見て寝覚めるかして、ちょっと外気を吸いたいと思ったのだろう。素足でベランダに出てきて、手すりに手をおいて、星明かりの夜を見つめていた。腰のまわりにサロンがあるだけで、上半身がすっかり露わになっていた。両手をうしろにまわし、アッシュブロンドの髪をばらりと肩にふりわける。伸びやかな体が、黒い屋敷の背景のなかに、青白く銀色に輝いていた。それはとても血と肉からできている生身の女とは思えなかった。魂が化身した処女そのものを見ているようだった。デンマークの昔話にあるように、その姿がいまにも可愛らしい白い鳥に変身して、陽の昇りくるおとぎ噺の世界へ飛び去っていく、そんな期待で心がしきりにときめいた。暗闇のなかにじっとすわっていると、ルイーズがふっと吐息をもらした。すると、まるで両腕で彼女の体を抱きしめていて、ぴったり胸と胸とがあわさって、そのため息が耳たぶにふれたような心地がした。やがてルイーズはくるりと背中をむけ、自分の部屋へもどっていった。そしてよろい戸が閉められた。

エリックは土の道を歩いていって、屋敷にたどりつくと、ルイーズの部屋に面しているあの椅子に腰をおろした。家のなかは真っ暗だった。物音ひとつなくしんと静まり返り、家内の者たちが寝静まっているというより、死んでしまったかのようだった。しかしその静寂のなかに恐怖はなかった。ただ例えようのない平安があった。心のやすまる静寂だった。少女のなめらかな肌にふれているような気持ちだった。エリックは心が満ちたりて、ふっとため息をついた。あそこにもうキャサリン・フリスはいないと思うと、悲しみが心をよぎったが、あの死にたくなるような苦悩はもはや感じなかった。自分はキャサリンがしめしてくれた好意を生涯忘れることはあるまい。島にきたばかりで、恥ずかしがり屋で、未熟な自分に、キャサリンはやさしく、心温かく接してくれた。あの数々の好意を自分は終生忘れないだろう。自分は心から彼女を崇拝していた。あのとき彼女はすでに四十五歳になっていたが、きびしい労働も数度の出産も彼女のたくましい肉体になんの支障もあたえなかった。背が高くて、たわわな胸をしていて、見事な豊かな金髪で、いつも誇り高く生きていた。誰が見ても、あれなら百歳まで生きると思ったにちがいない。キャサリンはエリックにとって、故国の農家に残してきた実の母親代わりだった。気高い心と勇気をもった女性だった。何年も前に自分のおなかを痛めた息子たちが死に奪い去られていたから、エリックを実の息子のように可愛がった。しかしエリックは、キャサリンと自分の関係は親子以上のものだったと思っていた。あまりあけすけに話し合うことはなかったが、黙ってならんですわっていると、しみじみとした幸福感で胸がいっぱいに満たされた。彼はキャサリンを愛した。心から尊敬していた。そしてキャサリンもまた自分を愛していることを実感し、もううれしくてならなかった。あのとき自分はすでに予感していたのだろうか？　やがて彼女の娘を愛するようになっても、それはキャサリン・フリスが与えてくれた安らぎと安心感とはかならずしも同じではないことを、うすうす感じていたのだろうか？　キャサリンはそれほど本を読まなかったが、無尽蔵の知識に恵まれていた。まるで人類が遠い過去から営々と培ってきた体験が蓄積され結晶化されている未開発の鉱山を体内に秘めているかのようだった。どんな読書家が相手であろうと、すこしも臆することなく渡り合える。キャサリンと話していると、われながら仰天するような機知や頓智が口をつくし、夢にも思ったことのない発想がうかんでくる。彼女は具体的・現実的にものを考える人で、ユーモアのセンスも抜群だった。おかしなことを言うと、すぐに茶化して返されるが、やさしい心情の持ち主だったから、笑われても、相手はすこしも傷つくことがなく、かえって愛情が深まった。とりわけエリックにすばらしく思えたのは、キャサリンの真摯な心だった。それが内側から輝きでて、彼女に接するすべての人の心に、自然と光となって射しこんだ。

キャサリンの人生がその人柄にふさわしく幸せだったと思うたびに、エリックは心が温かくなり、感謝の気持ちでいっぱいになる。ジョージ・フリスとの結婚は牧歌的なものだった。フリスがこの美しい島にはるばる訪れてきたとき、キャサリンは何年か寡婦暮らしの身の上だった。最初の夫はニュージーランド人で、交易船の船長をしていたが、大ハリケーンに遭遇し海で溺死した。そのときの嵐のために父親のスワンも破産した。長年蓄えてきた財産をすべて失い、胸にうけた傷のために、もはやきびしい労働に堪えられなかった。しかし娘とともにこの島にやってくると、スカンジナビア人特有の鋭利な頭脳を発揮して、ナツメグ農園を手に入れて、これを最後の頼みの綱として、何年も苦労を重ねて経営した。キャサリンには先夫との間に息子が一人いたが、まだ幼児のうちにジフテリアで失っていた。ジョージ・フリスが現れたとき、彼女にとって、彼のような男ははじめてだった。ジョージが語る話はどれもはじめて耳にする話だった。彼は三十六歳で、黒い髪をもじゃもじゃさせ、眼のおちくぼんだロマンティックな風貌の男だった。キャサリンはジョージを愛した。彼女の現実的なセンスが、現世的ながら気高い本能が、高遠・高尚な思想を美しく語る得体の知れない風来坊のなかに、おのれに欠けているものを見出したかのようだった。かつて荒々しい船乗りの夫を愛したのとはちがった形で、フリスを愛したのだった。半ばおもしろがるような優しさをもって、世の荒波からフリスを守ってやりたい、保護してやりたいと思った。フリスが自分の手の届かない世界に浮遊していることは知っていたし、その繊細で熱烈な知性に対して畏敬の念も抱いていた。フリスの善意と才能を信じきっていた。エリックにとって、フリスはいささか退屈な人物だが、それでも自分はいつも温かい心で接してきたと思っている。それというのも、キャサリンがあれほどフリスを献身的に愛していて、フリスもまた何年にもわたって、彼女を幸せにしていたからだった。

そもそも自分とルイーズとの結婚はキャサリンが言いだしたことだった。しかしその頃ルイーズはまだ子どもだった。

「キャサリン、あの子はあなたほど美しくはなりませんよ」エリックは微笑んで言った。

「それはまちがいよ。ずっときれいになるわ。まだあなたにはわからないけど、わたしにはわかるの。わたしに似るでしょうけど、でも、とてもちがってくるわ。わたしの若い頃よりずっと美しい女になりますよ」

「あなたとそっくりだったら、よろこんで結婚しますが、でも、あなたとちがうとしたら、そんなのいやですね」

「まあ、見ていてごらんなさい。あの子も大人になります。そのときは太ったおばあさんでなくて、ああ、よかったって思いますよ」

あのときの会話を思い出して、エリックはふふっと笑った。屋敷をつつむ闇がすこし白んできた。エリックは一瞬、夜が明けはじめたかと思ったが、あたりに眼をやると、木々の梢の上にかたむいた月が顔を出していた。空き樽がぽっかり波間にうかんでいるようだった。薄雲をとおして鈍い光が寝静まった屋敷を照らしている。エリックは何かうれしい気持ちになって、かるく手をふって、深夜の月に挨拶した。

そしてある日突然、悲劇が起きた。あの頑丈で意欲満々、何ものにも屈しない女性が、思いもしない心臓病におそわれた。猛烈な痛みに堪えながら、自分の死を予期したキャサリンはエリックを呼んで、自分の希望をくり返した。当時ルイーズはオークランドの寄宿学校にいて留守だった。すぐに迎えが送られたが、大回りする船便しかないために、家に帰りつくのは一カ月も先になった。

「エリック、あと数日経てば、あの子は十七歳になります。とても頭のいい子だけど、まだ若いから、ここの全責任を背負っていくのはむずかしいと思うの。あの子には助けてくれる人が必要なのよ」

「でも、キャサリン、どうしてルイーズがぼくと結婚すると思うのですか？」

「あの子は子どもの頃から、あなたが大好きですよ。いつだって子犬のようにあなたのあとを追っていたわ」

「でも、あんなの、女子学生がいっとき熱にうかれただけです。麻疹みたいなものですよ」

「エリック、お願いです。あの子には、男の人の知り合いがあなたしかいないのよ」

「だけど、キャサリン、もしぼくがルイーズを愛していないとしたらどうなんです？　それでも、結婚しろと言うんですか？」

するとキャサリンはにっこり笑った。甘くて、ユーモアのただよう微笑だった。

「その場合はだめでしょうね。でも、わたしは確信しているのよ、あなたはきっとルイーズを愛するようになるって」そしてしばらく口をつぐんでいた。それから意味のわからない言葉をつぶやいた。「わたしね、自分がここにいなくなると思うと、とてもうれしくなるのよ」

「ああ、キャサリン、やめてください。どうしてそんなことを……？」

キャサリンは何も答えなかった。エリックの手をかるく叩いて、ふふっと笑っただけだった。

あのときのキャサリンの笑顔がエリックの瞼にうかんだ。そして悲しみのような感情が胸をちくりと刺した。ああ、彼女の判断はじつに正しかった。あの洞察は死にゆく人の不思議な予感だったにちがいない。エリックにはそうとしか思えなかった。ようやく帰島したルイーズを迎えに行ったエリックは、波止場でほんとうにおどろいた。驚愕する思いだった。ルイーズが想像をこえて、じつに美しい娘に成長していた。エリックへの畏敬の念はなくなっていたが、恥ずかしがる内気な性質も消えていて、なんのこだわりもなく、かつての崇拝者に気軽に話しかけてきた。もちろん、昔どおり自分が大好きであることはまちがいない。それにはみじんの疑いもなかった。それにしても、久しぶりに見るルイーズは、美しくて可愛らしくて、温かくて優しくて、もうおどろくばかりだった。しかし昔とは異なる印象もうけた。批評していると言うのではないが、こちらを冷ややかに観察している視線が感じられた。もちろん、それで困惑したわけではなかった。しかし自分がどう思われているか気になって、すこし居心地がわるかった。母親の眼を見ていてよく知っている、あのもの問いたげな笑みをふくんだ表情が、娘の眼にも光っていた。しかし同じ眼ざしでも、母親の場合は、見るからに愛情で溢れていたから、その眼を見ていると、心がすごく温かくなった。しかしルイーズの眼はちがう。どうも不安な気持ちにさせられる。これは最初からやり直さなければいけないな、とエリックは思った。ルイーズは体だけでなく、心もすっかり変化していた。

二人は以前のように遠くまで散歩した。水遊びもしたし、釣りにも行った。ルイーズは昔とすこしも変わらなかった。人付き合いがよくて、陽気だった。エリックが二十二歳で、ルイーズが十四歳だったときと同じように、話し合ったり笑い合ったりした。しかし彼女のなかに、漠然とではあったが、以前には感じられなかった余所よそしさ、冷ややかな態度があるように思われた。鏡のように明快だった心に、いまは不可解なベールがかかっている。そしてその奥深いところに、彼の窺いしれない何物かが潜んでいるような気がしていた。

キャサリンは突然、この世を去った。狭心症だった。激烈な疼痛の発作におそわれ、すぐに医者が呼ばれたが、もはや手の施しようがなかった。眼の前で死んでいく母の姿を見て、ルイーズは徹底的に打ちのめされた。ここ数年間につちかった体験も分別も、豊かな未来を約束する成熟の兆しも、すべてたちまち消え失せて、元の小さな女の子にもどってしまった。もはや悲しみに堪える力も術も何もない。何時間も何時間も、エリックの膝の上に抱きかかえられて、ひたすら涙を流しつづけた。この悲しみは消え去らない、もう心は癒されない、それしか頭にない幼児のようだった。ルイーズはこの無力な状態におかれて、ただエリックの指示におとなしくしたがった。フリスも木っ端微塵になっていた。酒を飲んで、ぼろぼろ泣いているだけだった。スワン老人はつぎつぎに死んでいったわが子の話をするだけだった。やつらはどいつもこいつも、父親をひどい目に遭わせやがった。哀れな年寄りの面倒を見るやつがただの一人もいなかった。家出して行方知れずになったやつ、おれから金を掠めとって消えたやつ、おかしな風来坊と結婚したやつ、そして残りもみんな死んでしまった。まともなやつが一人ぐらいはいて、父親の世話をしてくれてもよさそうだ、世間様はみんなそう思っているだろう。

エリックはやるべきことをすべてやった。

「あなたは天使よ」とルイーズが言った。

その瞳に優しい愛の光が光っていたが、エリックは彼女の手をかるく叩いて、そんなばかなことを言うんじゃないよ、と言うだけで満足した。いまルイーズは母親に死なれて、すっかり打ちひしがれている。そんな弱みにつけこんで、結婚を申し込むような卑怯なことはしたくなかった。彼女はまだまだ若いのだ。その未熟さを利用して、自分の思いを遂げるなんて、一片でも誠意がある人間なら、断じてしてはならないことだ。自分はいま、彼女を深く愛している。気が狂うくらい愛している。しかしそう思ったとたん、エリックはおのれの思い上がりを訂正した。自分は情熱でなく、分別をもって愛している。健全な心の力をすべてかたむけ、この大きな体の筋肉も骨も血も神経もすべてささげて、ひたすらルイーズを愛している。あの汚れない美しい身体だけに眼を奪われているのではない。いや、むしろ、しだいに成長してゆく揺るぎない個性、あの純真無垢な魂の存在が自分の心を奪っている。おのれの内心の力強さを感じるにつれて、ルイーズへの愛がいよいよ強まっていくようだった。自分にできないことは何もないと思われた。しかしながら、ルイーズの完璧さに思いいたると、エリックはすこし怯んでしまった。健康で美しい身体と精神を併せただけにとどまらない、何かそれ以上のものを感じさせる彼女の完璧さ、それを思うと、どうしても卑屈な気持ちになってしまった。

だがそれも、いまはすべて解決した。フリスのためらいも問題ではない。筋を通して話せば、納得してくれるだろう。スワン老人は頑固だから、簡単には承知しないかもしれないが、このところ眼に見えて衰えているから、二人の結婚は彼が死んだあとにしてもいいだろう。自分はてきぱき仕事をしている。会社もこの有能な社員をいつまでも南海の島に放っておくまい。遅かれ早かれ、ラングーンかバンコックか、カルカッタへ転勤させるにちがいない。最終的にはコペンハーゲンの本社が自分を必要とするだろう。エリックには野心があった。フリスのように農園に安住して、ナツメグやクローブを売って、ほそぼそと暮らしていくつもりはなかった。ルイーズにしても、母親のおかげで得られた牧歌的な生活が、ふたたび享受できるとは思っていない。美しい島における静謐な人生は永遠に失われてしまった。ああ、それにしてもキャサリンは、なんと偉大な女性であったことか！　苦労の絶えない農園の経営や家政のやりくり、穏やかな心持ちやユーモアや満ち足りた心、つまり、そうした日々のありふれた素朴な事物のなかから、あのような優雅で美しい生活をつくり上げた。彼女の偉大な能力と事業を思うと、エリックはただ感嘆するばかりだった。しかし冷静沈着な母親にくらべると、ルイーズは神経質で動揺しやすい。いまは平静に事態を受けいれているが、気まぐれな心はいつさまよいだすかわからない。あのポルトガルの要塞の城壁にならんですわっているときなど、エリックはいささか不安になることがあった。海を眺めるルイーズの眼の奥に、動きだしたい欲望の炎が燃えたっている、そんな気持ちになるからだった。

新婚旅行については二人でよく話し合った。エリックは春のデンマークへ行きたいと思った。厳しい長い冬が終わって、木々がいっせいに葉を開く。あの北国にひろがる緑は、熱帯地方では見られない新鮮な優しさに溢れている。牧草地では白と黒のまだらの牛が草を食んでいる。小さな森の間に農場が点在して、長閑な美しさを見せてくれる。そして首都コペンハーゲンへ行く。大勢の人で賑わう大通りや、たくさんの窓のついている威厳のある家々や、数々の教会を見たら、ルイーズはきっとびっくりする。クリスチャン王が建てた赤い宮殿では、おとぎ話の館にでも来たように思うだろう。エルシノア城にも連れていこう。そして父王の亡霊がハムレット王子の前に現われたあの城壁を教えてあげよう。あそこは夏がすばらしい。灰色やうすい青色の海が静まり返り、狭い海峡に雄大な城がそびえている。ああ、夏のデンマークで暮らしたら、ほんとに楽しくってたまらない。あちこちで音楽が奏でられ、通りに笑いがあふれている。北国のながい夕暮れを迎えて、人びとの陽気な話し声がいつまでもつづいている。でも、イギリスにも行かなければいけない。あそこには二人ともまだ行ったことがない。まずロンドンへ連れていって、国立美術館と大英博物館を見てみよう。それからストラトフォード・オン・エーボンへ行って、シェイクスピアのお墓を詣でよう。もちろん、おつぎはパリ、華麗な文化の中心の地。ルイーズはルーブルへ買い物に行く。それから二人でブローニュの森を馬車でドライブ。フォンテーヌブローの森では手をつないで散歩する。さあ、つぎはイタリア。ヴェネツィア運河で、月光を浴びてゴンドラに乗る！　フリスのためにリスボンにも行かなければならない。あの港から昔のポルトガル人たちが船出して、大帝国を築き上げた。しかしいまは、活気をなくした根拠地や崩れかかった要塞をわずかに残し、ただ不朽の詩篇と不滅の名声が、過去の栄光をつたえている。自分にとって全世界であるような女性とともに、そうした美しい場所を眺め歩く、これ以上にすばらしい人生があるだろうか？　そう思った瞬間エリックは、はじめてフリスの言葉が理解できた。「エリック、始原の魂は、世界創造の根源的力は——それを神と呼びたければ呼んでもいいが、世界の外ではなく、世界の内に存在しているのだよ」そうだ、その偉大な霊は山肌にころがる石塊のなかに、野に生きる獣のなかに、われわれ人間のなかに、天空に鳴り響く雷のなかに、存在しているのである。

深夜の月の光があたりを皓々と照らしていた。屋敷の輪郭がくっきりとうかび上がり、この世のものと思えない魅力といまにも崩れ去りそうな脆弱さを感じさせている。すると突然、ルイーズの部屋のよろい戸がゆっくり押し開けられた。エリックはおどろいて息をこらした。ルイーズの姿をひと眼見ること、それこそが、いまエリックが何よりも望んでいたことだった。ほっそりした体がベランダに現れた。寝るときのサロンしか身にまとっていなかった。

月光を浴びて、亡霊が現われたかのようだった。夜が突然、凍りついたようになった。沈黙が生き物のように聞き耳を立てている。ルイーズは一歩、二歩部屋から出ると、ベランダをそっと見まわした。人の気配を窺っているようすだった。エリックの心は期待でふくらんだ。以前あったように、手すりのところまできて、じっと佇んでいてほしかった。月の光は明るく、彼女の眼の色まで見えるような気がする。するとルイーズが部屋の窓の方をふり返り、手招きした。部屋から男の姿が現れた。そいつは一瞬立ち止まって、ルイーズの手を取ろうとしたが、彼女は首をふって、手すりの方を指さした。男は手すりに歩み寄ると、手すりにまたがり、地面を見下ろしている。下まで六フィートぐらいあったが、男の体は軽やかに庭におりた。ルイーズは部屋にもどり、よろい戸を後ろ手に閉めた。

エリックは驚愕していた。何がなにやらわからなかった。自分の眼が信じられなかった。スワン老人の椅子にすわり、石になったようにじっとして、ただ目前の光景を見つめていた。男は地面におり立つと、そこにすわりこんだ。靴を履いているらしかった。突然、エリックの体に凶暴な力が波うった。巨大な体が跳躍し、数ヤード先の男に襲いかかった。大きな手が相手の上着の襟をひっつかみ、地面からひっぱり上げた。男は仰天して、叫ぼうとしたが、巨大な手が口をふさいだ。もう一方の手がゆっくり動いて、男の首にまきつけられる。相手は突然の攻撃におどろいて、防御もなにもできなかった。すさまじい力に押さえこまれ、ただ茫然と立ったまま、エリックを見つめるだけだった。そしてエリックも、はじめて男の顔に眼をやった。相手はフレッド・ブレイクだった。

26

それから一時間後のことだった。サンダース医師はまだ眠っていなかった。ベッドに横になっていると、廊下を歩く足音が聞こえてきた。つづいてドアをひっかくような音がしたが、医師はなんの応答もしなかった。ドアを開けようとして、しきりに把手を動かしている。しかし鍵がかかっているから、とびらが開くはずもなかった。

「うるさい！　誰だ？」サンダースは怒鳴り声をあげた。

すぐに言葉が返ってきた。ひくい切迫した声だった。

「先生、ぼくです。フレッドです。ドアを開けてください」

ニコルズ船長がフェントン号へ帰っていったあと、医師は阿片のパイプを半ダースほど吸っていた。今頃なんだい、いいかげんにしろ！　パイプを楽しんでいる最中に邪魔の入ることぐらい、不愉快きわまることもない。いま頭のなかでは、さまざまな想いが、子どもの画帳に描かれた四角や三角や円の幾何学模様のように、秩序立って整然と流れている。脳みそが冴えわたり、筋肉は弛緩して、無為でいられることの快楽が全身にひろがっている。ああ、いまが至福のときなのに。そう思いながらも医師は、不承不承蚊帳をまくり、剝きだしの床をぺたぺた歩いていって、ドアをひき開けた。眼の前にホテルの夜警がカンテラをさげて立っていた。夜の冷気を防ぐために、頭からすっぽり毛布をかぶり、無愛想な顔だけ出している。そしてそのすぐ後ろに、フレッド・ブレイクの姿が見えた。

「先生、大へんです。なかへ入れてください。恐ろしい事件が起きました」

「ちょっと待ってくれ。いまランプをつけるから」

夜警のカンテラの光をたよりに、医師はマッチを見つけて、石油ランプに火をいれた。屋外のベランダで寝ていたアー・ケイがこの騒ぎで眼を覚まし、マットの上に身を起こして、黒い木の実のような眼をこすっている。夜警はフレッドから小銭をもらい、立ち去った。

「アー・ケイ、おまえは寝てていい」と医師が言った。「おまえが起きていても、何もしてもらうことがない」

「先生、いますぐエリックの家へきてください。事故です、とんでもない事故が――」

「いったい、何があったんです？」

あらためて青年を見ると、顔色が真っ青だった。おまけに手足をぶるぶる震わせている。

「その、エリックが、拳銃で自分を撃ったんです」

「ええっ！　そんなばかな——どうしてそれがわかった？」

「彼の家へ行ってきました。あの人、死んでます」

フレッドの最初の言葉を耳にするや、医師の体は本能的に医療カバンの方へむかったが、死んでいると聞いて立ち止まった。

「ほんとか、まちがいないか？」

「ええ、まちがいありません」

「死んでいるなら、わたしが行っても、どうしようもないね」

「でも、あのままにしておけません。先生、お願いです、行ってみてください。何かできるかも——ああ、ちくしょう、なんてことだ！」いまにも泣きだしそうな声だった。

「誰かそばにいるのか？」

「いいえ、誰もいません。エリックが一人で倒れています。あんな姿、とても見ちゃいられない。先生、あなたなら、何かできるかもしれません。お願いです。いっしょにきてください」

「おまえさん、手に何かついているよ」

フレッドが自分の手に眼をやった。血がべっとりついている。それを見て本能的に、ズボンに手をこすりつけようとした。

「やめろ！」青年の手首をつかんで、医師が言った。「こっちへきて、水で洗い流しなさい」

医師は片手で手首をつかんだまま、もう一方の手でランプをとり、青年を浴室へ連れていった。コンクリートの床の小さな四角い部屋だった。奥にばかでかい水槽がおかれ、金盥で水を汲んで、体を洗うようになっている。医師は金盥に水を入れると、石鹸をそえてフレッドにわたし、手を洗うように言った。

「服にはついてないか？」

医師はランプをかざしてやった。

「ついてないようです」

医師は血で汚れた水を捨てると、フレッドといっしょに寝室にもどった。フレッドは血を見ていよいよ驚愕していた。大声で喚きだしそうな自分になんとか、必死に堪えている。顔色がますます青ざめて、固く拳を握りしめている。どうにも体の震えがとめられない様子だった。

「いっぱい飲んだらいい」と医師は言って、アー・ケイを呼んだ。

「この紳士にウイスキーをさしあげろ。水はいらないよ」

アー・ケイがグラスをもってきて、ウイスキーをそそいだ。フレッドはグラスを受けとると、一気にストレートを呷った。医師はその様子をじっと見ていた。

「いいか、フレッド。わたしたちはいま外国にいるんだ。もしオランダの警察が出てきたら、ちょっと面倒なことになる。やつらは手軽にあつかえる連中じゃない」

「でも、先生、あの血の海に、エリックを放っておくなんて」

「だが、きみが急いで船に乗って逃げてきたのは、シドニーで何かあったからじゃないのか？　警察はきみにいろいろ質問するだろう。シドニーに電報でもうたれたらどうする？」

「そんなこと、どうでもいい。もう何もかもうんざりだ」

「ばかを言っちゃいかん。いいかい、もしエリックが死んでいるなら、きみもわたしも、もう何もできやしない。ここは黙っているのがいい。余計なことに首をつっこまず、一刻もはやく、島を出るのがいちばんだ。あそこで誰かに見られなかったか？」

「あそこ？　どこで？」

「エリックの家だよ」医師はいらいらしてきた。

「いや、あそこには一分もいませんでした。ここにすぐ走ってきたんです」

「使用人はいなかったのか？」

「みんな気づかずに寝ていたようです。家の裏手に住んでますから」

「よし、わかった。きみを見たのはあの夜警一人のようだ。だが、どうして夜警なんか起こしたんだ？」

「ここに入れませんでした、ドアに鍵がかかっていて。でも、どうしても、先生に知らせようと思って」

「まあ、心配することはあるまい。真夜中にわたしをたたき起こした理由はいくらでもつくれる。だが、それにしても、なんでエリックの家なんかに行ったんだね？」

「どうしても行く必要がありました。彼に話すことがあって、朝まで待つことができませんでした」

「どうやら、エリックは自分で自分を撃ったようだ。きみはたしかに彼を撃ってないらしい、そうだね？」

「ぼくが？」青年は恐怖と驚愕で息をのんだ。「ぼくがどうして彼を撃つんですか？あの人は、エリックは……ぼくはあの人の髪の毛一本だって、傷つけようとは思いません。たとえ血をわけた兄弟であっても、こんな愛おしい気持ちになることなんてない、絶対にない。あの人はぼくにとって、この命にかえてもいい、掛替えのない、ほんとの、ほんとの友だちなんです」

医師はフレッドの大仰な言葉を聞いて、かすかに眉をひそめた。しかしエリックに対するフレッドの心情は純粋そのものだった。きみが撃ったのではないな、と医師に念押しされて、愕然としている表情になんの偽りもなかった。フレッドが真実を話していることはまちがいなかった。

「それなら、これはいったい、どういうわけです？」

「ああ、神様、ぼくにもわからない。エリックはきっと気がふれたんです。あんなことをするなんて、いったい、誰に想像できますか？」

「言ってしまいなさい。誰にも何も言わないから」

「スワン老人の家の娘ですよ。ルイーズのせいです」

サンダース医師はきびしい顔になったが、フレッドに話をつづけさせた。

「じつは、今夜、あの娘とちょっと遊んだんです」

「遊んだって？　だがきみたちは、昨日会ったばかりじゃないか」

「そうですよ。でも、それがどうしたと言うんです？　あの娘はぼくにひと目惚れした。それはすぐわかりました。ぼくも彼女が気に入って、それで……シドニーを離れてから、女の子と遊ぶ機会はなかったし、どういうわけか、島の女たちとはてんでやる気になれなくて、昨日の晩ダンスをしたとき、あの娘がその気になったのがすぐにピンときた。あの晩あそこでやってもよかった。先生たちがブリッジをしているとき、ぼくたち二人で庭へ行ったでしょう。あのとき庭であの子にキスしてやりました。彼女の方ですごく求めていたんです。女がキスして欲しい顔をしたら、まごまごしないで、さっさとキスしてやるのがいいんです。ぼく自身すごくその気になっていたし、あんな可愛い子を見たのもはじめてだったし、ほんとにすごくいい子だったから、崖から飛び降りろと言われたって、迷うことなく飛び降りたでしょう。今朝父親と街に出てきたとき、ぼくはあの子に、今夜二人だけで会えないか訊いてみました。彼女はだめだと言いましたが、ぼくはひっこまないで、夜中に迎えに行くから、二人で池へ行って泳ごうって言ったけど、これもだめだと言われました。でも、なぜだめなのか、理由は何も言わなかった。ぼくはきみに夢中なんだ、首っ丈なんだ、とも言ってやりました。実際、ほんとに夢中でした。帆船へ連れていって、船内を案内してやり、またあそこでキスしてやった。呆けのニコルズ爺さんがうろうろしていて、ただの一、二分も二人だけにしてくれなかった。別れ際に、今夜農園に行っているよ、と言ったら、わたしは行かないと言いましたが、かならず来ると思ってました。ぼくと同じように、彼女もぼくと寝たがっていたんです。案の定あの子は農園で待っていた。とても美しい夜でした。でも、やたらに蚊が多くて、体中食われてしまったので、どうにも我慢ができなくなって、きみの部屋へ行こうと言ったんです。彼女はしぶっていましたが、最後には承知して、二人で部屋へ行きました」

フレッドが話をやめた。医師は重い瞼の下から、上眼づかいで青年を見つめていた。阿片を吸ったために、瞳孔が針先のように窄まっている。医師は青年の話を聞きながら、じっと考えこんでいた。

「時間が経つのも忘れていると、そろそろ帰ったほうがいい、と彼女に言われて、ぼくは脱いだものを身につけて帰り支度をしました。ベランダで足音を立てないように、靴は履きませんでした。彼女がまずベランダに出て、外のようすを窺いました。スワン爺さんが眠れないために、甲板代わりにベランダを歩くことがあるからです。誰もいないというので、ぼくもベランダに出て、地面に飛びおりて、いそいで靴をはいていると、突然、誰かが襲ってきて、ぼくの襟首をつかんでひき上げました。何がどうなったのかわかりません。ただびっくりして、相手の顔を見たら、エリックでした。あの人は牡牛みたいに力がある。ぼくを子どもみたいにひっぱり上げると、大きな手でぼくの口をふさぎ、もう一方の手で喉を締めてきた。殺す気だなと思いましたが、わかりません。声をあげることも、どうすることもできない。もう体が麻痺して、気が遠くなって、エリックの顔さえ見えなくなり、ただ荒々しい息がぜいぜい耳にひびいていた。ああ、もうだめだ、殺されるな、と思った瞬間、急に首を締めていた手がゆるんで、同時に手の甲が勢いよく飛んできて、ぼくはぶっとばされ、丸太ん棒のようにひっくり返った。エリックはしばらく倒れているぼくを眺めていました。ぼくはじっと動かなかった。動いたら殺されると思いました。するとエリックは、突然くるりとむきを変えると、すごい勢いで走っていってしまいました。一分ぐらい経ってから、ぼくはようやく立ちあがり、屋敷の方を見ましたが、ルイーズが物音を聞いた気配はありませんでした。彼女の部屋へ行って、事情を話そうかと思いましたが、やめました。よろい戸を叩く音を誰かに聞かれるかもしれないし、彼女を怖がらせたくもなかった。もう何がなんだかわからなかった。歩きはじめてから、靴を履いていないのに気がついて、元の場所にもどりましたが、気が動転していて、なかなか靴が見つからなかった。ようやく見つけた靴を履いて、深呼吸を一つして、道路にもどりました。でも、どこかでエリックが待ち伏せしている気がして怖かった。誰もいない真っ暗闇の道路で、いまにも大男が出てくるかもしれない。エリックの手にかかったら、それこそ鶏みたいに首を捩じ切られてしまう。ぼくはあたりに眼をくばりながら、そっと歩いていきました。エリックの姿を見たらすぐに、全速力で逃げるしかない。とても手向かうことなんかできませんよ。足だけはあの人より早いから、とにかく逃げることしか頭になかった。一マイルくらい歩いてから、ようやく気持ちが落ちついてきて、そこでぼくは考えました。これはどうしても、エリックに会って話さなければいけないって。これがほかの人間だったら、なんにも気にしません。でも、エリックはべつです。エリックにだけは、卑劣な豚やろうなんて、絶対に思われたくない。あんなに心のきれいな人を、ぼくは一度も見たことがない。だからそういう彼に、おまえは卑劣なやつだ、汚らしいやつだと思われるのが、吐き気がするくらい堪らない。エリックはそこいらにいる連中とは大違いです。千人に一人もいないような人間です。それがわからないやつがいたら、それこそ大ばかやろうだ。先生、ぼくの言うこと、わかるでしょうか？」

医師はすこし嘲るような笑みをうかべた。唇がぐいとひかれて、黄色い長い歯が現れて、ゴリラが歯を剝きだして威嚇するような顔になった。

「きみ、それは善意という代物だよ。そいつはすごい破壊力を発揮する。それをもち出されたら、もうお手上げ、どうすることもできやしない。人間関係がひっくり返されてしまう。まったくひどい話じゃないか」

「ばかを言わないでください。どうして先生は、ふつうに話ができないんです?」

「まあ、話の先を聞きましょう」

「ええ、とにかく、このままにしてはおけません。ぼくはエリックにみんな話して、決着をつけようと思いました。あの娘と結婚しようと思ってました。彼女をもとめる気持ちが強くなって、もう抑えられなくなっていました。どうこう言っても、人間ってそんなもんです。先生はお年寄りですから、そういう気持ちはわからないかもしれない。五十歳の人なら、それでいいでしょう。とにかく、ぼくはエリックときちんと話をつけなければ、一瞬だって気持ちが落ちつかないと思いました。彼の家へ行きましたが、外でしばらく立っていました。どうにも勇気が出てこなくて……どのくらい立っていたかわかりません。でも、あのとき殺さなかったんだから、今度も殺すはずがないと思って、勇気をふりしぼって、家のドアを開けたんです。最初に彼を訪問したときに、ドアに鍵をかけていないことを知ってました。廊下に入ったときには心臓がどきどきなってました。ドアを閉めたら、家のなかは真っ暗闇です。エリックの名前を呼びましたが、なんの返事もありません。彼の部屋がどこにあるか知っていたので、廊下伝いに歩いていって、部屋のドアをノックしました。どういうわけか、寝ているわけがないと思って、またドアをノックして、それから、エリック、エリックって呼んで見ました。自分では大声で叫んだつもりでも、喉がからからに乾いていて、声がカラスの鳴き声みたいにしわがれていた。どうして返事がないのか不思議でした。たぶんドアのむこうで待ち構えているんだと思って、耳をすませてみた。もう怖くてびくびくして、このまま逃げようかと思いましたが、思い切って把手をまわしたら、やはり鍵はかかってなかった。ドアを開けたが、なかは何も見えません。お願いだ、エリック、何か言ってくれ、ぼくはそう言ってマッチを擦った。マッチが燃え上がったとたん、びっくりして跳びあがった。すぐ眼の下にエリックが横になっていた。もう一歩踏みだしていたら、躓くところでした。マッチが手から落ちて、もう何も見えません。ぼくは大声で叫びました。たぶん失神しているか、酔っぱらっているか、そんなことだと思いました。もう一度マッチを擦ったが、ちくしょう、なかなか火がつかない。ようやく火がついて、マッチをかざしてみたら、ああ、神様、エリックの頭の両側がふっ飛んでいた。火が消えて、またマッチを擦った。ランプがあったのを見て、そこに火をつけた。ぼくはひざまずいて、エリックの手にさわった。まだとても温かかった。見ると片方の手が拳銃をにぎっていた。顔にさわってみたけど、生きている気配はなかった。そこらじゅう血の海だった。あんなひどい傷なんて見たことがない。あとはもう夢中でここまで走ってきました。あの光景は一生忘れません」

フレッドは両手で顔をおおい、悲嘆に暮れて、体を前後に揺すっている。それから悶えるように泣きだした。椅子に寄りかかって、顔をそむけて、声をあげて泣いている。サンダース医師はそのまま泣かせておいた。それから煙草をとりだし、火をつけて、深々と煙をすいこんだ。

「ランプはどうした？　火をつけたままか？」医師がおもむろに口を開いた。

「くそ、ランプなんかどうでもいい！」フレッドが憤然と声をあげた。

「まあ、問題にはならないだろう。真っ暗闇で自分を撃つこともあるし、ランプをつけて撃つこともある。ただ、使用人が、銃声に気づかなかったのが不思議だね。中国人が爆竹でも鳴らしたと思ったのかもしれん」

フレッドは医師の言葉がばかばかしく思えた。そんなことどうだっていいじゃないか、と内心腹を立てていた。

「ああ、エリックはなんで、あんなことしたんだろう？」フレッドが悲痛な声で言った。

「彼はルイーズと婚約していたんだよ」

医師の言葉は電撃のようなショックをあたえた。フレッドの体が弾かれたように立ち上がり、顔がみるみる青くなった。眼がまんまると見開かれ、眼玉が飛びだしてきそうだった。

「エリックが、婚約していた？　そんなことひと言も言ってないぞ」

「たぶん、きみとは関係のない話と思ってたんだろう」

「彼女も何も言ってない。ひと言も言っていない。ああ、なんてことだ、知っていたら、指一本ふれなかったのに。先生、それは冗談でしょう？　そんなことありえない。冗談にきまってる」

「いや、彼の口から直接聞いたんだ」

「エリックはそんなにあの娘を愛してたんですか？」

「そうらしい」

「それなら、どうして自分を撃たないで、ぼくかあの女を撃たなかったのか、おかしいじゃありませんか？」

サンダース医師は声をあげて笑った。

「ほんとだ、どうしてかね？」

「先生、笑うなんてひどい、やめてください。ああ、ぼくはどうしたらいいんだ。みじめな生活とは縁が切れたと思っていた。もう二度とあんな思いはしないですむと思っていた。それなのに、またこれだ……あの娘なんかどうでもいい。ぼくにはなんの意味もありやしない。婚約のことを知っていたら、手なんか出す気になるはずがなかった。エリックみたいに、あんなに心のきれいな人は、この世界のどこにもいませんよ。あの人を守るためなら、ぼくはなんだってやったでしょう。それなのに、ぼくは……ちくしょう、こいつめなんという獣だ！　あれほど親身に扱ってもらったというのに、それを……」

青年の眼に涙がみるみる湧いてきて、頬をつたわり流れ落ちた。その口から苦痛の言葉が吐きだされた。

「人生は邪悪で、いんちきだ。何気なくはじめたことが、とんでもない災難になって返ってくる。ぼくにはきっと呪いがかかっているんだ」

青年は医師を見つめながら、唇をぶるぶるふるわせて、美しい眼に苦悩の色をうかべていた。サンダース医師は自身の心のうちを探ってみた。そして、この若者の悲しみを眼の前にして、かすかな満足感を覚えている自分をいささかはずかしく思った。たしかにおれの性分として、そのように苦しむことも、彼の人生にとって、いい薬になると思っている。しかし同時に、突然の不幸に見舞われて苦悩している姿に、日頃の理屈に合わない同情も感じている。こんなに若くて美しい青年が、こんなにも悲嘆にくれている、そう思うとどうしても、同情心が起こるのを禁じられなかった。

「人生はやり直しがきくものだよ」と医師は言った。「いまを堪えていれば、どんなことでも乗り越えられる」

「ああ、いっそ死んでしまいたい。親父がよく言っていた、おまえはろくでなしだ、性根がまがっているぞって。ほんとにそのとおりだ。こんなところまでやってきて、また面倒を起こしてしまった。だが、みんながみんなぼくのせいじゃないぞ。あいつは売女だ。なんでぼくに色目を使ってきやがった。エリックみたいな男と婚約していながら、はじめて会った男と平気でベッドへ行くなんて、いったい誰に想像できます。まあ、あんな女と結婚しないですんで、エリックは幸いだったかもしれない」

「ばかなことを言ってはいけません」

「ぼくはひどい男かもしれないが、でも、あの女ほど悪じゃない。ようやく幸運を摑みかけたと思ったら、くそ、みんな地獄へ行っちまった」

フレッドは一瞬ためらってから、また口を開いた。

「今朝ぼくに電報がきたでしょう。あれは新しい情報を知らせてきました。なんとも奇妙な内容なので、最初はなんのことかわからなかった。バタビヤにぼく宛の手紙が行っていると言うんです。つまり、もうあそこへ行ってもいいぞ、という知らせです。電報を解読しながら、ぼくは笑っていいのかどうかわからなかった。いいですか、フレッド・ブレイクという男はもうこの世に存在しないんです。彼はシドニー郊外の隔離病院で、猩紅熱《しょうこうねつ》のために死亡したと言うんですよ。しばらくしてようやく意味がわかりました。親父はニュー・サウスウェルズ州のかなり重要な人物です。あそこでは悪質な伝染病が発生していました。親父の息のかかった連中が、どこかで猩紅熱の患者を見つけて、ぼくの名前で病院へ送りこんだんです。ぼくが会社へ行かない理由なんかも、みんな説明しなければならなかった。そしてその患者が死んでくれて、ぼくもいっしょに死んでしまった。息子の始末がうまくついて、親父は大喜びしたでしょう。今頃どこかの馬の骨が、わが家の霊廟で心やすらかに眠っている。親父はすごい切れ者です。いまの党がこんなに長く政権についていられるのは、まったく親父のおかげなんです。親父はできるだけ危険をさけたいと思っているでしょう。ぼくがこの世にいるかぎり、安心することはできないでしょう。今度の選挙で与党がふたたび勝つことができた。ご存じでしたか、与党は大勝利をおさめました。親父の腕にまかれた派手な喪章が、ありありと眼にうかんできます」

青年はへへっと陰気な笑い声をあげた。医師は唐突に質問をぶつけてみた。

「きみはシドニーで、いったい、何をしたんだ？」

フレッドの視線が遠くを見ていた。それから、ひくい声でぽつりと言った。

「男をひとり殺しました」

「わたしがきみなら、そんな話は他人にしないね」

「ばかに冷静じゃありませんか。先生も誰かを殺したことがあるんですか？」

「ああ、医者をやっているからね」

フレッドはさっと顔をあげたが、すぐに唇をゆがませて笑った。

「先生は、ほんとに奇妙な人だ。何を考えているやら、ぼくにはちっともわからない。こっちが何を話しても、どうでもいいような顔をしている。先生、あなたには、悩んだり心配したりすることが、この世に何もないのですか？　心から信じられるものが何かないのですか？」

「きみはなんでそいつを殺したんだ？　面白半分か？」

「ええ、面白半分、たっぷり楽しんでやった。ああ、すごい経験だった。髪の毛が真っ白にならなかったのが不思議なくらいだ。いつもびくびく考えていた。けっして忘れられるはずがないんだ。陽気に遊んでいる最中、突然記憶がよみがえる。夜ベッドへ行くのが怖くなる。後ろ手に縛られて、首を吊られる夢を見る。ああ、まったく堪らない。夜、誰も見ていないときに、何度海に飛びこもうと思ったことか。どこまでも泳いでいって、溺れて死んでしまうか、サメに食われてしまえばいいと思った。そこへあの電報がきました。先生にはとうてい想像できないでしょう、ぼくがどれほど解放された気分になったか。心にのしかかっていた重荷がきれいさっぱりなくなった。もう安全だ。なんの心配もない。あの船に乗っていてもほんとに安心したことは一度もない。どこかへ上陸すれば、いつも人の眼を心配した。いつ背中を捕まれるか不安だった。先生にはじめて会ったとき、こいつは探偵じゃないか、おれを追いかけてきたんだと思いました。

今朝眼が覚めたとたん、最初に頭にうかんだことは、ああ、おれはもう安全なんだ。そう思いました。ところが、こんな事件が起きてしまった。ぼくには呪いがかかってるんだ」

「そんなばかな話はやめなさい」

「いったい、ぼくは何者なんだ？　どこへ行ったらいいんだ？　今夜あの女と抱き合っているとき、ぼくは考えていましたよ。この娘と結婚して、この島に落ち着いたらどうだろうか、と。あの船は役に立つだろうし、ニコルズは先生と同じ船に乗って帰ればいい。バタビヤにきている手紙は先生に受けとってもらう。たぶん大金が入っているでしょう。お袋が親父を説得して、用意してくれたんでしょう。エリックと二人で、会社をつくったらいい、そんなことを考えていたんです」

「それはだめになったが、まだルイーズとは結婚できるじゃないか」

「結婚ですって！」フレッドが叫んだ。「こんなことが起きたのに、どうして結婚できるんですか？　あの女の顔を見るのもいやだ。もう二度と会いたくない。おれは絶対にあいつを許さないぞ。何があっても、絶対に許さない」

「それならどうするつもりだね？」

「そんなことわかりません。家に帰ることもできない。ぼくはもう死んで、墓に埋められている。ああ、シドニーにもどりたい。ジョージ街を歩いてみたい。マンリー湾を眺めたい。もうこの世にたよれる人間は一人もいない。ぼくはけっこう腕のいい会計士だったから、どこかで経理かなにかの仕事をやれるかもしれない。だけど、どこへ行ったらいいのだ。まるで迷子の犬みたいなものだ」

「何はともあれ、まずはフェントン号にもどって、ひと眠りするのがいい。すっかり疲れているから、明日になったら、いい考えがうかぶだろう」

「あの船にはもどれません。もういやだ。あんな船、くそくらえだ。船室のドアが開くたびに、ぼくはびくびくしていた。冷や汗をかいて眼をさました。首吊りのロープがおれを待っている、そう思うと、心臓がどきどきして痛くなった。苦しかった。そしていまエリックが、頭を半分吹きとばして、自分の部屋に横たわっている。どうして眠れると思うんです」

「よろしい、その椅子で寝るといい。わたしは寝かせてもらうよ」

「どうぞ寝てください。煙草を吸ってもいいですか?」

「それよりいいものをやろう。起きていても、何もいいことはないよ」

医師は注射器をとってきて、青年にモルヒネを一本射ってやった。それからランプの火を消して、蚊帳のなかにもぐりこんだ。

27

サンダース医師が眼を覚ますと、アー・ケイがお茶をもって入ってきた。蚊帳がひかれて、すだれが巻き上げられると、朝の光が射し込んできた。部屋の前にひらけた庭はなんの手入れもされないで、草や藪におおわれていた。棕櫚《しゅろ》やバナナの木が大きな葉をひろげて、葉陰に夜の名残を光らせている。カッシアの木が黄色い花を乱雑につけながらも、華やかな姿を誇っている。医師は煙草を一本ふかした。傍らの長椅子では、フレッドがまだ眠っていた。皺ひとつない顔は穏やかで無邪気で、まだ年端のいかない少年のようだった。口許に皮肉な笑みをうかべながら、医師はその寝顔の美しさに心をうたれた。

「起こしますか？」とアー・ケイが訊いた。

「いや、まだ寝かせておこう」

眠っていられる間は、彼も平穏でいられる。眼が覚めたら、たちまち悲嘆にくれるだろう。変わった少年だ。こんなにも人間の優しさに敏感であるなんて、いったい、誰が想像しただろうか？　それは彼自身も知らなかった。まのぬけた幼稚な言葉で心のうちを表現していたが、エリックにあんなに夢中になったのも、どぎまぎしながら感嘆して、こんな男はどこにもいないと思い込んだのも、それはひとえにエリックの全身から放射される、あの飾り気のない単純な善意、優しさだった。エリックはすこし常軌を逸しているように見えたかもしれない。分別と感情のバランスがとれていないように思えたかもしれない。しかしあのデンマーク人が、どういう運命の偶然からか、善意そのものを体現する人間だったことはまちがいない。明確で絶対的な善だった。美しさをもった善だった。そして平凡な青年が——当たり前のよくある美には何も感じない男が、突然神との一体感に圧倒されて忘我の境地に陥る神秘主義者にでもなったように、エリックの善意にふれたとたん、すっかり心を奪われてしまった。

「善意なんて、なんの役にも立たん」

医師は陰気な笑みを浮かべながら、ベッドの外にでると、鏡のところへ行って、自分の顔をまじまじと眺めた。寝たあとの白髪頭がもじゃもじゃである。おととい剃った無精ひげがもう白くのびている。歯をむき出して、黄色く汚れた長い犬歯をながめる。瞼の下がふくらんでいる。頬っぺたが紫色で見苦しい。医師は見ているうちに吐き気がしてきた。どうして生き物のなかで人間だけが、歳をとるとこんなにも醜くなるのだろうか？　あのほっそりした体の、象牙のようななめらかな肌のアー・ケイも、やがて皺くちゃのしなびた中国人になるのかと思うと、悲しい思いがしてくる。このフレッド・ブレイクとておなじことだ。すらりとのびた体も、頑丈な肩も腰も、いつか形を失って、頭が禿げて、赤ら顔になって、腹のでた男になっていく。医師はひげを剃り、浴室で水をかぶった。それからフレッドをそっと起こした。

「おはよう、フレッド。朝飯にしよう。すぐにアー・ケイがはこんでくる」

フレッドが眼をひらいた。青年はいつも新たな朝の到来を歓迎する。フレッドもすぐに眼を覚まし、生き生きとした光を放ったが、あたりに視線を走らせて、自分がどこにいるか気がつくと、記憶がすべてよみがえり、たちまち陰気な顔つきになった。

「さあ、元気をだせ」医師が苛立たしげに言った。「風呂場で水でもかぶってこい」

それから十分後、二人は朝食のテーブルについていた。フレッドが盛んな食欲を見せていた。おし黙ってむさぼるように食べている。医師はそれを眺めながら、すこしもおどろかなかった。これなら大丈夫だろうと思っていた。昨夜のあんな騒ぎのあとでは、あまり気分がよくなかったから、箴言めいた考えがうかんでも、どれも酸味が効きすぎていたから、フレッドに話すことはやめにした。

二人が食事を終えようとすると、支配人がテーブルにやってきて、ぺらぺらオランダ語をしゃべりはじめた。医師がオランダ語を解さないのを知りながら、話さずにいられない様子である。自分がこんなに興奮し困惑している態度だけでは理解してもらえないにしても、この身ぶりと手ぶりを見れば、話の内容の深刻さは察してもらえると思っているらしい。しかし医師は、混血の支配人が何を言っても、知らないふりをしていた。

小柄な男はとうとうしゃべり疲れて、肩をすくめて行ってしまった。

「どうやら見つけたようだ」と医師が言った。

「どうして？」

「わからん。たぶん使用人がお茶でももって、部屋へ行ったんだろう」

「誰か通訳はいませんか？」

「大丈夫だよ、すぐにわかる。いいか、忘れるなよ。わたしもきみも、この件については、何も知らないのだ」

二人は黙りこくった。数分後支配人がもどってきた。今度は金ボタンのついた真っ白い制服姿の男が同行していた。オランダ人の役人だった。男は靴の踵をかちんと合わせて挨拶し、やけにむずかしい名前を口にしてから、ひどい訛りのある英語で話しはじめた。

「朝から失礼いたします。じつは当地のデンマーク人商館員、クリステッセンという男が、自分を拳銃で撃ち死亡しました。ただいまそのご報告にまいった次第です」

「クリステッセン？」と医師が叫んだ。「あの体の大きな男ですか？」

役人は眼の端でフレッドのようすを窺っている。

「一時間ほど前に、使用人が死体を発見しました。わたしが本件の担当者ですが、これはどう見ても、自殺にまちがいありません」それからホテルの支配人の名前を口にした。

「ファン・リック氏にうかがいますと、昨夜クリステッセンはあなたを訪問されておりますね」

「そのとおりです」

「クリステッセンがここにいた時間はどれくらいですか?」

「十分か十五分ですね」

「酔っていませんでしたか?」

「いや、まったく素面でしたよ」

「わたしも彼が酔っている姿など見たことがありません。自殺するようなことを何か口にしていませんでしたか?」

「いいえ、むしろとても陽気でしたね。じつは、あの人のことは何も知らんのです。わたしはこの島に三日前に着いたばかりで、プリンセス・ジュリアナ号の入港を待っているところです」

「ええ、承知しております。では、この悲劇について、何か思い当たる節はございませんか?」

「何もありません」

「わかりました。お尋ねしたいことは以上です。さらにお手数をかける必要が生じましたら、お知らせいたしますが、いまのところ、当方の事務所にご足労願うこともないでしょう」それからフレッドにちらりと眼をやった。「こちらの紳士はなにか話すことなどないでしょうね？」

「何もないでしょう。クリステッセンが来たとき、この人はここにいませんでした。わたしは、いま港に碇泊中の帆船の船長とトランプをやってました」

「ええ、あの船は見ています。それにしても、気の毒でしたね、あの男は。いつも穏やかで、面倒など一度も起こしたことがなかった。みんなが好感をもっていました。昔からよくある話です。こんなところに一人で暮らすのがまちがいです。物思いにふけって憂鬱になり、ホームシックにかかる。ひどい暑さにやられて、もう一日だって堪えられないと思う。そこで自分の頭に銃弾をぶちこむ、という次第です。この種の事件は前にもありました。それも一度や二度ではありません。せめて可愛い娘とでもいっしょに住むといいのですが、大して金もかかりませんし……。それでは、みなさん、大へん失礼いたしました。ところでお二人とも、島の社交クラブには、まだ行かれていないでしょう。ぜひお越しください。歓迎いたします。六時か七時に開いて九時に閉まります。島の重要な人物がそろってお出でになります。なかなかの社交場ですよ。では、みなさん、失礼いたします」

男はまたかちりと踵を鳴らし、医師とフレッドと握手をかわすと、疲れたような足どりで出ていった。

28

この熱帯地方では、人が死亡してから埋葬するまで、あまり時間をかけられない。しかし今回は、検死を必要としていたから、埋葬が行われたのは午後も遅くなってからだった。フリスにサンダース医師、フレッド・ブレイクにニコルズ船長、それにエリックのオランダ人の友人が数人、埋葬式に参列した。ニコルズ船長にとっては、日頃の信条を披露する格好の機会になった。島で知り合った男からなんとか喪服を借りだして、着用におよんでいた。しかし持ち主は船長より背が高くて太っていたから、上着もズボンもだぶだぶで、袖と裾をまくり上げることになり、折角の晴れ着もあまり似合っていなかった。それでも、ほかの参列者の目立たない服装のなかで、なかなか立派で威厳があった。葬儀はオランダ語で行われたから、船長は自分に出番のないことに不満そうだったが、その熱意あふれる物腰は参列者の感動を呼んだ。埋葬が終わると、ルター派の牧師や個人の資格で参列した二、三人の役人のところへ行って、彼らの好意がまるで自分個人に示されたかのように、丁寧に握手してまわっていたから、一瞬これは故人の近親者ではないかと思わせたほどだった。フレッドは涙を流していた。

四人のイギリス人は連れだって、波止場までもどってきた。

「さて、紳士のみなさん、フェントン号へお出でください」と船長が言った。「ポートワインの大壜を一本開けますよ。今朝がた街の店先で見つけた掘り出し物です。葬式のあとはこれにかぎる。ビールもだめだし、ウイスキーもだめだ。ところがワインには真剣味がある。死者の冥福を祈って飲むにはぴったりだ」

「そんなこと考えもしなかったな」とフリスが言った。「だが、おっしゃる意味はよくわかります」

「おれは行かないよ」とフレッドが言った。「どうも気分がわるいんだ。先生、ご一緒していいですか？」

「どうぞ」

「フレッド、気分のいいやつなんて誰もいないぞ」とニコルズ船長が言った。「だからワインの大壜を一本空けようと言ってるんだ。いくら飲んでも、気分はよくならねえかもしれん。あたしの経験から言えば、もっと悪くなることだってある。だが、おまえさんが一杯やって、楽しむことが大事だってことさ。あたしはそれが言いたいんだ。さあ、あたしについてこい。いいことがあるかもしれん。むだなことなど何にもないぞ」

「もうたくさんだ」とフレッドが言った。

「おや、そうかい。それは残念だ。ではフリスの旦那、船にまいりましょう。あたしが睨んだところ、あんたはけっこういけそうだ。ポートワインの一本ぐらい、二人でかるく空けられるでしょう」

「われわれはいま退化しつつある時代に生きています」とフリスが言った。「ボトルを二本、三本と開けられる男は、もうドードー鳥みたいに死滅してしまったようだ」

「ほんとだ。あのまぬけな阿呆な鳥どもといっしょだよ」

「大の男が二人がかりで大壜を一本空けられないなら、わたしは人類に絶望するね。〈ああ、バビロンは倒れたり、倒れたり〉か」

「まさしくそのとおりです」

二人の大の男がボートに乗りこむと、黒人の水夫がフェントン号にむかって漕いでいった。サンダース医師とフレッドはゆっくり歩いていって、ホテルに着くとなかに入った。

「先生の部屋に行きましょう」フレッドが言った。

医師はグラスを二つならべてウイスキーとソーダを注ぐと、一つを青年の手にわたした。

「ぼくたちは明日、夜明けに港を出ます」

「そうかい。ルイーズには会ったのかね？」

「いいえ」

「会わないつもりかい？」

「ええ、会いません」

サンダース医師は肩をすくめた。そうとも、わたしの知ったことじゃない。二人は黙ってウイスキーを飲み、煙草をふかした。

「先生にはいろいろ話しました」青年がようやく口を開いた。「ですから、残りもみんな話した方がいいと思うんです」

「とくに知りたいわけじゃないよ」

「どういうわけか、誰かにみんな話してしまいたいんです。あのニコルズに打ち明けようかと思ったこともあります。さいわい、そんな愚か者にはならずにすんだ。もしあいつに話していたら、恐喝の材料にされていたでしょう」

「たしかに秘密を告白できる相手じゃないね」

フレッドが口をゆがめて、にやりと笑った。

「あれはぼくの責任じゃない。ほんとです。ただ運がわるかっただけです。あんな不運に見舞われて、人生が台なしになるなんて、まったく救いようがありません。不公平というものです。ぼくの家はシドニーで名のある家庭のひとつです。ぼくも最高の会社に勤めていて、親父はそのうち共同経営権を買いとって、ぼくにくれるつもりでした。どこにでも顔の利く人だから、いくらでも儲け仕事を見つけてくれたでしょう。ぼくは大金持ちになって、遅かれ早かれ結婚して、一家を構えているはずだった。親父のように政界に進出するかもしれなかった。まるで幸運の申し子みたいな存在だった。それがいまはどうです。家もなければ名前もなく、将来になんの見通しもない。懐にあるのは二百ポンド、あとはバタビヤに親父が送ってくれた金しかない。おまけに、この世にただの一人の友だちもいないんだ」

「いや、若さがあるじゃないか。教育もあるし、ハンサムだと言えなくもない」

「そんなこと言われると、笑いだしたくなります。もし顔が醜くゆがんでいて、背中にこぶでもできていたら、万事オーライ、なんの不運も生じなかった。いまごろシドニーで気楽に暮らしていたでしょう。先生、あなたの顔は美しくないですね」

「それは承知している。まあ、諦めているよ」

「諦めている！　いや、先生、あなたは幸運なんです。その顔に毎朝感謝したらいい」

医師はにっこり微笑んだ。

「感謝まではしていないよ」

しかし青年は愚かだった。どこまでも真剣だった。

「先生、これは自惚れではありませんよ。実際、人に自慢できるものなんて、ぼくには何もありませんが、ただひとつ、気に入った女がいたら、いつでもモノにできました。

子どもの頃から、女の子にはもてたんです。しかしそれも、酒を飲んだり、ゴルフをしたりするのと同じ、ただの遊びと思っていました。誰でも一度は若い頃があって、遊び呆けたいことがある。それなのに、どうして自由に楽しんでいけないのか、ぼくにはまったく理由がわかりません。先生、そういうぼくを非難しますか？」

「いや、非難する人間がいるとしたら、それはそういう幸運に恵まれなかった連中だけでしょう」

「ぼくは自分から手を出すことは一度もなかった。でも、むこうから求めてきたら、遠慮はしませんでした。眼の前のご馳走を見逃すようなばか者ではなかった。連中が興奮するのを見て笑っていたし、素っ気ない顔をしていらいらさせてやった。若い女っておもしろいですよ。そばに寄らないでいると、かえって夢中になって追いかけてくる。もちろん、仕事の邪魔になるまねはさせなかった。ぼくは愚か者ではありません。絶対にそんなことはなかった。仕事はしっかりやっていました」

「きみは一人っ子ですか？」

「いや、兄貴がいます。親父といっしょに仕事をしていて、結婚しています。嫁に行った姉もいます。

それで不運の始まりは、去年のある日曜日のことでした。ある男が妻を連れて、わが家に泊まりにきました。名前はハドソンといい、カトリックで、アイルランド人移民やイタリア人移民の間で影響力がありました。親父の話では、今度の選挙の情勢を変えるような力のある男だそうで、丁重に扱うようにとお袋に言ってました。首相も奥さんと二人連れで来ていました。お袋はまるで一個連隊にでも食わせるような大量のご馳走を用意していました。食事のあとで、親父は客とともに自室にひっこみ、仕事の話をしていました。残されたぼくたちは庭へ出ていって、腰をおろしていました。ぼくは釣りに行こうと思ってましたが、家にいて、ご婦人方の相手をしろと親父に言われていました。お袋とダーンズ夫人は女学校時代の級友です」

「誰ですか、そのダーンズ夫人というのは？」

「夫のダーンズは首相です。オーストラリアでいちばん力のある男です」

「それは失礼。知りませんでした」

「お袋とダーンズ夫人はいつも話題が豊富にあった。二人はハドソン夫人に丁重に接していましたが、あまり好感をもっていないのがわかりました。彼女の方はあたりの物を褒めちぎったり、お世辞をたらたら言ったりして、しきりに二人に調子を合わせていましたが、そうすればするほど嫌われていた。それでとうとうお袋はぼくに、ハドソンさんに庭を案内してあげたらどうか、と頼んだんです。ぼくたちがその場をはなれたとたん、あの女が最初に言った言葉は『あなた、煙草をちょうだい』ですよ。煙草に火をつけてやると、ぼくをじろじろ見ていました。『あなた、とってもハンサムね』とあいつは言った。『そうですか？』と無愛想に言ってやると『ほかの人にもそう言われたことあるでしょう？』と言うから『ええ、お袋だけに。たぶん息子だから、贔屓目に見てるんです』

するとあの女は、ぼくがダンスをするかどうか訊いた。ぼくがすると答えると、明日オーストラリア・ホールでお茶を飲むけど、仕事が終わったあと、いっしょにダンスをしないかって言うんです。ぼくはその気がなかったから、行けないと断ったら、火曜日か水曜日はどうかって言う。両日とも予定がつまっていて行けないとも言えずに、火曜日ならいいって言ってしまった。お客が立ち去ったあと、親父とお袋にそれを話すと、お袋はあまり賛成しなかったけど、親父は大賛成でした。あの女に冷たい態度を見せるのはよくないと言ってました。『わたし、あの人がこの子を見る眼つきがいやなんですよ』とお袋が言うと『ばかを言うんじゃない。こいつの母親にしてもいいくらいの歳じゃないか。いくつになるんだい？』『もう四十は過ぎていますわ』

あの女に魅力など何もなかった。棒みたいに痩せているし、首も骨ばっていて、背高のっぽで、顔が細長くて、頬がこけていて、どこもかしこも茶色い皮膚、なめし革みたいな肌をしていた。髪なんか手入れをしたことがないみたいで、いまにもばらばら抜け落ちそうだった。いつも耳や額に髪の毛がだらしなく下がっていた。ぼくは頭をきれいにしている女が好きです。先生もそうでしょう？　真っ黒い髪の毛で、ジプシーの女のような髪だった。そして大きな眼も真っ黒だった。顔がみんな眼みたいだった。話していると、眼玉しか見えないような感じだった。とてもイギリス人のようには見えなかった。ハンガリー人かどこかの外国人のようで、魅力的なところが何ひとつない女でした。

それで火曜日にホールへ行きましたよ。驚いたことに、ダンスがすごくうまい女でした。それはもう否定できません。ぼくもダンスが好きな方ですから、思っていたより楽しかった。女はさかんに自分のことを喋っていましたが、こっちは友人を何人か見かけたので、それが気になって落ちつかなかった。あんな古びた薬缶みたいな女と踊りまくって、何がおもしろいんだと笑い転げていたにちがいない。ダンスにはいろいろ踊り方があります。ぼくは踊っていて、女が何を考えているか、すぐにわかりました。笑わずにいられなかった。この哀れな雌牛のばあちゃん、そんな卑猥なダンスが好きなら、勝手にどうぞ、って思いましたよ。ある晩、旦那が会合へ行って留守になるから、映画へ行こうと誘われて行ったことがあった。映画を見ながら、女の手を握ってやりました。それで女が満足するなら、何もこっちに害があるわけじゃないと思いました。映画館を出ると、ちょっと散歩をしようと言ってきた。その頃にはすっかり親しくなっていました。彼女はぼくの仕事に興味をもち、家のこともいろいろ訊いた。競馬の話もしました。大レースで馬に乗って走るのが、ぼくのいちばんの夢なんです、なんてぼくも調子に乗って話していた。暗がりで見ると、女はそれほど醜くなかった。それでぼくはキスしてやった。そして最後は、ぼくが知っている場所へしけこみ、抱き合ってばたばたやりました。ぼくとしては失礼にならないように、サービスしただけのことです。これで終わりだと思っていた。ところが、それで終わりどころでなかった。女は夢中になってしまった。『わたし、あなたをひと目みたときから、好きになったのよ』と言いだした。ぼくの方も最初はお世辞を言われていい気になっていた。あの女には何かがあった。大きな燃えるような眼、あれを見ていると気がへんになることもあった。それにジプシー女のような表情。それが異常であったかどうかわからない。まるでぼくの心を鷲摑みにして、心やすまる古き良きシドニーから連れ去られるような気がしていました。ロシア大公を襲撃したニヒリストや爆弾で吹き飛ばされた大公の世界に生きているような気がしてくる。ちくしょう、あいつはまるで火の塊みたいだった。ぼくも多少はそんなことも知っていた。だが、あの女に捕まえられると、自分が何も知らないことに気がついた。ぼくは変態ではありませんが、それでも、あの女には吐き気を催すようなときがあった。でも、それがあいつは自慢だった。『わたしを愛したあとは、ほかの女なんか、冷えた羊の焼肉みたいよ、ちっともうまくないでしょう』なんて言っていた。

おかしなことに、それが癖になりだした。だけど、落ちつかない気持ちだった。女がとことん恥知らずになって、何もかもさらけ出すのはいやになる。それに、あの女は満足することを知らなかった。毎日会ってくれなんて言いだすようになった。勤務先や家にまで電話をかけてきた。ちくしょう、そんな危ないことをするなと注意しました。とにかく、あんたには夫がいるし、こっちにもお袋と親父が眼を光らせている。このことに親父がすこしでも気づいたら、おれは牧場へ追いやられてしまい、一年はシドニーへもどれなくなる。そう言うと、あいつは、そんなこと気にしないと言いやがった。もし牧場へ行かされたら、わたしも一緒についていくと言うんです。自分がどんな危険を冒しているか、すこしも心配していないようすだった。もしぼくが用心していなかったら、一週間でシドニーじゅうに知られてしまったでしょう。あいつはいよいよ大胆になって、お袋に電話をかけてきて、息子さんに夕食会にお出でくださるよう伝えてください、ブリッジの人数が一人たりないのでよろしくお願いします、と言った。そして出かけていくと、夫の眼の前でぼくにいちゃついたりする。そうしていよいよ興奮するんです。旦那のパット・ハドソンはぼくを小僧っ子くらいに思っていて、すこしも気にしていなかった。ブリッジの腕を自慢して、そればかり話して喜んでいた。いやな男とは思わなかった。すこし粗暴な男で、大酒を飲んでいましたが、けっこうスマートなところもあった。なかなか野心家で、親父を利用したい魂胆があったから、ぼくを家に来させていたんです。親父とともに選挙に勝てれば、政権与党の一員になって、いくらでもうまい汁が吸えると思ってたんでしょう。

そのうちぼくはそんな情事に嫌気がさしてきました。まるで自由がないんです。すごく嫉妬深い女で、街なかで通りすがりの女にちらりとでも眼をやると、たちまち『あれは誰よ?』とか、『どうしてそんな眼つきで見るのよ?』とか、『あの女と寝たんでしょう?』と絡んできた。こっちが話したこともないと答えると、あんたは大嘘つきだと言ってくる。ぼくはすこしずつ会うのを控えようと思った。もし突然別れ話をもちだしたら、怒り狂うにちがいなかった。そして腹いせにハドソンを操って、選挙で汚いことをやらせるかもしれない。そんなことになったら、親父の立場がなくなるでしょう。ぼくはいろいろ口実をつくって、あの女に会うのをやめようとしました。仕事が忙しくなったとか、家にいなければならないとか、お袋が感づいたようだから、注意しようとか言いましたが、あの女はばかではありません。頭がすごく切れて、抜け目がなくて、ぼくの話などすこしも信じなかった。おまけに泣き喚いたりする。正直なところ、ぼくは怖くなってきました。こういう女ははじめてでした。これまで遊んできた女たちは、こういう情事がお遊びであることを承知していました。だからそのときになれば、お互いになんの騒ぎもなく、自然に別れることができました。彼女の場合も、相手が飽きてきたと知ったら、ぼくにまとわりつくのをやめるだろう、そんなことプライドが許さないだろうと思いました。ところがとんでもない。正反対のことになった。あいつは本気でぼくと駆け落ちする気だった。アメリカかどこかへ逃げて、ぼくと結婚するつもりでした。二十も年上であることなんか、すこしも頭にうかばないようだった。あまりにもばかげていて、お話になりません。いまは選挙のことがあるから、そんなことはとてもできない、第一、二人が生活する金も何もないと言ってやると、あの女は理屈も何もあったもんじゃない、選挙なんてどうでもいい、アメリカへ行けば誰でもお金が稼げる、自分はむかし舞台に立った経験があるから、女優をして稼ぐつもりだなんて言いだす始末です。まるで若い女になったかのようだった。もしわたしに夫がいなかったら、あんたは結婚してくれるかと訊かれると、ああ、結婚するよ、と言うしかなかった。泣いたり喚いたり、大騒ぎされるので、ぼくもすっかり弱気になって、なんでも言ってしまった。ああ、こんなやつに出会わなければよかった、つくづくそう思った。これから先どうなるか見当もつかない。心配で息がつまってきて、どうしていいかわからなかった。お袋に打ち明けようとも思いましたが、彼女がおどろいて、腰を抜かすと思って、話すことができなかった。あの女はもうわずかな時間もぼくをひとりきりにしなかった。事務所にまで来たことがあった。ぼくは丁重に迎えて、ふつうに振る舞いました。こっちが邪険なことでも言ったら、人前であろうとなかろうと、たちまち大騒ぎすることが眼に見えていたからです。しかしあとで、もう二度と事務所には来ないでくれ、もしまた姿を見せたら、あんたとは手を切るぞ、って言ってやりました。するとそれからは、事務所の外で待つようになりました。ちくしょう、絞め殺してやりたい気持ちだった。親父はいつも車で家に帰っていた。ぼくは親父の事務所まで歩いていって、車に乗せてもらっていました。するとあの女は、親父の事務所までいっしょに歩いていくと言いはりました。もうぼくも我慢の限界にきていた。どうなってもいいと思いました。それであいつに言ってやった。『もううんざりだ。つきまとうのはやめてくれ』と。

ぼくはようやく別れ話をもちだす決心をしました。実際、女の家に行って、直接つたえました。ああ、思い出してもぞっとする。ハドソン夫婦は遠くまで港を見晴らす崖の上に、小さな安普請の家を構えていました。ぼくは午後半ば過ぎに事務所を出て、その夫婦の家へ行きました。話をつたえると、女は喚いたり、泣いたり、もう半狂乱です。あんたを心から愛している、あんたなしでは生きられない、とか、とにかく、ありとあらゆる泣き言を口にしました。あんたの望むことをなんでもします、先々迷惑をかけることは絶対にしません、これまでとはちがった女になります、と殊勝なことも言い、いろんな約束事も並べたてました。そのうち突然怒りを爆発させ、ぼくを罵りまくり、悪態のかぎりをつくし、しまいには摑みかかってきた。両手を伸ばし、爪をたてて、眼をえぐりだそうとする。ぼくはその手をつかんで、自分の身を守るのに必死だった。まるでもう狂人です。あんたに捨てられるなら、自分は自殺すると叫び、家のなかから飛びだそうとした。崖から身をなげるつもりかと思い、ぼくは全力で女の体をおさえました。あいつは足を蹴り上げ、腕を動かして、大暴れしていたが、突然おとなしくなり、ぼくの膝にすがりついて、両手にキスしようとした。その体を力いっぱい押し退けると、やつは床に身をなげて、今度はさめざめと泣きだした。ぼくはこれ幸いとばかり、家の外へ飛びだしました。

　家に帰りついたとたん、電話が鳴りました。やつの声が聞こえたので、だまって切りました。するとまた電話が鳴りましたが、お袋が留守だったから、受話器にさわりもしなかった。翌日事務所へ行くと、あいつの手紙がきていました。十頁もある長い手紙で、内容のほどは知れている。ぼくは開きもしなかった。午後一時に飯を食いに出ようとすると、ドアのところであいつが待っていた。しかしぼくは見向きもしないで、足早に女の前を通りすぎて、人ごみのなかへ紛れこんだ。あいつはいつまでも待っているにちがいない、そう思って食事が終わると、同僚と連れだってもどりました。案の定、やつはドアの前で待っていた。ぼくが知らん顔をしていると、さすがにやつも話しかけてこなかった。仕事を終えて帰るときも、仲間を見つけていっしょに事務所を出ると、やはりあいつが待っていた。ぼくを捕まえるまでいつまでも待ちつづけるつもりらしい。おどろいたことに、今度は大胆にもそばに寄ってきて、いかにも親しげに話しかけてきた。

『あら、今日は、フレッド。ここでお会いできるなんて思わなかった。お父様にお知らせしたいことがあるのよ』

　連れの男はぼくがとめる前に歩いていってしまった。ついに捕まってしまった。

『なんの用だい？』ぼくは頭がかっかしていた。

『お願い、そんな話し方をしないで。すこしは不憫に思ってください。あたし、とても不幸なのよ。眼の前が真っ暗なのよ』

『それはお気の毒だ。だがどうしようもない。あんたとは終わりだよ』

するとあいつは声をあげて泣きだした。通りの真ん中で、それも人通りがあるというのに。ぼくはやつを殺してやりたい気持ちだった。

『フレッド、だめよ。お願いですから、わたしを捨てないでちょうだい。わたしにとって、あなたはこの世のすべてなのよ』

『ばかなことを言うな。あんたはいい歳の女で、こっちはまだ小僧っ子なんだ。恥ずかしいと思わないのか』

『そんなこと何よ、何が問題なのよ？　わたしは全身全霊であなたを愛しているのよ』

『そうかい、だがおれはちがう。愛してなんかいないぞ。あんたの顔を見るのもいやなんだ。もう終わりだ。ほっといてくれ』

『ねえ、フレッド、教えてちょうだい。あなたに愛してもらうために、わたしは何をしたらいいの？』

『なんにもない。あんたにはうんざりしてるんだ』

『わかりました。それなら、わたし自殺するわ』

『勝手にしろ。おれの知ったことか』ぼくはそう言い捨てて、あいつにとめられる前に、さっさとその場を立ち去りました。

しかし、勝手にしろと言いながらも、ぼくは不安でした。自殺すると言って人を脅かす人間がけっして自殺しないことは、世間でよく言われている。だがあいつはふつうの人間とはちがう。それどころか、気違い女だ。何をしでかすかわからない。わざわざうちの庭先にきて、自分の頭に銃弾をぶちこむかもしれない。あるいは毒物を飲んで自殺し、あとにとんでもない手紙を残すかもしれない。あらゆる言いがかりをつけて、ぼくを糾弾するでしょう。ぼくは自分のことだけでなく、親父のことも考えなければならなかった。息子が面倒なことに巻き込まれたら、親父は手ひどい打撃を受けるだろう。とくに選挙が近づいていた。親父は、息子が世間の物笑いになったら、簡単に許してくれる男ではありません。あの晩はほとんど眠れませんでした。心配で心配で堪らなかった。

翌朝、もしあいつが事務所の前をうろついていたら、ぼくは怒り狂って何をしたかわかりません。でもほっとしました。あいつの姿はなかったし、手紙もこなかった。しかし安心した反面、すこし怖くなってきた。やつがどうしているか気になって、何度も電話に手を伸ばしては、思いとどまるのに苦労しました。夕刊がくると、ひったくって紙面を開いた。パット・ハドソンは有名人だ。もし彼の女房に何か変事があれば、まちがいなく、新聞にいろいろ記事が出ているはずだ。しかしなんの記事もなかった。その日は何事も起こらなかった。あいつの影も形も見えなかった。電話もなければ、手紙もこなかったし、新聞に一行の記事も載らなかった。翌日も、その翌日も、同じでした。これであの女とは縁が切れたか、ぼくはようやく安心しました。ああ、神様、感謝いたします！　これはいい教訓になりました。今後は用心しなければならない。もう金輪際、中年女とは付き合わないぞ。神経をすりへらし、体力を消耗してしまった。あのときぼくがどんなに解放された気持ちになったか、先生には想像できないでしょう。自分を実物以上に見せたいとは思いませんが、ぼくにもそれなりの面目や名誉心があります。けれどあの女は、我慢の限度を超えていました。先生はばかばかしいと思うでしょうが、でも実際、ぼくはあの女に恐怖を感じていました。人生を楽しむのはいいですが、獣にはなりたくありません」

サンダース医師は何も言わなかった。青年の言うことはよくわかった。青年というものは、自分の行為に注意をはらわず、頭ばかり熱くして、他人に対して冷淡で、思いやりというものがない。快楽があれば、すぐにそれに手をつける。しかし冷淡だからといって、慎み深さがないわけではない。フレッドの場合、その柔らかな感受性が経験をつんだ中年女の餌食になってしまった。彼女の放埓な情欲に翻弄され、すっかり蹂躙されてしまった。

「それから十日ぐらいして女から手紙がきました。封筒にはタイプで文字が打ってあった。手書きだったら開きはしなかった。しかし手紙の内容はしごくまともだった。〈親愛なフレッド〉という書き出しではじまり、あんな愚かな姿を見せてしまい、許してくれと言っている。〈自分は気が狂っていたにちがいない。しかしこのところ、ようやく心が落ちついて、いまはすっかり後悔している。わたしはあなたに迷惑をかけるつもりなどすこしもない。つい思い込みがすぎて、あなたのことを真剣に考えてしまったが、いまはもうなんの問題もありません。あなたに対してなんの恨みもありません。でも、わたしをそんなに悪く言わないでください。あなたがあんまりハンサムであることも、わたしが過ちをおかした原因の一つなのですから。わたしは明日、ニュージーランドへ行くことになりました。三カ月ほどこちらを留守にします。お医者さんの話では、生活環境を変えることが必要だそうです。パットは今夜ニューカッスルへ行きます。それでもしお願いできたら、わたしの家にお出でくださいませんか、そして、ほんの数分お別れの挨拶をさせてくださいませんか？　絶対にご迷惑はおかけしません。それですべてが終わりになるのです。すこし心配なのはパットのことです。彼は何か感づいたらしく、ときどきおかしなことを言ってきます。それで、あなたがもし質問でもされたときの用心に、わたしと口裏を合わせておいていただけませんか？　もちろんあなたにとって、問題になるようなことは何もありません。わたしの立場がすこし悪くなるだけの話です。ただわたしとしては、できることなら、これ以上面倒なことが起こらないようにしたいのです〉

ハドソンがニューカッスルへ行くことは、その朝親父が食事のときに話していたので、ぼくも知っていました。手紙はしごくまともだった。よく殴り書きしたような手紙をよこし、読むのに苦労しましたが、その気になれば、きれいな文字を書く女でした。この手紙はきちんと書かれており、あいつが冷静になっていることがよくわかった。それにパットの話がすこし気になった。これまで何度も注意してきたが、あいつはずいぶん大胆な振る舞いにおよんでいた。だから、もしパットが何か耳にしていたとしたら、話の辻褄を合わせておく方がいいだろう。備えあれば憂えなし、そうでしょう? ぼくはさっそく電話して、今晩六時に行くとつたえた。電話の声があんまりあっさりしていたので、かえってびっくりしてしまった。来ても来なくてもいい、そんな気のない返事に聞こえました。

約束の時間に行くと、彼女が出てきて、ふつうの友だち同士のように握手した。お茶でもいかが、と言うから、ここへくる前に飲んできたと答えると、あまりひき留めるつもりはない、これから映画を見に行くんですと言った。たしかに外出用のきれいな服を着ていた。パットのことをたずねると、大した問題じゃない、ただわたしたち二人が映画館にいたという話を聞いて、気に入らないようすなのよ、と言った。

『あれは偶然出会ったのよ、と答えておいたわ。一度はわたしが一人で映画を見ているときに、あなたがわたしを見かけて、隣の席にきてすわったこと、つぎは映画館のロビーで出会ったこと、それからもう一度、切符売り場で偶然顔をあわせて、あなたに入場料をはらってもらい、いっしょに館内に入ったこと。パットは質問したりしないと思うけど、もし訊かれたら、そう言って口裏をあわせてください』

『わかった。そう答えよう』

あいつは、パットが聞かされている目撃情報は二回あるから、その見られた日付を忘れないように念押しした。それから今度の旅行について話しはじめた。ニュージーランドのことをよく知っていて、あれこれ楽しそうに話していた。ぼくはあそこに一度も行ったことがないから、話はなかなかおもしろかった。泊まらせてもらう友人の話をして、ぼくを笑わせた。その気になると、とても陽気な女だった。機嫌のいいときには、いい話し相手になってくれる。正直なところ、時間が経つのを忘れていました。はじめて会ったときと同じように、愉快なおもしろい女だった。あいつはようやく腰をあげて、そろそろ出かけるわと言った。もう三十分か、四十分近く経っていたと思います。手を差しだして、なかば笑いながらぼくを見ていました。

『どうかしら、さよならのキス、してもらっていいかしら?』

あいつがからかうように言ったので、ぼくは思わず笑ってしまった。

『いいとも、喜んでしてあげる』

ぼくは体をかがめてキスしてやった。いや、むしろあいつの方でぼくにキスした。ぼくの首に両腕をまきつけ、振りほどこうとしても、しがみついて離れなかった。まるで蔦みたいに絡みついていた。そして明日行ってしまうのだから、もう一度だけ抱いてちょうだいと言った。約束がちがうじゃないか、絶対に迷惑をかけないと言ったじゃないか、と言うと、こんなつもりはなかった、でもあなたの顔を見たら、もう我慢ができなくなった、ほんとうにこれが最後だから、とくり返した。とにかく明日は消えてしまうのだから、一度ぐらいいいでしょう、そう言いながら唇にキスし、しきりに頰をなでまわした。あなたを何も責めはしない、ただ愚かなわたしが悪かった、もう最後だから優しくしてちょうだい、とも言っていた。ぼくは安心した。これで何もかもけりがついた。あいつはようやく諦めてくれたようだった。ぼくは無情な男になりたくなかった。もしあいつがシドニーにいるのだったら、ぼくは絶対に承知しなかった。しかし明日はよそへ行ってしまうんだから、気持ちよく送り出してやろうと思った。

『いいとも』とぼくは言った。『それなら二階へ行こう』

ハドソンの家は小さな二階建てで、二階には寝室ともうひと部屋あった。最近シドニーの郊外に大量につくられているタイプの家です。

『二階はだめよ。すごく散らかしているから』

あいつはそう言って、ぼくの手をとり、ソファーの方に連れていった。ベッドの代わりにもなる大きな長椅子でしたから、二人が抱き合うには十分なひろさだった。

『愛しているわ、フレッド。ほんとに愛しているわ』とあいつは言いつづけた。

そのとき突然ドアが開いた。びっくりしてソファーから跳びおきると、ハドソンが立っていた。彼は一瞬、ぼくと同じようにおどろいていたが、すぐに大声で喚きはじめた。何を言っているのかわからない。と思うと弾かれたように、大きな体が突進してきて拳をつきだした。ぼくはなんなくそれをかわした。すこしボクシングをやっていたし、足の動きには自信があった。すると彼がとびかかり、ぼくたちは取っ組み合いになった。ハドソンはでかくて力があった。ぼくよりずっと大きかった。しかしぼくも負けなかった。たがいに相手を組み敷こうとして、部屋のなかを転げまわった。殴られれば殴り返した。ようやく体をふりほどくと、すぐに牡牛のような体をぶつけられ、ぼくは思わずよろめいて、また取っ組み合いになった。椅子もテーブルもひっくり返った。二人とも死に物狂いだった。なんとか体をふりほどこうとしたが、ハドソンは腕の力をゆるめなかった。ぼくを押し倒し、押さえつけようとしていた。相手がずっと強いことがいまやはっきりしていたが、ただ動きはこっちが素早かった。相手は背広姿だが、ぼくは下着だけだった。足が滑ったのか、やつに押し倒されたのかわかりませんが、ぼくたちはまた床に倒れて、狂人のように取っ組み合ってころげまわった。ついにハドソンが馬乗りになり、顔をがんがん殴りはじめた。ぼくはやられるままだった。腕で拳の雨を防ぐだけだった。突然ぼくはハッと思った。やつはおれを殺す気なんだ。すると恐怖で頭が真っ白になり、ぼくは全力をふりしぼって、彼の腿の間から抜けだした。しかし息つくまもなく、ふたたび馬乗りになられてしまった。息が詰まってきた。全身から力が抜けていくのがわかった。ハドソンの膝が喉に押しつけられた。ぼくは両腕をひろげた。叫ぼうとしたが、声が出なかった。もう終わりだと思って、ぼくは両腕をひろげた。すると突然、右手に拳銃の重さをずしりと感じたのです。もう何がなんだかわからなかった。それはほんの一瞬の出来事です。ぼくは腕をあげ、引き金をひいた。ハドソンが悲鳴をあげ、体を起こした。ぼくはさらに引き金をひいた。もの凄いうめき声とともに、ハドソンの体が床に転げおちました。ぼくはすぐに跳ね起きました。

先生、あのときぼくは木の葉のように震えていました」

フレッドが突然、椅子の背にもたれて眼を閉じたので、サンダース医師は青年が気を失ったのかと思った。顔がすっかり青ざめていて、額に玉のような汗がうかんでいた。やがてフレッドが深々と息をすった。

「ぼくは呆然としていました。フローリーが死体の横にひざまずいた。信じていただけないかもしれませんが、あの女が服に血がつかないように用心しているのがよくわかりました。ハドソンの脈がないのを確かめると、瞼を閉じてやり、立ち上がりました。『心配ないわ。ちゃんと死んでいるわ』そう言って、あざ笑うような眼つきでぼくを見ました。『この男を片付けなければ、ややこしいことになったでしょうよ』

　ぼくは恐怖で頭がどうかなっていました。もう何がなんだかわからなくなっていた。そうでもなければ、あんなこと言わなかったはずです。

『ハドソンはニューカッスルに行ったんじゃないのか？』

『行ってないわ』とあいつは言いました。『あの人に電話で伝言があったのよ』

『電話で伝言があった？　なんの伝言なんだ？』ぼくにはあの女が何を言っているのか、さっぱりわかりませんでした。『誰が電話したんだ？』

　するとあいつは笑いだしそうだった。

『わたしよ』

『どうして？　なんのために？』と言ったつぎの瞬間、ぼくの頭に電光が走った。『つまり、これはみんなきみが仕組んだというのか？』

『おばかさんね。いまそんなこと考えてる暇はないわ。さっさとおうちへ帰って、ご家族と夕食を召し上がりなさい。わたしはこれから予定どおり映画を見に行くわ』

『きみは狂っている』

『いいえ、狂ってなんかいないわ。自分が何をしているか、よく承知しているわ。わたしの言うとおりにしていれば、あなたは何も心配することはありません。何もなかったように振る舞い、あとはみんなわたしに任せておきなさい。さもなければ、あなたは絞首刑になるわ。それ、忘れないでね』

ぼくは驚きのあまり跳び上がりそうだった。あいつは笑いながら、そう言っていた。ちくしょう、なんていう神経をしているんだ。

『何も怖がることはないよ。あなたの髪の毛一本だってさわらせやしない。あなたはわたしのもの。自分のものを大切にすることは、わたしもよく知っています。あなたを愛しているわ。あなたが必要なのよ。ほとぼりが冷めたら、結婚することを忘れないでね。ほんとにあなたはお馬鹿さん、わたしが諦めると思うなんて』

先生、あのときぼくは体じゅうの血液が凍りついたような気がしました。巧妙なわなにはまり、逃げだすことができない。あいつを見つめるだけで、何も言えなかった。突然あいつはぼくの下着姿に眼をとめた。ぼくはシャツとパンツしか着ていなかった。

『あら、いけないわ!』とやつが言った。

見ると横腹から血が滴り落ちていた。そこに思わずさわろうとすると、あいつが素早くその手をつかんだ。

『さわっちゃだめ。ちょっと待って』

あいつは新聞紙をとってきて、それで血をふきはじめた。

『頭をさげてちょうだい。シャツを取ってしまうわ』

頭をさげると、あいつはシャツをひきはがした。

『ほかにどこか血がついていないかしら?　ズボンを履いていなくてよかった』

パンツに血はついてなかった。ぼくはいそいで身支度を整えました。やつはベストを手にとった。

『これは燃やしてしまうわ。新聞紙もみんな燃やしてしまう。キッチンに火がついてるのよ。今日はお洗濯する日ですから、お湯がわかしてあるの』

ぼくは横たわっているハドソンをながめた。完全に死んでいる。見ていると吐き気がしてきた。絨毯に大量の血が流れていた。

『お支度はよろしいかしら？』

『ああ、いいよ』

あいつはぼくといっしょに玄関ホールに出てきた。そしてドアを開ける寸前に、ぼくの首に腕をまわして、はげしくキスしてきた。ぼくを生きたまま食ってしまいそうな勢いだった。

『ああ、可愛い人。可愛くてたまらないわ』とやつは言った。

やつはドアを開いて、ぼくを送りだした。外は真っ暗闇だった。

夢のなかを歩いているようだった。足早に歩いていた。実のところ、走り出さないように懸命に自分を抑えていた。できるだけ帽子を目深にかぶり、上着の襟を立てていたが、ほとんど人と出会わなかったし、誰もぼくとは気づかなかった。あいつに言われたように遠回りして、チェスター街のすぐ近くから電車に乗った。

家に着くと、家族が夕食の席につくところだった。うちではいつも夕食がおそかった。二階へ駆け上がって、手を洗いに行った。鏡を見ておどろいた。そこにはいつも通りの自分が映っていました。下へ降りていくと、お袋がぼくを見て『疲れているのかい、フレッド。真っ青な顔をしているじゃないの』と言ったので、こっちは七面鳥みたいに真っ赤になった。食事があまり進まなかったが、うまいことに、誰とも話す必要がなかった。家族だけで食卓にいるときはみんなあまり喋らないのです。食事が終わると、親父は何か書類に眼を通していて、お袋は夕刊紙を見ていた。ぼくはひどい気分でした」

「ちょっと待ちたまえ」とサンダース医師がフレッドの話をとめた。「きみは突然、拳銃の重さを右手に感じた、と言ったが、そこのところが、どうもわからんね」

「フローリーがぼくの手に乗せたんです」

「どこから、拳銃なんてもってきたんだ？」

「そんなことわかりません。ハドソンがぼくに馬乗りになったときに、彼のポケットから取り出したのかもしれないし、どこかほかの場所からもってきたのかもしれない。とにかく、ぼくは自分を守るために引き金をひいたんです」

「わかった。話をつづけたまえ」

「突然お袋の声がした。『フレッド、どうしたの？』ぼくは不意をうたれた。その声がすごく優しく聞こえたので、張りつめた心が一度に崩れてしまった。自分を抑えようとしましたが、だめだった。ぼくは大声で泣きだした。『おい、どうしたんだ？』と親父が言った。お袋はぼくを抱いて、赤ん坊をあやすようにぼくの体を揺すりながら、しきりに何があったか訊いていた。最初のうちは何も話せなかったが、黙っているわけにいかない。ぼくはようやく落ちつきをとりもどし、事の次第をすべてうちあけた。お袋はびっくり仰天していた。それから泣きだしたが、親父が泣くなと言った。するとお袋はぼくを責めはじめたが、親父はこれもやめさせた。『もうそんなことは問題じゃない』親父は鬼のような形相をしていた。彼のひと言で地が割れて、息子を飲み込んでしまうとしても、親父は躊躇なくその言葉を口にしたでしょう。ぼくは二人に一切合切、すべて話した。親父は口癖のようによく言っていました。犯罪者にとって、罰を逃れる唯一のチャンスは、弁護士に対してなんの隠しだてもしないこと、弁護士にしても、あらゆる事実を知らなければ、効果的な手は何もうてないからだ。

話し終えると、ぼくとお袋は親父の顔をうかがっていた。話の間じゅう親父はぼくをじっと見つめていた。しかしいまは下を見ている。何か恐ろしいことを考えているらしい。それがよくわかった。親父は並み外れたところのある人でした。常々文化や教養に熱心でした。美術館の理事をしていたし、交響楽団などを設立する委員会のメンバーにもなっていた。礼儀正しくて、名誉を重んじる、穏やかな人でした。人びとから尊敬されている立派な人、お袋はいつもそう言っていた。優しくて、愛嬌があって、親切な人物です。ハエ一匹殺さない人と思われている。たしかにそのような見た目どおりの人です。しかし実のところ、親父にはそれ以上のものがあった。なんといっても、シドニー随一の腕っこきの弁護士でした。人間についてどんなことでも知っていました。もちろん、親父は非常に尊敬されていましたが、だからといって、人に騙されるような人でないことも世間はよく知っていました。それは政治の世界でも同じでした。親父は党を取りしきり、首相のダーンズでさえ、親父の同意なしでは何事もできません。もし望めば自分で首相をやったでしょうが、親父はそうしなかった。政府のなかにいて、あらゆることを裏で操ることで満足していた。

『ジム、この子をあまり責めないで』とお袋が言った。

親父はうるさそうに手をふった。ぼくのことなどすこしも頭にないのではないかとさえ思えました。そう思うと、背筋に戦慄が走りました。ようやく親父が口を開いた。

『どうやら、あの二人がこいつに罠をかけたようだ』と親父が言った。『ハドソンは近頃、かなり扱いにくくなっている。やつに脅迫する魂胆があったとしてもおどろかない。あの女はそんな夫を裏切ったのだ』

『フレッドはどうしたらいいの？』とお袋が訊いた。

親父がぼくを見ました。その顔はいつものように穏やかでした。声も同じように楽しげでした。『捕まったら、縛り首だな』それを聞いて、お袋は悲鳴をあげました。親父はすこし眉をよせると、話をつづけた。

『安心しろ。こいつを絞首台へ送るつもりはない。国外へ逃亡して、自殺してくれれば、首を吊られずにすむ』

『ジム、あなたはわたしを殺すつもりなの』とお袋が叫んだ。

『だが不幸なことに、それはわたしたちの救いにはならない』

『何が？』とぼくは訊いた。

『おまえの自殺だよ。この事件は絶対にあかるみに出してはならない。スキャンダルになったら、どうしようもなくなる。選挙戦はいまきわどい戦いになっている。もしわたしが抜けたら、選挙に勝つのがむずかしくなる』

『父さん、ほんとうに申し訳ありません』

『もちろん、そうだろうよ。ばか者やごろつきは、自分の行為の責任をとるときになって、はじめてそういう気持ちになるのだ』

みんなしばらく黙っていました。それからぼくが言いました。『父さん、やはりぼくが国外に出て、自殺するのがいちばんいいと思います』

『ばかを言うな。それでは事態がさらに悪くなるだけだ。おまえは新聞記者の連中をあなどっているのか。やつらはあれこれ考え合わせて事件を追及してくるだろう。いまはその口をつぐんで、わたしに考えさせろ』

三人とも言葉を失って黙っていました。お袋はぼくの手をにぎっていました。ようやく親父が口を開きました。

『先ずあの女と取引しなければならん。やつがこっちの弱みを握っているのはまちがいない。義理の娘にするのもいいかもしれんな』

お袋はひと言も口にしなかった。親父は椅子によりかかり、足をくんでいた。その眼にきらりと微笑がうかんだ。

『幸運にも、われわれは世界でも有数の民主主義国に住んでいる。つまり、買収できない人間なんて一人もいないということだ』これは親父の好きな言い草でした。彼はぼくたちを一、二分じっと見つめていました。何か実行する決心をかためると、顎をつきだして、自分の強い意志を示すのが親父の癖でした。ぼくもお袋もそれをよく心得ていました。

『事件は明日の新聞に載るだろう』と親父は言った。『わたしはハドソン夫人に会いに行ってくる。彼女がなんて言うか、わたしにはわかっている。あの女があくまで自分の主張を貫くなら、おかしなことさえなければ、事件の真相は誰にも証明できないだろう。あの女はすべて綿密に計算した上で実行におよんでいる。警察は彼女を尋問してくるが、わたしの立会いなしでは尋問できないように取り計らうつもりだ』

『それでフレッドはどうなるの?』とお袋が訊いた。親父はまた微笑んだ。不安など何もないかのような顔つきだった。

『フレッド、おまえは寝室へ行って、ベッドに寝ているといい。慈悲深い神の摂理によって、いま猩紅熱が流行っている。明日か明後日、フレッドは隔離病院へ送りこまれる』

『でも、どうして？　それがこの子になんの役に立つの？』とお袋がたずねた。

『いいかい、これから二、三週間、誰かを安全に隔離しておくには、それがいちばんいい方法なんだ』

『でも、猩紅熱に感染するかもしれないわ』

『それこそはまり役ということになる』と親父は言った。

翌朝になると、親父はぼくの上司に電話して、ぼくが熱を出していて様子がおかしいとつたえた。それからぼくをベッドに寝かしておいて、医者を呼びにやった。医者がすぐに飛んできた。彼はぼくの叔父で、お袋の弟です。ぼくが生まれたときからのかかりつけの医者です。彼の診断によると、どうも猩紅熱の疑いがあるが、兆候がはっきりするまでは、病院へ送らない方がいいということでした。お袋は料理人や女中に、ぼくに絶対に近づいてはならない、息子の世話はみんなわたしが見ると告げました。

夕刊にはハドソン殺しが大々的に載っていました。ハドソン夫人は当夜、映画を見に行っていて、帰宅すると居間に夫の死体があったという。ハドソン家は使用人を雇っていなかった。先生はご存じないでしょうが、彼らの家はいま開発中の地域にある小さな別荘風の建物です。ひろい敷地に建っているので、隣の家は二、三百ヤードも離れています。フローリーはこの隣人となんの付き合いもなかったが、夫の死体を発見するや、すぐにそこへ走っていって、すでに寝込んでいる家人が現れるまでドアを叩きつづけたそうです。そして夫が殺されている、自分といっしょにきてくれと話した。彼らが走っていってみると、たしかにハドソン氏が床に丸くなって倒れていた。隣家の男はしばらくして警察へ電話することに気がついた。ハドソン夫人は狂乱状態だった。夫にかじりついて、大声をあげて泣いていた。死体から引き離すのが大へんだったという。

さらに新聞記者が調べあげた詳細なニュースがつたえられました。警察医によると死体は死後二、三時間経っているという。奇妙なことに、被害者は自分の拳銃で撃たれていたが、自殺の可能性はすぐに否定された。ハドソン夫人はすこし落ちつくと、当夜自分は映画を見に行っていたと警察に話した。たしかに彼女のバッグには、チケットの半券が残っていたし、映画館では二人の知人と言葉を交わしたとも語った。映画を見に行ったのは、その夜夫がニューカッスルへ行くことになっていたからだという。しかし彼は六時すこし前に帰宅し、行かないことになったと言った。それで自分も外出しないで、夕食の準備をすると言うと、夫は予定どおり映画を見に行けと言った。重要な仕事について人が話しにくるから、一人にしておいてくれと言った。それで自分は家を出たが、それが夫の生きている姿を見た最後だった。室内には激しく争ったあとが残っていた。ハドソンは身を守るために必死に抵抗したようだった。盗まれたものは何もなかった。したがって警察も新聞記者も、これは政治がらみの犯罪である、と直ちに結論づけた。シドニーでは政治的抗争が激しくなっていた。パット・ハドソンが暴力を辞さない連中と関わりがあったことは知られていた。彼には敵が大勢いた。警察は調査をすすめる一方、市民からの情報も募っていた。当夜犯行現場近くで怪しげな男を見なかったか、市内にもどってくる電車のなかに争った痕跡のあるような男はいなかったか、などなど。

事件の二日後の夜、救急車が一台ぼくの家にやってきて、ぼくを病院へはこんでくれました。病院には三日か四日いました。それからひそかに外へ出され、フェントン号が待っている場所へ連れていかれました」

「ところで、あの電報のことになるが」と医師は言った。「どうやって死亡証明書を手に入れたのかな?」

「ぼくにもわかりません。いろいろ考えてはみました。第一にぼくは本名であの病院に入っていません。ブレイクと呼ばれていました。そして何者かがぼくの名前で入院していたのではないか、と思います。市当局は新聞などを使って、伝染病など発生していないと言っていましたが、現実には蔓延しつつあったのです。病院は満員でしたし、看護婦は疲れきり、なかは大混乱していました。誰かが死亡して、ぼくの名前で埋葬されたことは明白です。親父はほんとに頭がいい。それに、躊躇するなんてことがまるでない」

「その親父さんに、一度会ってみたいものだ」とサンダース医師は言った。

「たぶん疑惑を感じた人はいたでしょう。なにぶんぼくたちが一緒にいる姿はあちこちで見られています。彼らが疑問を口にしていたのではないでしょうか。警察はあらゆる可能性を徹底的に調べたと思います。ですから、親父はぼくを死者に仕立てようと考えたのです。親父にしてみれば、それで市民の同情も買えるわけですから」

「どうやら、彼女が首を吊って死んだのも、同じ理由からでしょう」と医師が言った。

フレッドがびっくりして眼を見はった。

「そんなこと、どうして知ってるんです？」

「新聞で読んだのさ。おとといの夜、エリック・クリステッセンがフリスの家からもってきた新聞に出ていたよ」

「ぼくが何か関係していると思われたんですか？」

「いや、知らなかった。いまきみの話を聞いていて、ふと名前を思い出したんだ」

「あの記事はショックでした。ほんとにおどろきました」

「どうして自殺をしたと思う？」

「新聞記事によると、いろいろ悪い噂をたてられて、悩んでいたそうです。親父としては、あいつに仕返ししてやるまでは、腹の虫がおさまらなかったでしょう。息子の嫁になって、家に入り込もうなんてとんでもないと、怒り狂っていたにちがいない。やつにぼくの死亡を知らせたときは、きっと大喜びに喜んでいたと思います。あいつは恐ろしい女でした。ぼくはあいつを憎みました。でも、あんなことをするなんて、よほどぼくを愛していたからでしょう」

フレッドは話をやめて、視線を宙に泳がせた。

「親父は何もかも知っていました。親父の性分としては、あいつに言ってやったかもしれません、ぼくが死ぬ前にみんな告白しているぞ、警察がまもなくおまえの逮捕にやってくるぞ、とか」

サンダース医師はゆっくりうなずいた。なるほど、うまいやり方だ。だが医師はすこし疑問も感じていた。はたしてそれほどの女が、首を吊って死ぬという不愉快な方法を選択するものだろうか？　たしかに、彼女が死を急いでいたようには思えるし、フレッドの推測も的を射ているかもしれないが。

「とにかく、あいつはいなくなった」とフレッドが言った。「そしてぼくは生きていかなければならない」

「彼女が死んで、悲しいとは思いませんか？」

「悲しい？　とんでもない！　あの女はぼくの人生を台なしにした。そしてこれは何もかも、ほんの偶然から起こったことです。そう思うと、やりきれない気持ちになる。あの女と付き合う気なんてまるでなかった。あいつがすこしでも本気になりそうだったら、ぼくは手もふれなかったでしょう。あの日曜日に親父が釣りに行かせてくれていたら、あいつに会うことさえなかった。もう何がなんだかわからなくなった。あんなことがなければ、この呪われた島にくることもなかった。ぼくは自分の行き先々に、不幸をばらまいているとしか思えない」

「その美しい顔にちょっぴり硫酸でもたらしたらどうかね」と医師が言った。「いまのきみの顔ではどこへ行っても、危険人物になってしまうよ」

「ああ、先生、そんな冗談はやめてください。ぼくはいまひどく不幸な気分です。エリックのことを思うとたまらない気持ちになる。ぼくはこれまでエリックのような男に出会ったことがなかった。あのような熱い友情を感じたこともなかった。ぼくはそのエリックを死なせてしまった。ぼくはどうにも自分が許せない気持ちです」

「いや、エリックがきみのせいで死んだなんて思わない方がいい。彼の死はきみにはほとんど関係がないのだから。わたしの推測にほぼまちがいないと思うが、あの人がみずから命を絶ったのは、あらゆる才智とあらゆる美徳を付与して賛美していた人物がとどのつまり、ふつうの人間でしかないことを知り、その事実にショックを受けたためです。彼自身の狂気のなせる業です。理想主義者がおちいる最悪の事態です。彼らは人間をあるがままに受け入れようとしません。キリストが言いませんでしたか？〈父よ、彼らを許したまえ。その為すところを知らざればなり〉と」

フレッドは医師の顔を凝視した。その憔悴した眼には、当惑の色がうかんでいた。

「でも、先生は宗教家ではないでしょう？」

「分別のある人間はみんなおなじ類の宗教家なんだよ。では、その宗教とはなんぞや？分別のある人間はそういうことを語りません」

「ぼくの親父なら、そんなことは言わないでしょう。分別のある人間は、わざわざ人を怒らせたりしないと言うでしょう。教会へ行くのも、人の眼に立派に見えるからであるし、隣人の偏見は尊重しろと言うでしょう。いまの生活が快適なものなら、それを放棄する理由なんて何もないと言うでしょう。ニコルズとぼくもその話をしました。信じられないでしょうが、宗教の話となると、ニコルズは何時間でもしゃべります。笑ってしまいますよ。これまで見たこともないような下劣な悪党が、道徳観念など欠けらもない男が、本気で神の存在を信じているんです。おまけに地獄まであると思ってますが、自分がそっちへ行きそうだなんてことは思いもしません。ほかのやつらは地獄へ行って、犯した罪の報いをうける、それは当然だ、しかしこのニコルズはまっとうな人間であり、人に悪さをしても、それは大したことじゃなくて、同じ状況におかれたら、人間誰でもするようなことだ、神様もそれをもちだして、おれを非難することはない、と言うんです。ぼくは最初、こいつはただの偽善者だと思いました。ところが、ちがう。ほんとにおかしな話です」

「とりわけ腹を立てるようなことじゃない。人の発言と行動のちがいを眺めることぐらい、この世でおもしろい見物もありませんよ」

「先生はそれを外側からながめて、笑っていますが、ぼくはそれを内側から見ているんだ。ぼくはまるで羅針盤をなくした船だ。つまり、どうしてここにいるのか？　これからどこへ行くのか？　何をしたらいいのか？　それがさっぱりわからない」

「フレッドくん、その答えをわたしから聞きたいのかね？　太古の密林のなかで、かすかな知性に目覚めて以来、人類はそのおなじ問いをくり返してきている」

「あなたは何を信じているんです？」

「わたしはね、わたし自身とわたしの経験以外のものは何も信じておりません。この世界はわたしとわたしの思考とわたしの感情とから成り立っているのです。それ以外のものはすべて幻です。人生は夢です。その人生という夢のなかで、わたしは眼の前に現われる事物を創造しているのです。知ることのできるものすべて、経験の対象となるものすべて、それはわたしの精神のなかで生じる観念なのです。したがって、わたしの精神なくしては、その観念は存在しません。わたし自身の外部にあるものを仮定することは不可能であり、また必要でもありません。夢と現実はひとつのものです。人生は連続し一貫している夢なのです。そしてわたしが夢見ることをやめたとき、世界は存在しなくなります。その美も苦悩も悲しみも、その想像を超えた多種多様なものも、すべて消えてしまいます」

「そんなばかばかしい話がありますか」とフレッドが叫んだ。

「しかしそう思わずにすむ理由は何もありませんよ」と医師は微笑んだ。

「でも、ぼくは笑い者にはなりたくない。もし人生がぼくの欲しいと思う物で満たされていないなら、そんな人生なんていりません。退屈で、くだらない芝居ですよ。そんなもの、終わりまで見ている価値のない、時間つぶしでしかないでしょう」

サンダース医師はきらりと眼を光らせた。小さな醜い顔にしわをよせて、にやりと笑った。

「親愛なるフレッドくん、それこそ愚にもつかない話じゃないか。自分が青年であることを忘れてはいけません。この世界では、きみはまだ新入りです。知らないことがたくさんあります。しかしそのうち、無人島に漂着した男のように、手に入らないものを欲しがらずに、手に入るものを活用して生きることを学ぶでしょう。ほんのすこし常識があって、すこしは他人の意見や行動を認める心をもっていて、そして温かいユーモアがあれば、この小さな星の上で楽しく穏やかに暮らすこともできるのです」

「つまり、先生のように、人生を価値あらしめるものをすべて投げ捨てよ、ということですね。ですが、ぼくにとって、人生とは公正なものだ。勇敢で誠実なものだ。最後にはまっとうな人間がむくわれ、正義が実現することを願いたい。それでは望みが多すぎるというのでしょうか？」

「わかりません。しかしそれは人生が与えられる以上のものを求めています」

「先生、ひと言言ってもいいですか？」

「どうぞ」

「あなたはどぶのなかを這いまわり、それで満足しているんです」

「そんなことはない。そのどぶに棲んでいる生き物の愚行をながめて、いくらか楽しませてもらっている」

フレッドが怒ったように肩をそびやかし、ため息をしぼりだした。

「あなたは何も信じていない。誰も尊敬していない。そして人類は下劣で、堕落した存在だと思っている。あなたは車椅子に縛りつけられた障害者です。他人が歩いたり走ったりするのを眺めながら、それがくだらなくて、無意味だと思っているんです」

「どうやら、わたしの言うことをあまり評価されないようだ」と医師は穏やかな口調で言った。

「あなたは愛情を失った。希望も失った。信仰も畏怖も失った。それでいったい、あなたには何が残っているんですか？」

「諦めですよ」

青年は跳びあがった。

「諦めですって？　それは敗北者の逃げ場所だ。どうぞ、諦めを大切になさってください。ぼくはそんなもの要りません。ぼくは悪や不正や不公正をだまって受け入れようとは思わない。善良な者が罰をくらい、悪人が罪を逃れているのを見て、傍観しているつもりはない。もし人生というものが、美徳が踏みにじられ、誠実さが嘲笑され、美が汚されることを意味するなら、そんな人生などくそ食らえです」

「フレッドくん、人生はあるがままに受け入れなければなりませんよ」

「あるがままの人生なんて真っ平です。そんなもの胸がむかついてくる。ぼくは自分の望むとおりの人生を手に入れるか、それとも何もないか、だ」

青年は言葉に酔っている。不安で、動揺している。しかしこれも明日か明後日になれば、もっと分別がつくだろう。医師は青年の気炎を和らげるつもりで言った。

「きみは読んだことありませんか？　人間は笑うことができる、これは神々が人間にあたえた唯一の才能であり、野獣はこの恩恵をうけることができなかった」

「何を言いたいのですか？」とフレッドが陰気な声で言った。

「わたしは笑えるという気持ちを持ちつづけたおかげで、諦めの気持ちが獲得できたのです」

「それなら笑ったらいい。頭がふっ飛ぶくらい笑いなさい」

「できるかぎりそうするよ」そう言って、医師は青年を優しい眼ざしで見つめた。

「神々がわたしを破滅させるとしても、わたしが征服されることはありません」

これも大言壮語か？　たぶんそうかも。

二人の会話はいつまでもつづきそうだったが、このときドアをノックする音が聞こえた。

「どこのどいつだ？」フレッドが怒鳴った。

英語がすこし話せるボーイが入ってきて、フレッドに会いたいという人がきていると言ったが、それが何者かはわからなかった。フレッドは肩をすくめて行きかかったが、ふと考えがうかんで足をとめた。

「それは男か、女か？」

ボーイはきょとんとした顔つきで立っていた。フレッドが言い方を変えて二、三度質問をくり返すと、ようやくボーイは意味が飲み込めたらしく、頭の良さを誇るかのように、にっこり笑みをうかべて、女の方ですと答えた。

「ルイーズだ」フレッドはそうつぶやくと、はげしく首をふった。「いいか、旦那《トアン》は病気だ、誰にも会わない、そう言ってくれ」

今度はボーイもすぐに理解して、ひきさがった。

「会った方がいいよ」と医師が言った。

「いや、絶対に会わない。エリックはあの女の十倍の価値があった。ぼくにとって、彼は世界のすべてだった。あの女なんて、思っただけで吐き気がする。ぼくはさっさとここを出ていきたい。何もかも忘れたい。あいつはエリックの高貴な心を踏みにじりやがった！」

サンダース医師は眉をあげた。その言葉を聞いて、同情心が冷えてしまった。

「たぶんあの人も悲しんでいますよ」と医師は穏やかに言ってみた。

「先生、ぼくはあなたを皮肉屋だと思ってましたが、しかし、現実には感傷主義者ですね」

「それがいまわかりましたか？」

そのときドアがゆっくりと音もなく、大きく開いた。ルイーズが戸口のところに立っていた。部屋に入ってこようとはしなかった。口もきかなかった。ただフレッドを見つめていた。恥じらいをおびた微かな笑みが口許で、懇願しているようだった。不安なようすがよく見て取れた。体全身が不安な気持ちを現しているようだった。その顔とともに、体も何かを必死に訴えていた。フレッドも少女をじっと見つめていた。体を動かしもしなかった。部屋に入れとも言わなかった。顔を陰気にくもらせ、冷たい容赦ない憎悪を眼に光らせていた。少女のかすかな笑みが凍りついた。そしてため息をもらしたかに思われた。唇からでなく、体からもれたかのようだった。するどい痛みが心臓を貫いたかのようだった。二分だったろうか三分だったろうか、少女はそこに立っていた。どちらも瞬きもせずに、相手をじっと見つめていた。やがて少女はドアのノブに手をかけて、ドアを自分の方にひきはじめた。ドアが開いたときと同じように、ゆっくりと音もなく閉まっていった。部屋のなかはふたたび二人の男だけになった。医師は不思議な思いを抱きながら、この痛ましくも恐ろしい光景を思い返していた。

29

フェントン号は夜明けとともに出港した。サンダース医師をバリ島へ運んでくれる汽船は午後到着する予定である。貨物を積む時間しか港に留まっていないはずだから、医師は十一時ごろ馬車をやとって、スワンの農場へ出かけていった。別れの挨拶もしないで立ち去るのは、いささか非礼になると思った。

屋敷に着くと、スワン老人が庭のなかで椅子にすわっていた。あの夜エリック・クリステッセンが、ルイーズの部屋から忍びでるフレッドの姿を目撃したときにすわっていたあの椅子である。老人に挨拶すると、相手が誰であるか憶えていなかった。しかしあいかわらず矍鑠《かくしゃく》としていて、さかんに質問を浴びせるものの、こっちの答えには無関心で、ただ訊いてくるばかりだった。まもなくルイーズが家から現れ、テラスの階段をおりてきて、医師と握手をかわした。激しい感情の嵐をくぐり抜けた様子はどこにも見えなかった。落ちついた気持ちのいい微笑をうかべて、挨拶していた。それは森の池からもどってくる彼女にはじめて会ったとき、その口許にうかんでいたと同じ微笑だった。ろうけつ染めの茶色のサロンをまとい、この土地特有の可愛らしいコートを羽織っていた。

「なかにお入りになって、ちょっと腰をかけませんか？　父は仕事をしていますが、じきにもどってくると思います」

医師は娘のあとについて大きな居間に入っていった。ガラス製のすだれがおりていて、弱められた日射しが心地よかった。部屋のなかはそれほど居心地がよくなかったが、涼しかった。鉢に盛られた黄色いカンナの花が、新たに昇った太陽のように炎をあげて、独特の異国情緒をかもしていた。

「祖父にはエリックのことをまだ話しておりません。祖父はエリックが好きでした。二人ともスカンジナビア半島の生まれですから。エリックの話を聞いたら、動転するかもしれません。それが心配で黙っていますけど、もう知っているのかもしれません。何週間か経って、ある日ぽつりと口にしたりして、みんなで隠していたことが無駄骨だったことを知らされるかもしれない」

少女はゆったりとした口調で話していた。自分とはなんの関係もないことを話題にでもしているように、柔らかで豊かな声をひびかせている。

「年寄りって、ほんとに不思議に思いますわ。心がどこか遠くへ離れてしまい、いろんなものをなくしてしまって、もう人間とは思えなくなってしまう。でもときどきおどろいてしまいます。歳をとると、新たな感覚が身について、わたしたちが知らないことを感知するような気がします」

「先日の夜、お祖父《じい》さんはとても元気でした。わたしもあの歳になって、あれくらい元気でいたいと思います」

「あのときはすごく興奮していました。祖父は知らない人に会って、話をするのが好きなんです。でも、あれは蓄音機みたいなものです。ゼンマイをまいてあげなければなりません。もう機械なんですよ、祖父は。でもそれだけではありません。小さな動物みたいなところもあります。穴を掘っているネズミとか、籠のなかを走りまわっているリスとか、わたしたちの何か知らないものが体のなかにあって、それが忙しく動いているんです。わたしはそれがいるのを感じます。それはなんだろうって、いつも思ってます」

医師はそれには何もこたえなかった。二人はしばらく沈黙していた。

「ハイボールでもいかがです？」と少女が言った。

「いいえ、ご遠慮します」

二人はむかい合って安楽椅子にすわっていた。大きな部屋は得体の知れない空気をかもしだし、彼らをすっぽりつつんでいた。何かが起こるのを待っているようだった。

「フェントン号が今朝出ていきましたよ」と医師が言った。

「ええ、知っています」

医師が娘の顔をまじまじと眺めると、彼女は落ちついた視線を返してきた。

「あなたにとって、クリステッセンの死は非常にショックだったと思いましたが」

「わたしは彼がとても好きでした」

「ここで夕食会があった夜、あなたのことをいろいろ話してくれました。死ぬ直前のことです。あなたをとても愛しておられたし、もうすぐあなたと結婚するとも言っていました」

「ええ、そうでした」と言ってから、少女は顔をあげて、ちらりと医師に眼をやった。

「どうしてあの人は自殺などしたのでしょうか？」

「あの若者があなたの部屋から出てくるところを目撃したんです」

少女は視線を落とした。頬がすこし赤らんでいた。

「そんなことありえないわ」

「フレッドが話してくれました。ベランダの手すりを飛びこえたとき、そこにエリックがいたそうです」

「わたしがエリックと婚約していることを誰がフレッドに話したのかしら？」

「わたしが話しました」

「そうですか。昨日の午後フレッドに面会を断られたとき、そんな気がいたしました。部屋へ入っていって、彼に見つめられたとき、もう望みはないと思いましたわ」

しかしそう言いながらも、少女の物腰には絶望の影などどこにもなく、ただ、必然の運命を受けいれる冷静な意志しか感じられなかった。それはひょいと肩をすくめて見せたような口調だった。

「つまり、あなたはエリックを愛していなかった、というわけですか？」

娘は片手で頬をささえると、一瞬、自分の心に見入っているかのようだった。

「いろいろ複雑な事情がございますわ」

「失礼しました。どうも余計なことを言ってしまって」

「いいえ、ご心配いりません。あなたにどう思われようと、わたしはすこしも気になりません」

「ほう、どうしてでしょう？」

「フレッドはとても美しい人でした。先日の午後、農園でみなさんにお会いしたこと憶えていらっしゃいますか？　あのときわたしは、フレッドから眼を離すことができませんでした。それから夕食をごいっしょして、そのあとわたしたちダンスをしました。よく言われるひと目ぼれというのかもしれません」

「どうもよくわかりません」

「あら、そうですか？」少女はおどろきの視線を医師にむけたが、それはたちまち探るような眼ざしに変化した。はじめて医師に注意をむけたかのようだった。

「フレッドがわたしに好感をもったことはすぐ感じました。これまで生きてきて感じたことのないものを感じました。わたしはただ単純に彼が欲しいと思いました。いつもは丸太みたいにぐっすり眠るのに、あの夜はすこしも眠れませんでした。父が翻訳の原稿をあなたに見せに行くというので、馬車で送っていくことをわたしから申し出ました。フレッドがここに一日か二日しか滞在しないことは知っていました。もし一カ月もいるとしたら、あんなことは起きなかったと思います。それなら時間がたくさんあります。毎日彼の顔を見ていたら、一週間もしたら、何も感じなくなってしまったと思います。彼とのことはすこしも後悔しなかった。すごく満足していて、自由を感じていました。あの夜フレッドが去ったあと、しばらく眼を覚ましていて、とても幸福な気分でした。あの人にもう二度と会わないと思っても、すこしも気にならなかった。一人でいることがすごく心地よかった。あの気持ちはおわかりいただけないでしょうね。頭がぼーっとして、お酒に酔ったような気分でした」

「その結果がどうなったか、恐ろしいとは思いませんか?」と医師はたずねた。

「それはどういう意味でしょうか?」それから少女は得心して、にっこり笑った。「ああ、そのことですか。先生、わたしは生まれてこの方、ほとんどこの島のなかだけで生きてきました。子どものころは、近所の子どもたちと農園で遊びました。わたしの大の親友は農園の監督官の娘で、わたしと同じ歳ですが、すでに結婚して四年になり、子どもが三人もおります。先生、マレー人の子どもにとって、性の秘密なんてありません。わたしも七つのときから、性にまつわる話はたくさん聞いてきました」

「では、あなたはなぜ、昨日ホテルにきたのです?」

「頭が混乱していました。わたしはエリックが大好きでした。彼が拳銃で自殺したと聞いたとき、とても信じられませんでした。わたしのせいで死んだのかと思いました。もしかするとエリックは、わたしとフレッドのことを知ったのかもしれない、その事実をたしかめたいと思いました」

「彼はあなたのせいで死んだのです」

「あの人が死んだことはとても悲しいことです。ずいぶんお世話になっておりますから。子どもの頃はいつも崇拝していました。わたしにとって彼は、祖父がよく話してくれたヴァイキングの男のような存在でした。いつもとても好きでした。でも、わたしは彼の死に責任はありません」

「どうしてそう思えるんですか？」

「あなたはご存じなかったでしょうが、エリックが愛していたのは、わたしではありません。あの人はわたしの母を愛していました。母はそれを知っていました。最後には母も彼を愛していたと思います。そんなことおかしいと思うでしょうね。母にとって、エリックは息子のような年齢ですから。彼はわたしのなかにいる母を愛していたのです。本人はそれに気づいていませんでした」

「あなたは彼を愛していなかったのですか？」

「いいえ、とても愛していましたわ。心ではなく、魂で愛していた。いや、心でも愛していましたが、体の神経のようなものでは愛していませんでした。エリックはとてもいい人です。心から頼ることができました。不親切なことなど何一つできない人でした。ほんとうに純真な心の人でした。何か神聖なものが彼のなかにはありました」

少女はハンカチをとりだして、眼のあたりをぬぐった。エリックの話をしながら、涙を流していたのだった。

「愛していないのなら、どうして婚約などしたのですか？」

「わたしは母に死ぬ前に約束しました。母はわたしのなかで、エリックに対する自分の愛を実現させたいと思っていた、そうわたしは感じています。わたしはエリックがとても好きでした。彼の心もよくわかっていました。いっしょにいると気楽で、安心していられました。母が死んで、わたしが悲嘆にくれていたとき、エリックがすぐ結婚してくれたら、わたしは彼を愛したかもしれません。でも彼は、わたしがまだ若すぎると思っていました。わたしの悲しみにつけ込みたくなかったのです」

「それでどうなりました？」

「父はわたしとエリックの結婚をあまり望んでいませんでした。父はいつも夢見ていたんです。お伽の国の王子様が現れて、わたしを魔法のお城へ連れていくのを待っていました。現実離れのした夢想家と思われるでしょう。もちろん、わたしはそんな王子様がいるなんて思ってもいません。でも、そういう父の思いの背後に、何かしら期待のようなものがあります。父には物事を直感する能力があります。たとえてみれば、父は雲の上に住んでいますが、ときたまその雲が天上の光で輝くことがあります。何事も起こらなかったなら、たぶんわたしたちは結婚して、幸せに暮らしたかもしれません。エリックといっしょなら、どんな人でも幸せになるでしょう。彼がいつも話していた名所や旧跡を見物してまわるのは、さぞや楽しいことだったでしょう。スウェーデンにも、祖父の生まれた土地にも、ヴェネチアにも行ってみたかった」

「わたしたちがここにきたのが不運でした。しかし、どうこう言っても、これはほんの偶然です。アンボイナへ行けばよかったと思います」

「でも、はたしてアンボイナへ行けたでしょうか？　あなたたちがここへ来られたのは、すべて運命だったと思います」

「わたしたち人間の運命は、運命の神々がその行く末を定めるために、そんなに大騒ぎするほど、重要なものであると思われますか？」

少女は答えなかった。しばらくの間、二人は黙ってすわっていた。

「ああ、なんて不幸なんでしょう」少女がようやく口を開いた。

「あまり悲しまれない方がいいですよ」

「あら、悲しんではおりませんよ」

少女の口調に何か断乎たるひびきがあったので、医師はおどろいて眼を見はった。

「あなたはわたしを非難していますね。みなさんが非難するでしょう。しかしわたしは自分を非難しません。エリックの自殺はわたしのせいではありません。エリックは自分がつくり上げた理想像に、現実のわたしが遠くおよばないことを知り、そのために自殺したのです」

「なるほど」

サンダース医師は少女の直感が的を射ていることを知った。それは彼が想像していた結論と同じだった。

「もしエリックがほんとにわたしを愛していたら、わたしを殺していたでしょう。あるいは許してくれたかもしれません。先生、あなたは愚かしいと思いませんか？　どうして男たちは、少なくとも、白人の男たちは、人間の性の活動をあんなに重大視するのでしょうか？　オークランドの学校にいたとき、わたしは宗教の攻撃にさらされました。あの年ごろの少女たちがよく経験することです。四旬節のときには、砂糖の入ったものは絶対に食べないと誓いを立てました。でも二週間もたつと、もう甘いものが食べたくて、拷問でも受けているような気持ちでした。ある日外出して、お菓子屋さんの前を通ったら、店先にチョコレートがおいてありました。それを眼にしたとたん、わたしの心のなかでくるりと転換が起きたのです。わたしは店に入っていって、チョコレートを半ポンド買って、街なかでみんな食べて、袋を空にしてしまいました。そのとき感じた解放感は生涯忘れることはないでしょう。それから学校へもどり、四旬節の残りの期間をしごく気楽な気持ちで、欲望をおさえて過ごすことができました。その話をエリックにしたら、あの人、笑っていました。それは当たり前だと思ったのです。心のひろい人でしたわ。もしこの現実のわたしを愛していたら、今度も許してくれたのではないでしょうか？」

「さあ、どうでしょう。その問題になると、男はずいぶん変わってきます」

「エリックはちがうと思います。彼は賢明で、情けのある人です。つまり、彼はわたしを愛していなかったのです。彼は自分の理想像を愛していた。わたしのなかにある美しい母、その母の才智を愛していた。彼の心に培われたシェイクスピアのヒロインや、アンデルセンの童話のなかのお姫様を愛していたのです。自分の好きなように理想像をつくり上げ、それをおしつけておいて、理想とちがうからと言って、怒る権利が誰にあるでしょうか？　エリックはわたしを自分の理想の姿に閉じこめておきたかった。わたしが何者であるかなんて、まるで意識しなかった。あるがままのわたしを受け入れようとしなかった。わたしの魂を所有したいと思っていた。そしてわたしの内部のどこかに、自分の理解できないものがあると感じたから、その本来のわたしである小さな火花を自分自身の空想の産物でおきかえようとしました。わたしはいま不幸です。でも、はっきり言って、悲しんではおりません。フレッドも同じでした。あの夜、わたしの横にねころんで、この島にずっといたいと言っていました。わたしと結婚して、農園を耕したいとか、いろいろ話をしていました。自分の将来を想像し、そこにわたしをおいていました。フレッドも同じように、わたしを自分の夢のなかに閉じ込めたいと思ったのです。エリックとはちがう夢ですが、やはりそれはフレッドの夢です。けれど、わたしはわたしです。他人の夢を夢見たいとは思いません。恐ろしいことが起きてしまい、いまはやりきれない気持ちですが、しかし心の奥でわたしは感じています、今度の事件によって、わたしは自由を手にすることができた、と」

少女はしずかに話していた。高ぶることなくゆっくり、落ちついた言葉づかいで話しているのを見て、医師はいささか奇異な思いがした。思わず心が震えるのを感じた。赤裸々な人間の魂を見せつけられると、いつでもおれは恐怖で戦いてしまう。世界の歴史のはじめに誕生した形もない原生動物が、破滅の危機があふれるなか、みずからを生存に駆り立てていった力も、いまおれが眼にしているのとおなじ剝きだしの非情な直感・本能だったにちがいない。この少女はこれからどうなっていくのだろうか？

「今後の計画をおもちですか？」

少女は首をふった。

「わたしは待つことができます。まだ若いですから。祖父が死んだら、この農園はわたしのものになります。たぶん売りに出すでしょう。父はインドへ行きたいと言っております。世界はひろく、行きたい場所がたくさんあります」

「では、そろそろお暇いたしましょう」と医師は言った。「お父上にお別れの挨拶をしたいのですが、お会いできますか？」

「書斎におりますわ。ご案内しましょう」

医師は廊下をとおり、屋敷の横手の小さな部屋へ案内された。原稿や本がちらばっているテーブルの前に、フリスがすわって、さかんにタイプライターを叩いていた。ふとった赤い顔に汗がふきだし、眼鏡が鼻からすべり落ちそうだった。

「これは第九篇の最終原稿です」とフリスが言った。「ご出発されるのですね。では残念ですが、これをお眼にかける時間はないようですな」

この前朗読している最中に、サンダース医師が居眠りしたことなどすっかり忘れているらしい。それとも憶えていても、すこしも気にしていないのだろうか。

「もうすぐ完成します。これはじつに気力のいる仕事でした。娘が励ましてくれなかったら、こんな見事な原稿に仕上げられなかったかもしれません。これから得られる利益は当然ながら、すべて彼女のものです」

「お父さん、あんまり根をつめて働いてはいけませんよ」

「光陰矢ノ如シ」とフリスはラテン語をつぶやいた。「芸術ハ長ク、人生ハ短シ」

少女は父親の肩にやさしく手をおいて、タイプライターのなかの用紙をながめながら微笑していた。あらためてルイーズが父親に見せる優しい態度に、医師はおどろかされた。その賢明な判断力からすれば、少女が父親の仕事が虚しい結果しかもたらさないことを理解しているはずだった。

「お父さん、お仕事のお邪魔をしにきたのではありません。サンダース先生がお別れのご挨拶をしたいそうです」

「ああ、そうだった」フリスはそう言って、椅子から立ち上がった。「先生、お会いできて楽しかった。こんな僻地では、あまり訪問者もおりません。昨日はクリステッセンの葬式に出席していただき有り難うございます。あのようなときにはわれわれイギリス人は一致結束すべきです。オランダ人に多大の感銘をあたえました。クリステッセンはイギリス人ではありませんが、この島にきて以来わたしどもはいろいろ世話してやりました。しかしながら、結局のところ、彼はアレクサンドラ女王の臣下でした。ところで、お別れする前に、シェリーを一杯いかがですか？」

「いいえ、けっこうです。もうもどらなければなりません」

「自殺の話を聞いたときには、わたしもすっかり気が動転しました。あの男はルイーズと結婚しました。行政官の話によると、まちがいなく、暑さにやられたのだそうです。あの男はルイーズと結婚したいと言ってましたが、こうなってみると、結婚に同意しなくてよかったと思います。彼は自分を抑制する力が欠けていたんです。イギリス人だけですよ、異国に住みついても、自制心を失わずにいられるのは。わたしどもにとって、エリックがいなくなったのは大きな損失です。もちろん、彼は外国人です。しかしショックはショックです。ひどく堪えましたよ」

しかしオランダ人の死などイギリス人の死にくらべれば、さしたることではないとフリスが考えているのはあきらかだった。フリスは屋敷の外まで見送ると言いはった。動きだした馬車の上からふり返って手をふると、娘の腰に手をまわしているフリスの姿が見えた。カナリー・ツリーの重々しい葉の群れの間から射してきた一条の光が、少女の美しい髪にふれて、それを金色に染め上げていた。

30

それから一カ月後、サンダース医師は、シンガポールのヴァン・ダイク・ホテルの、小さな埃っぽいテラスに出て、椅子に腰をおろしていた。午後のおそい時刻だった。すわっている場所から、眼下の街の通りが眺められる。自動車が猛然と走り去る。二頭立ての辻馬車を頑丈なポニーがひいていく。裸足の車夫にひかれて、ぱたぱた音をたて人力車が通りすぎる。ときおり瘦せこけた長身のパミール人がぶらついてくる。彼らが声もなく静かに、人目をしのんで歩いている姿を見ると、遠い昔の夜の光景が眼にうかんでくる。木陰が街路をおおっている。木の葉の間から光がもれて、路面をまだらに染めている。ズボン姿の中国人の女たちが、日陰のなかから歩みでる。すると髪にさした黄金のピンがきらりと光り、まるで操り人形が舞台の袖から現れて、ひょこひょこ歩いていくようだ。ときおり若い農園主の姿も見える。すっかり日焼けしている。つばが二重になっている帽子をかぶり、カーキ色の半ズボンをはいて、大股で歩いている。あれはゴム農園を巡回しているうちに身についた歩き方にちがいない。黒い肌の兵士が二人やってくる。清潔な制服がなかなかスマートである。自分たちの重要な身分を意識してか、

背筋をのばして偉そうに歩いている。すでに真昼の熱気は去っていた。日射しは金色に

よわまり、空気は爽やかに落ちついている。おい、ちょいとひと息いれたらどうか、と

人生が誘いをかけているように思える。散水車が現れて、水をざあざあ流しながら、道

路のほこりを洗っている。

サンダース医師はジャワで二週間すごしてから、いまはここで香港行きの最初の汽船を待っているところだった。香港から沿岸航行船に乗れば、ようやく福州に帰っていける。今度の長い旅行に乗りだして、ほんとによかったと医師は思った。おかげで長年にわたる単調な生活からいっとき抜け出ることができた。なんの実りもない習慣の束縛から解放されて、世間のしがらみも消えてしまい、これまでにない気楽な生活を味わっている。何物にも捉われない精神の自由にひたり、まるで天国にでもいるような気分だった。この世界に誰一人として、この心の平安に関わりをもたないと思うと、うれしくてならなかった。おれはまったく異なる道を通ってであるが、苦行僧が目指している世の煩悩から自由になる、あの境地に到達しているのだ。瞑想にふけるブッダのように、医師は心の満足にすっかり浸りきっていた。すると突然、人の手が肩にふれるのを感じた。顔をあげると、そこにニコルズ船長が立っていた。

「そこの道路を歩いていたら、先生の姿が見えるじゃありませんか。ちょっくらご挨拶にあがりましたよ」

「どうぞおすわりください。一杯いかがです？」

「けっこうですな」

船長は陸にいるときの服を着ていた。ボロ着ではなかったが、ひどく汚れていた。ほそい顔に二日分ぐらいの無精ひげもはやしていた。手を見ると、爪に黒い垢がこびりついている。ずいぶんとみすぼらしい格好だった。

「いま歯を治療しているところです」と船長が言った。「先生のおっしゃるとおりでした。歯医者のやつめ、みんな抜いちまえって言いやがる。この歯じゃ、消化不良になるのが当たり前だそうです。これまでやってこられたのが、奇跡だなんて言ってますよ」

なるほど、口許を見ると、船長の上の前歯がみんな姿を消していた。いつもの追従笑いがさらに不気味に感じられた。

「フレッド・ブレイクはどこです？」と医師がたずねた。

船長の唇から笑みが消えたが、眼にはまだ冷笑の光が残っている。

「可哀相なことになりました」と船長が答えた。

「どういうことですか？」

「ある晩、船縁から落ちたんです。それとも、自分から飛び込んだのかもしれない。真相は誰にもわかりません。とにかく、朝になったら、やっこさん、どこにも姿が見えねえんだ」

「嵐でもあったのですか?」

医師は自分の耳が信じられなかった。

「いや、嵐どころか、湖みたいに小波一つなかった。カンダ=メイラを出港して以来、やっこさん、ひどく落ちこんでいた。前に話しましたように、あたしたちはバタビヤへ行きました。どうやらフレッド宛に手紙が届いているらしかった。実際に手紙が届いていたかどうか、あたしにはわかりません。あたしに訊いてもむだなことです」

「しかし誰にも気づかれずに、どうやって船から飛びこむことができるんですか? 舵輪のところに誰かいたんでしょう?」

「いや、あの晩は船を泊めていました。やっこさん、大酒食らって、酔っぱらっていた。あたしには関係のないことですが、やつに言ってやったんです、そんなにくよくよするなって。そうしたら、フレッドのやつめ、余計なお世話だなんて抜かしやがった。勝手にしやがれ、おまえが何をしようと、おれは平気で寝ているぞって、あたしも言ってやりました」

「いつのことです?」

「ちょうど一週間前、火曜日のことです」

医師は椅子の背によりかかった。ショックだった。あの青年といっしょに腰をおろして語り合ったのは、つい先日のことだった。彼のなかには素朴で、燃え立つような魅力があると思われた。その彼がいま潮の流れのままに、恐ろしい死体となって漂っているかと思うと、いささか気持ちが悪くなった。彼はまだほんの子どもではないか。日頃の人生観にもかかわらず、医師は青年の非業の死を思い、胸がはげしく痛んだ。

「あたしにとっても、こまったことになりましたよ」と船長が話をつづけた。「あいつめクリベッジで、あたしの金をほとんどみんな巻き上げやがった。先生と別れて以来、あたしとフレッドはさかんにトランプをやりました。やつは信じられないくらいついていた。あたしはやつより腕がいいことは承知してました。先生がそこにすわっているのと同様に、それはまちがいないことでした。だから賭け金を倍にして勝負してやったんです。ところが、どうしても勝てなかった。こいつはどこかイカサマがあると思いました。その方のことならよく承知しているのに、いかさまがあるとしても、どうにもその正体がわかりません。いや、これはやはりツキの問題だと思いました。早い話が、バタビアに着いた頃には、あたしがこの航海でもらった金が一文残らず、やつの懐へ行っちまった。そこでやつが消えちまったあと、やつの金庫をこじ開けてみました。メラウケにいたときに、二人してそれぞれお揃いに買ったものです。もちろん、やつの連絡先かなんかが入っていると思いましてね。心配している親類にでも知らせてやろうと思ったんです。あたしはそういうことがとても気になる質なんです。ところが、金庫のなかは空っぽ、なんにも入っていなかった。あの腹黒のいたずら小僧め、腹巻に有り金をみんな入れたまま、海に飛び込みやがったんだ」

「さぞかしがっかりしたでしょう」

「あいつは気に入らねえやろうだった。最初からいやなやつだった。根性のひねくれたやつだった。しかも先生、その金は元を糺せば、みんなあたしの金だった。まともな勝負をしていたら、野郎があんなに勝てるはずがなかった。あのボロ船をペナンで中国人やろうに売らなかったら、どうなっていたかわかりません。すっかりペテンにかけられたような気持ちです」

医師は相手の顔をじっと見ていた。まったく奇妙な話だった。船長はほんとの話をしているのだろうか？　しだいに医師の心に、ニコルズ船長に対する嫌悪の情がひろがった。

「船長、ひょっとしたら、彼が酔っているときに、背中をぽんと突いてやったんじゃありませんか？」

「ええっ、それはどういう意味です？」

「あんたは金が腹巻のなかにあるとは知らなかった。あんたのような能無しには、あれはかなりの大金だった。だから、あんたがあの哀れな青年の背中をちょっと突いてやることぐらい、大いにありえることだと思います」

ニコルズ船長の顔がさっと青ざめた。がっくり肩をおとし、眼が虚空を見つめている。

どうだい、鎌をかけたら、見事に的を射抜いたわい。ざまあみろ、悪党め、と思ったとたん、医師は船長が自分を見ていないことに気がついた。彼の視線は医師を通りこして、その背後にある何かを見つめている。医師が振り返ってみると、テラスから通りにつづく階段をゆっくりと上がってくる女の姿が眼に入った。背のひくい、がっちりした女だった。ひらたくて、しまりのない顔をして、すこし飛び出した眼が妙にまるくて、ブーツの釦みたいに光っている。頭に男のように黒い麦わら帽子をかぶっている。何か興奮していて、機嫌が悪そうだった。

「ああ、なんてこった！」船長の口からうめき声がもれた。「あれはうちのババアじゃないか」

女はゆっくりとテーブルに歩み寄ると、眼に嫌悪の情を露わにして、哀れな男をじろりとながめた。船長は蛇に魅入られた蛙のように、身動きもできなかった。ただ女を見つめるばかりだった。

「あら、あら、船長、前歯がないじゃありませんか、いったいどこへおやりになったの？」と女が言った。

船長は媚を売るように、口をゆがめて笑った。

「いやあ、ここでおまえに会えるとはおどろいた。こんなうれしいこともないぞ」

「では、船長、どこかでお茶でも飲みましょうか」

「いいとも、おまえの好きなようにしたらいい」

船長が腰をあげると、女はくるりとむきを変えて、いまきた道をもどっていった。船長はおとなしくついていった。その顔には深刻な表情がうかんでいる。医師はつくづく心に思った。哀れなフレッド・ブレイクの死の真相は、これで永遠にわからずじまいになってしまった。ニコルズ船長が女房と連れだって、黙りこくって歩いていく姿を眺めながら、医師は苦笑せざるをえなかった。

かすかな風が吹いて、ふいに木の葉がざわめいた。日射しが葉の間を通り抜けて、一瞬、傍らのテラスの上できらめいた。ふとルイーズのことが頭にうかんだ。アッシュブロンドの髪の毛が、うす暗いジャングルのなかで、鮮やかに輝いている。もしかするとあの少女は、遠い昔の物語に登場する魔女のような女かもしれない。男たちはその魅力にとりつかれて、愛の苦悩で身を焼きながら、破滅の道をすすんでいく。まったく、心のうちを覗かせない神秘的な娘だった。手際よく家事や農園の仕事をこなしながら、その一方で、揺るぎない静謐な心をもって、やがて自分の身に訪れる運命をじっと待ち構えている。はたして、どんな運命が待っているのやら？　医師はふっとため息をもらした。それがどんなものであろうとも、人間の想像力がもたらす最上の夢がたとえ実現したとしても、それはすべてとどのつまり、命がつきる最後には、ただ幻でしかないのである。

訳者あとがき

『片隅の人生』（原題 *The Narrow Corner*）は一九三二年モーム五十八歳のときの作品である。アジアや南洋諸島を何度も旅行しているモームだが、その成果は短編小説に生かされ、『片隅の人生』は南洋を舞台にしたモーム唯一の長編小説である。語り手役のサンダース医師はモームの分身とも言うべき人物である。彼が東洋に流れてきた理由は説明されていないが、何か犯罪に関わりを持ったためか、医師免許を剝奪されていることが暗示されている。しかし福州の中国人は、みんなサンダース医師を愛している。彼はこの地の方言を流暢にしゃべり、租界に住んだりしないで、中国人街の中心に居を構えている。とくに眼科が得意で、ほとんど視力を無くしていた患者の眼を完全に治したことでも有名になった。

そのサンダース医師のもとにマレー群島の南端にあるタカナ島の金満家の中国人から出張の依頼が飛び込んでくる。眼の手術をしてくれと言うのである。まる三カ月も地元の患者を放っておくことはできないとサンダース医師は出張を断るが、しかし一万ドルの大金を眼の前につまれると、さすがのサンダース医師も出張を断りきれず、タカナ島へ出かけることになる。

患者の眼の手術は大成功に終わる。しかし帰りの船がもどってくるにはあと何週間も待たなければならない。すっかり退屈していたサンダース医師は、たまたま寄港したボロ船「フェントン号」に乗船し、航海中にニコルズ船長の胃病の治療に当たることになる。フェントン号は出発そうそう大時化に出会い、危うく沈没の危機に見舞われるが、尾羽打ち枯らしたろくでなしと思われていたニコルズ船長が、沈着冷静、たくみに船を操っていき、かろうじてカンダ島にたどり着く。

カンダ島はかつて香料の産地として繁栄したが、いまは人口も少なく、寂れている。島のデンマーク商館員エリック・クリステッセンは「ここは死者の街なのです。……わたしたちは過去の記憶を糧にして生きております。」と言う。ナツメグ農園の経営者スワンは半ば老耄化している老人。義理の息子のジョージ・フリスは二十年も「インド哲学」を研究し、いまはポルトガルの大詩人カモンイスの叙事詩『ウズ・ルジアダス』を翻訳して、訳書の売上金をすべて娘の持参金にすることを夢見ている。フリスの娘ルイーズは一年前に母を失い、十八歳の若さながら、農園経営を一手に握って頑張っている。美しい娘で、エリックと婚約している。エリックはデンマーク人でありながら、イギリスの詩を愛好し、なかでもシェイクスピアを何巻も暗記している。ニコルズ船長の仲間フレッド・ブレイクは二十に満たない青年で、シドニーで犯罪をおかし、帆船に乗って逃亡中だが、善意のかたまりのようなエリックに接し、これまでの陰気な外貌をすてて、すっかり若々しい青年に変身し、サンダース医師をおどろかす。このような人物を配して物語はミステリアスに進んでいく。

「人間は矛盾のかたまりである」とモームは言っているが、『片隅の人生』に登場するサンダース医師はその格好の例であろう。彼は無神論者であり、アヘンの吸引者である。日頃から「死があらゆる人間の人生において、最大の事件であること、それは言うまでもない。自分が死をどう迎えるか、それとどう向き合うか、そういう興味を失ったことなど一度もない」と言いながらも、いざ、帆船に乗りこんで嵐に襲われると、恐怖に見舞われ、マストにかじり付いてぶるぶる震えている。しかも神の存在を信じないサンダース医師は、この危機に際しても、喉元にまででかかっている神への祈りを口にすまいと、歯をくいしばって堪えている。

その一方で、ろくでなしとかペテン師とか、呼ばれているニコルズ船長は長年培った航海術をフルに発揮し、荒れ狂う大時化を乗り切っていく。ニコルズは天国の存在を信じており、自分が死んだら必ず天国へ行くと思っている。サンダース医師もフレッドも、勇敢なニコルズ船長にすっかり感嘆してしまう。

しかしモームは登場人物を一つの固定した視点から描こうとはしない。サンダースの臆病さもあからさまに描いているし、ニコルズ船長の悪党ぶりも事細かく描いている。エリックの自殺に直面して驚愕するフレッドを慰めてサンダース医師に言わせている。

「ほんのすこし常識があって、すこしは他人の意見や行動を認める心をもっていて、そして温かいユーモアがあれば、この小さな星の上で楽しく穏やかに暮らすこともできるのです」

怒りの収まらないフレッドはサンダース医師に反論する。

「あなたは愛情を失った。希望も失った。信仰も畏怖も失った。それでいったい、あなたには何が残っているんですか?」

「諦めですよ」

「諦めですって? それは敗北者の逃げ場所だ。ぼくは悪や不正をだまって受け入れようとは思わない。善良な者が罰をくらい、悪人が罪を逃れているのを見て、傍観しているつもりはない。もし人生というものが、美徳が踏みにじられ、誠実さが嘲笑され、美が汚されることを意味するなら、そんな人生などくそ食らえです」

「フレッドくん、人生はあるがままに受け入れなければいけませんよ」とサンダース医師は言う。「人間は笑うことができる、わたしは笑えるという気持ちを持ちつづけたおかげで、諦めの気持ちが獲得できたのです」

これが「諦めによる楽天主義」の哲学である。物欲から離れて、心の平安をもとめ、世の煩悩から自由になる。

今度の旅行に乗りだして、ほんとによかったと医師は思った。おかげで長年にわたる単調な生活からいっとき抜け出ることができた。なんの実りもない習慣の束縛から解放されて、世間のしがらみも消えてしまい、これまでにない気楽な生活を味わっている。何物にも捉われない精神の自由にひたり、まるで天国にでもいるような気分だった。この世界に誰一人として、この心の平安に関わりをもたないと思うと、うれしくてならなかった。おれはまったく異なる道を通ってであるが、苦行僧が目指している世の煩悩から自由になる、あの境地に到達しているのだ。

これこそモームが『片隅の人生』で言いたかったことであろう。マルクス・アウレリウスの一言も然り。「されば（銘記せよ）人の命は短く、その住まう処は地のせまき片隅なり」

日本ではモームは過去の作家と思われている。しかし前世紀の終わりから今世紀にかけて欧米ではモームが復活しているという。経済成長という物欲の拡大のもとで、地球環境は破壊され、海水温度は徐々に上昇しつつあり、気候変動は年々激しさをましている。このような状況のなかで、人間とは何か、人生をどう生きるか、この根源的問題を追求してきたモームが今日ふたたび読まれているのは当然であるかもしれない。

本書を最初に翻訳された増田義郎氏（『片隅の人生』新潮社）には多くの点で参考にさせていただいた。ここで感謝の意を表したい。ちくま文庫の編集者高橋淳一氏にはゲラの段階でさまざまな助言をいただいた。心からお礼を申し上げる。

本書はちくま文庫のために新たに訳されたものです。

本書のなかには、今日の人権意識に照らせば不適切と思われる表現を含む文章もあります。しかし、本書の時代背景および原著作の雰囲気を精確に伝えるためそのままとしました。

コスモポリタンズ
サマセット・モーム
龍口直太郎訳

舞台はヨーロッパ、アジア、南島から日本まで。故国を去って異郷に住む〝国際人〟の日常にひそむ事件のかずかず。珠玉の小品30篇。（小池滋）

昔も今も
サマセット・モーム
天野隆司訳

16世紀初頭のイタリアを背景に、「君主論」につながるチェーザレ・ボルジアとの出会いを描き、「政治人間」の生態を浮彫りにした歴史小説の傑作。

女ごころ
サマセット・モーム
尾崎寔訳

美貌の未亡人メアリーとタイプの違う三人の男の恋の駆け引きは予期せぬ展開を迎える。第二次大戦前夜のイタリアを舞台にしたモームの傑作を新訳で。

星の王子さま
サン＝テグジュペリ
石井洋二郎訳

飛行士と不思議な男の子。きよらかな二つの魂の出会いと別れを描く名作――透明な悲しみが読むものの心にしみとおる、最高度に明快な新訳でおくる。

O・ヘンリー ニューヨーク小説集
青山南＋戸山翻訳農場訳

烈しく変貌した二十世紀初頭のニューヨークへタイムスリップ！　まったく新しいO・ヘンリーの読み方。同時代の絵画・写真を多数掲載。（青山南）

ヘミングウェイ短篇集
アーネスト・ヘミングウェイ
西崎憲編訳

ヘミングウェイは弱く寂しい男たち、冷静で寛大な女たちを登場させ「人間であることの孤独」を描く。繊細で切れ味鋭い14の短篇を新訳で贈る。

カポーティ短篇集
T・カポーティ
河野一郎編訳

妻をなくした中年男の一日を、一抹の悲哀をこめ、ややユーモラスに描いた本邦初訳の「楽園の小道」他、選びぬかれた11篇。文庫オリジナル。

ヴァージニア・ウルフ短篇集
ヴァージニア・ウルフ
西崎憲編訳

都会に暮らす孤独を寓話風に描く「ミス・Vの不思議な一件」をはじめ、ウルフの緻密で繊細な短篇作品17篇を新訳で収録。文庫オリジナル。

エドガー・アラン・ポー短篇集
エドガー・アラン・ポー
西崎憲編訳

ポーが描く恐怖と想像力の圧倒的なパワーは、時を超え深い影響を与え続ける。よりすぐりの短篇7篇を新訳で贈る。巻末に作家小伝と作品解説。

チャタレー夫人の恋人
D・H・ロレンス
武藤浩史訳

戦場で重傷を負い、不能となった夫――喪失感を抱く夫人は森番と出会い、激しい性愛の歓びを知る。名作の魅惑を伝える、リズミカルな新訳。

荒涼館 1　C・ディケンズ　青木雄造他訳

エスタ。この、出生の謎をもつ美少女の語りを軸として多彩な物語が始まる。背景にある「ジャーンディス対ジャーンディス事件」とは？（青木雄造）

荒涼館 2　C・ディケンズ　青木雄造他訳

愛し合うエイダとリチャード、デッドロック家の夫妻、野心的な弁護士。主人公エスタをめぐる人々が出そろい、物語の興趣が深まる。（青木雄造）

荒涼館 3　C・ディケンズ　青木雄造他訳

アヘン中毒患者の変死、奇妙な老人の死、長くつづく訴訟にかかわる思惑。人と事件がモザイクを寄せるようにその全体を見せてくる。（青木雄造）

荒涼館 4　C・ディケンズ　青木雄造他訳

すべての謎や事件の真相が明らかになり、愛する人の死、別れをのりこえて、エスタは大きな愛につつまれる。不朽の大作、完結。（青木雄造）

レ・ミゼラブル 1巻（全5巻）　ユゴー　西永良成訳

慈愛あふれる司教との出会いによって心に光を与えられ、ジャン・ヴァルジャンは新しい運命へと旅立つ――叙事詩的な長篇を読みやすい新訳でおくる。

レ・ミゼラブル 2巻　ユゴー　西永良成訳

死者との約束を果たすべくジャン・ヴァルジャンは脱獄、幼いコゼットを救い出す。忍び寄る警察の冷酷な眼。逃げる二人をジャヴェールが追いつめる。

レ・ミゼラブル 3巻　ユゴー　西永良成訳

純粋な青年マリユスは、公園で出会ったコゼットの可憐な姿に憧れをいだく。そのひとつの出会いが、人々の運命を大きな渦の中に巻き込んでゆく。

レ・ミゼラブル 4巻　ユゴー　西永良成訳

陰謀渦巻くパリ、マリユスは反政府秘密結社での活動を続け、コゼットへの愛を育んでゆく。一八三二年の六月暴動を背景に展開する小説の核心部。

レ・ミゼラブル 5巻　ユゴー　西永良成訳

一八三二年六月、市民たちが蜂起しバリケードを築く。戦闘で重傷を負ったマリウスを救うジャン・ヴァルジャン。苦難の人生に、最後の時が訪れる。

動物農場　ジョージ・オーウェル　開高健訳

自由と平等を旗印に、いつのまにか全体主義や恐怖政治が社会を覆っていく様を痛烈に描き出す。『一九八四年』と並ぶG・オーウェルの代表作。

エレンディラ　G・ガルシア＝マルケス　鼓直／木村榮一訳
大人のための残酷物語として書かれたといわれる中・短篇。「孤独と死」をモチーフに、大著『族長の秋』につらなるマルケスの真価を発揮した作品集。

氷　アンナ・カヴァン　山田和子訳
氷が全世界を覆いつくそうとしていた。私は少女の行方を必死に探し求める。恐ろしくも美しい終末のヴィジョンで読者を魅了した伝説的名作。

郵便局と蛇　A・E・コッパード　西崎憲編訳
日常の裏側にひそむ神秘と怪奇を淡々とした筆致で描く、孤高の英国作家の詩情あふれる作品集。新訳一篇を追加し、巻末に訳者による評伝を収録。

新ナポレオン奇譚　G・K・チェスタトン　高橋康也／成田久美子訳
未来のロンドン。そこは諧謔家の国王のもと、中世の都市に逆戻りしていた……。チェスタトンのデビュー長篇小説、初の文庫化。　（佐藤亜紀）

四人の申し分なき重罪人　G・K・チェスタトン　西崎憲訳
「殺人者」「藪医者」「泥棒」「反逆者」……四人の誤解された男たちが語る、奇想天外な物語。チェスタトン円熟の傑作連作中篇集。　（巽昌章）

ブラウン神父の無心　G・K・チェスタトン　南條竹則／坂本あおい訳
ホームズと並び称される名探偵「ブラウン神父」シリーズを鮮烈な新訳で。「木の葉を隠すなら森のなか」などの警句と逆説に満ちた探偵譚。　（高沢治）

短篇小説日和　西崎憲編訳
短篇小説は楽しい！　大作家から忘れられたマイナー作家の小品まで、英国らしさ漂う一風変わった傑作を集めました。巻末に短篇小説論考を収録。

怪奇小説日和　西崎憲編訳
怪奇小説の神髄は短篇にある。ジェイコブズ「失われた船」、エイクマン「列車」など古典的怪談から異色短篇まで18篇を収めたアンソロジー。

世界幻想文学大全　怪奇小説精華　東雅夫編
ルキアノスから、デフォー、メリメ、ゴーチエ、ゴーゴリ……時代を超えたベスト・オブ・ベスト。岡本綺堂、芥川龍之介等の名訳も読みどころ。

世界幻想文学大全　幻想小説神髄　東雅夫編
ノヴァーリス、リラダン、マッケン、ボルヘス……時代を超えたベスト・オブ・ベスト。松村みね子、堀口大學、窪田般彌等の名訳も読みどころ。

ちくま文庫

片隅《かたすみ》の人生《じんせい》

二〇一五年十一月十日　第一刷発行

著者　W・サマセット・モーム
訳者　天野隆司（あまの・りゅうじ）
発行者　山野浩一
発行所　株式会社　筑摩書房
東京都台東区蔵前二―五―三　〒一一一―八七五五
振替〇〇一六〇―八―四一二三
装幀者　安野光雅
印刷所　株式会社加藤文明社
製本所　株式会社積信堂

乱丁・落丁本の場合は、左記宛にご送付下さい。
送料小社負担でお取り替えいたします。
ご注文・お問い合わせも左記へお願いします。
筑摩書房サービスセンター
埼玉県さいたま市北区櫛引町二―六〇四　〒三三一―八五〇七
電話番号　〇四八―六五一―〇〇五三

ISBN978-4-480-43306-0 C0197